魔武士

名利狩猎

蓝晶 著

南海出版公司

2005·海口

图书在版编目（CIP）数据

魔武士. 2, 名利狩猎 / 蓝晶著. - 海口：南海出版公司，2005.6

ISBN 7-5442-3131-3

Ⅰ. 魔...　Ⅱ. 蓝...　Ⅲ. 长篇小说 - 中国 - 当代

Ⅳ. Ⅰ247.5

中国版本图书馆CIP数据核字（2005）第 052683 号

MO　WU　SHI　　MING　LI　SHOU　LIE

魔　武　士　2　名　利　狩　猎

作　　者	蓝　晶
责任编辑	杨　雯
特约编辑	阎小青
封面设计	朱　懿
版式设计	郑卫卫
出版发行	南海出版公司　电话（0898）65350227
社　　址	海口市蓝天路友利园大厦B座3楼　邮编　570203
电子信箱	nhcbgs@0898.net
经　　销	上海英特颂图书有限公司
印　　刷	常熟华通印刷有限公司
开　　本	850×1168毫米　1/32
印　　张	8
字　　数	173千字
版　　次	2005年6月第1版　2005年6月第1次印刷
书　　号	ISBN 7-5442-3131-3
定　　价	18.00元

目　录

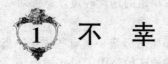

1 不　幸

系密特母亲所住的东楼和系密特所住的西楼，在这座宅邸中处于完全对称的位置。

母亲的卧室在三楼，那是一个终年不见阳光的所在。

二楼是母亲的贴身侍女所住的房间，有四位侍女住在这里。原本还多一位，但被哥哥解雇了。

东楼没有底楼，二楼下边就是那座大厅。

系密特经过大厅，正准备上楼的时候，被正在大厅指挥着佣人们布置宴会场地的嫂子叫住了。

"系密特，你现在没什么事吧，能不能陪我到院子里坐一会儿?"嫂子问道。

"沙拉小姐，哥哥要我来这儿请母亲大人一起参加宴会。"系密特回答道。

虽然嫂子已经嫁入塔特尼斯家好几年了，但是，系密特却始终还像以前一样叫她沙拉小姐。

刚刚嫁给哥哥的时候，沙拉小姐还很介意这个称呼。她极力想要纠正系密特，打算让他改口。但是现在，听到系密特还这样叫她，她却只是微微一笑，好像已经毫不在乎了。

"母亲大人是不会参加任何聚会的，伯爵应该很清楚这件事情。"沙拉小姐淡淡地说道。系密特从她的语气中，听出来那么一丝轻蔑。

不过他并不确定，沙拉小姐的这丝轻蔑，是针对母亲大人还是针对哥哥的。

系密特很清楚，沙拉小姐对母亲一直有些成见。当年，她准备和哥哥结婚的时候，好像还曾经因为母亲的原因，犹豫过很长的一段时间。

不仅嫂子一个人，她全家人好像都对母亲有看法。系密特在她们家的时候，甚至听到佣人们在私下议论着自己的母亲。

沙拉小姐出身于蒙森特的另一个豪门——温波特家族，和自己家原本是世代通好。沙拉小姐的父亲——温波特伯爵和自己的父亲也是最要好的朋友，父亲还曾经想让温波特伯爵成为自己的教父。只不过，后来教父的位子，被一位"蛮不讲理"的家族长辈抢走了。这件事还让温波特伯爵遗憾了很长的一段时间。

但是自从父亲死后，温波特家族对母亲的态度便完全转变了。他们似乎刻意地将母亲遗忘在社交圈之外，甚至从那以后，再也没到这里来拜会过。

母亲大人和温波特伯爵夫妻的最后一次见面，是在哥哥和沙拉小姐的婚礼上。那样重要的场合，他们都不得不去。

跟在沙拉小姐身后，系密特来到了那座闻名勃尔日的小花园。这座小花园，是系密特家族的一位祖先为了表达他对妻子的爱意而建造的，整座花园几乎就是玫瑰花的海洋。

之所以说它在勃尔日享有盛名，是因为系密特的那位祖先是一位很有影响的生物学家。他曾经发现了二十多种新生物，

并且为其中的十五种命名。

为了建造这座花园，这位杰出的生物学家收集了他所知道的五十余种玫瑰花的种子。后又经过七年的摸索和研究，将这些玫瑰花成功地种植在了花园之中。

而这七年的研究，不但让他摸熟了这些玫瑰花的习性和栽培方法，更让他培育出了六种新品种的玫瑰花。

这座拥有近六十种玫瑰花的小花园，不仅在勃尔日独一无二，在整个丹摩尔王国也是绝无仅有的。

可惜，蒙森特对于整个丹摩尔王国来说，仅仅是个偏远的北方郡省，听说过这座小花园而且愿意不远万里来参观这座小花园的人并不多。而这座花园占地又不广，也没有其他豪华的装饰和布置，因此慕名来到这里的人，看过之后也常常大失所望。

也幸亏如此。要不然，这座花园可能早在几个世纪以前，就被更强有力的豪门借用各种名义夺走了。

和沙拉小姐漫步在花园之中，系密特极力想要从她的神情中猜测出，她要自己到这里来到底是为了什么事情。

虽然被称做花园，这里其实更像是一座透明的花棚。花园四周全都是玻璃，这是为了让花园保持着特定的温度。

花园之中，到处是镀金的栏杆。实际上，这些栏杆只是一根根空心的管子。冬天有专门的锅炉将热水注入这些管子，以便让花园保持那种最适宜玫瑰生长的温度；炎热的夏天来临的时候，注入这些管子里的，就变成了维琴河那冰冷的雪山融水。

花园被细心地分隔成了几个各自独立又相互联系的空间。每个隔间里，都放着几张镀金的金属条编织而成的座椅。从这些座椅那古老的式样和这个年代少有的精细做工来看，它们大概已经在那里存在了几个世纪。

2

沙拉小姐在其中的一张椅子上坐了下来。她将系密特拉到了身边，就像是他小时候经常的那样。

"你长大了，你一回家我就发现你长大了。这并不是说你的年龄，而是说你表现出来的勇敢和成熟。

"大多数和你一样年纪的人都还只是些小孩，还在为如何才能避免惩罚而挖空心思地动脑筋。"沙拉小姐长叹了一声说道。

系密特脸一红。他不知道沙拉小姐究竟是在奚落他，还是真的在夸奖他。

如果是奚落他的话，系密特还会觉得好受一些。

如果是在夸奖他的话，系密特就真的觉得有点无地自容了。因为就在不久以前，他也就和嫂嫂说的那些小孩一样，为了避免惩罚而挖空心思地动脑筋。

"沙拉小姐，你好像不太快乐。"系密特说出了回家之后一直藏在自己心里的看法。

"你是想说，我比以前老了吧。"沙拉小姐看了系密特一眼，悠悠地说道。

"不不不，我没有这个意思。"系密特连忙解释道。

"放心吧，我不会介意的。我确实是老了。"沙拉小姐又悠悠长叹了一声，接着说道，"在这个家里面，我找不到一个可以交谈的人。甚至连我的贴身侍女和我那个表弟，也都不是可以倾心交谈的人。"

系密特看见沙拉小姐的脸上，露出了一丝淡淡的忧伤。

"也许，你可以尝试着和母亲大人交流。你知道，母亲大人曾经是一位很健谈的人。我想，你试着与母亲沟通一下，对你和她都有好处。

"母亲也许能从失去父亲的悲伤之中恢复过来，而你也可以借此摆脱孤独。"系密特并没有提到自己的哥哥。他很清楚哥哥的为人，也大致能够猜测到，沙拉小姐为什么会感到孤独。

"你的母亲大人？依我看来，她并不是过于悲伤，而是无法面对其他人。她是将自己封锁在内疚之中，而不是哀伤。"

沙拉小姐好像突然意识到，她并不应该对系密特说这些话，连忙闭住了嘴巴。

"沙拉小姐，你对我的母亲好像有所误会。也许你们稍微沟通一下，所有的误会便会消除。

"我知道，很多人认为父亲大人的事，是因为受母亲的怂恿所致。但是我很清楚，事情绝对不是那样的。

"我的身上流淌着父亲的血液，我继承了父亲对于冒险的热爱。没有人比我更清楚，像我父亲和我这样热爱冒险的人，是绝对不会因为别人的阻挠而放弃冒险的。姑姑就没能阻止我返回蒙森特。"系密特一口气将心中积压了许久的话说了出来。

沙拉小姐平静地看着系密特，好像有些犹豫不决的样子。

过了好一会儿，她才说道："系密特，我并不想破坏你的母亲在你心目中的形象。其实，曾经有一度，人们认定你并非你父亲的孩子……直到你显露出和你父亲一样胆大妄为、酷爱冒险的性格之后，那些怀疑才彻底消失。

"你实在是太像你的父亲了！不仅仅脾气和性格像，连你安慰别人时的样子，也和你父亲几乎一模一样。"

系密特惊疑地看着沙拉小姐，对于沙拉小姐话里的那个暗示，他当然完全能够听得懂。

但是，他绝对无法想像这一切。

"如果说你父亲是像你哥哥那样的人，我倒还能够想像，但是，你的父亲是……

2

"我当初嫁给你哥哥，原本以为他是像你父亲一样潇洒不羁的男子汉，但是没想到，他潇洒的只是外表，内心却是一个道地的市侩。"沙拉小姐说着说着，话题便转到了自己身上。

系密特没有想到，沙拉小姐竟然是因为这样的原因而嫁给哥哥的。原本系密特还以为，是哥哥的诗歌打动了她的芳心。

"哥哥也是为了这个家族着想，他一心想要光大门楣。"系密特说道。

"他是为了他自己，为了他的那份虚荣心！我绝对不认为，他是那种能够为了家族做出牺牲的人。在我看来，为了他自己，他甚至可以牺牲家族。"沙拉小姐毫不留情地说道。

系密特绝对没有想到，沙拉小姐和哥哥之间的隔阂已经如此之深。

"系密特，我并没有其他的意思。我只是想提醒你，不要成为你哥哥脚下的台阶。我知道，你这一次回来之后，身上发生了很大的变化，而你的哥哥，也注意到了这点。

"不过他关心的是，怎样能从你的身上获得更大的利益，怎样能让你成为他晋升的阶梯。"沙拉小姐对系密特说道。她的表情充满了诚恳和关切。

"我没有多少能让哥哥利用的资本。等这次将魔族赶出蒙森特之后，我便恢复到原来的我……也许会再回到奥尔麦，回到姑姑身边，也许会到哥哥为我安排的那位侯爵夫人那里。"系密特好像在自言自语。

沙拉小姐看了他一眼，摇摇头说道："系密特，你用不着骗我了。也许，你哥哥什么都没注意到。他太注重他的事业了，周围的一切，他都不放在心上。

"但是，我一直在注意你。我敢说，在奇斯拉特山脉中，肯定发生了一些其他的事情！你这一次回来，变化很大，简直大得让我吃惊。

"特别是那天，你浑身是血的被送回家中，简直是吓死我了！但是，当我知道你身上居然一点伤都没有的时候，你猜我是怎么想的？

"你让我想到了圣堂武士！

"你还记得罗拉吗？我的二妹，以前专门喜欢带你荡秋千的那个。她现在嫁给了一位骑士。

"罗拉曾经去兵营探望过她的丈夫，那时他们刚刚结束一场战役。其中让罗拉最注意的，便是那些浑身染满鲜血的圣堂武士……她当时描述的圣堂武士的模样，跟你那天简直是一模一样。

"更何况，这几天来，我一直在注视你的房间，我发现你经常在房间里面练习武技。虽然你总是将窗帘拉上，但是那层薄薄的纱帘，并不能挡住有意观察你的眼睛。"

沙拉小姐那真诚恳切的表情和那充满了坚定目光的双眼，让系密特感到难以应付。

"你是圣堂武士，我敢肯定。不过，你哥哥好像还没有发现这件事情。"沙拉小姐轻声说道。

"沙拉小姐，我要去请我的母亲参加宴会。也许她有些想通了，愿意去参加大家的聚会也说不定。"系密特试图打个马虎眼，转移一下话题。

沙拉小姐好像并不介意，她任由系密特起身告辞离去。

系密特快步走到花园门口。他转过身来，看了一眼孤独地坐在椅子上、好像正在沉思中的沙拉小姐。

系密特隐约感觉到，和母亲比起来，可能沙拉小姐更加不幸。毕竟，母亲曾经有一段与父亲在一起的快乐回忆，而沙拉小姐却始终生活在孤独之中。

备感惆怅的系密特，极力想要摆脱这种令他压抑的情绪。至少在他见到母亲之前，尽可能不要让这种情绪影响到他的思维。

系密特走上三楼。

三楼永远笼罩在一片黑暗之中。只有从厚厚的墨绿色天鹅绒窗帘后面透进来的那一点点光亮，让人稍稍能够辨别出家具和沙发的位置。

和西楼不同，东楼是寂静的。甚至连贴身侍候母亲的女仆们，也都很少发出声音。

系密特轻轻敲了敲房门。

"是爱娜吗？有什么事情？"房间里传来了母亲的声音。

"母亲，我可以进来吗？"系密特问道。

母亲显然没有想到来的人会是系密特。她稍微想了想，便已经明白系密特为什么到这里来了。虽然她有心拒绝一切社交活动，但是她却忍不下心来拒绝自己最心爱的小儿子。

"亲爱的系密特，进来吧。如果你不嫌弃这里的幽暗，你随时都可以过来。"

黑暗中的说话声，并没有系密特想像的那样忧伤。

打开卧室的房门，系密特走进房间里面。拥有了那种超乎寻常的敏锐感觉，虽然身处一片黑暗之中，系密特却仍然能将一切看得清清楚楚。

母亲仍旧是那副老样子。她静静地坐在窗边的沙发上面，

既好像在沉思着什么，又好像在回忆着什么。

"你哥哥叫你来劝我参加宴会？"

对于长子的为人，这位做母亲的，实在是清楚极了。

"您确实应该出来活动一下。父亲已经去世这么久了，您应该从悲伤中恢复过来。"系密特劝解道。

"我并没有悲伤，悲伤的时刻早已经过去了。只不过，我现在已经习惯了这种生活，这种生活令我感到很安宁。"

从母亲那平静的语调中，系密特能够听得出，这完全是母亲内心的真实感受。

系密特突然有一种感觉，难道，刚才沙拉小姐所说的一切都是真的？难道母亲真的是将自己封锁在内疚之中？母亲为什么内疚，是因为沙拉小姐所说的那个暗示吗？

"母亲大人，您所说的一切让我难以相信。没有人会愿意选择孤独，除非孤独以外，她已经没有任何东西。母亲大人，我实在是难以理解，为什么您不愿意打开那厚重的窗帘，为什么不愿意离开这里？

"我更加不能理解，为什么您不能和沙拉小姐愉快地相处？我知道，沙拉小姐同样很孤独，如果您能给予她安慰，也许您也可以从中得到安慰。"系密特走到母亲的身边，轻声说道。

"亲爱的系密特，有些事情你还不太明白……我无法给予沙拉安慰。虽然我确实很想这样做，但沙拉不会愿意见到我。

"在她看来……在她看来，我是一个虚荣而不道德的女人。"母亲好像是鼓足了勇气，才将这番话说了出来。

"您不是那样的！我想，只要您愿意对沙拉小姐解释一下，沙拉小姐会理解您的，你们之间的误会也一定会消除。沙拉小姐是一个明白事理的人。"系密特充满忧虑地说道。

他越来越感到，自己正在被一些负面的情绪所影响。这对于一个圣堂武士来说，实在是一件相当糟糕的事情，因为这并不利于自己在精神方面的修炼。

"如果我说这并不是误会，你相信吗？"母亲平静地问道。她显得那么平静，好像她所说的，根本就是个不相干的人一般，"系密特，每个人都会有犯错误的时候。但是，等她发现自己错误的时候，也许已经失去了弥补错误的机会。"

"您是在自责？"系密特问道。

"不，不完全是。我只是选择了心灵的安宁。这是我选择的一种生活方式，就像我以前选择了另一种生活方式一样。

"如果你要说我在自责，我并不反对。因为最初的时候，我确实有这样的想法。但是随着时间的推移，我的心灵得到了宁静，我突然发现这种生活也很不错。

"也许有一天，我会离开这里，离开这黑暗幽静的房间，去选择另外一种生活。

"至于沙拉，没有任何人能帮得了她。因为每个人的生活都必须由他自己选择，别人的安慰，毕竟是没有用处的。"

虽然听不懂母亲所说的到底是什么意思，但是系密特从那一番话中，并没有听到任何的犹豫和忧伤。

也许，母亲确实如她所说的那样，只不过是选择了一种属于她自己的生活方式。

系密特甚至感到，和母亲比起来，沙拉小姐反倒显得更加悲伤和无助。至少她的生活，并不是她自己能够选择的。

"母亲，也许您现在就可以尝试另一种新的生活方式，为什么不试一试呢？"系密特仍不打算放弃自己的希望。

"好了，你下去吧，我会决定我自己的生活的。"母亲将系

密特一把推开，仍旧靠在窗台前的沙发上，静静地沉思了起来。

从房间里退出来，系密特回到了楼下的大厅。被沙拉小姐和母亲大人弄得兴致全无，系密特已经没有兴趣再回到书房去了。

大厅中仍旧人来人往。佣人们正忙忙碌碌地准备着宴会将使用的点心和饮料。一位管家指挥着男仆们装饰宴会大厅。

丝绸彩带和五颜六色的花环，以及整个蒙森特最美丽的玫瑰花，都被用来装点这个并不算特别隆重的宴会。

塔特尼斯伯爵精心挑选了今天被邀请来参加宴会的宾客。他们都是一些和他私交深厚，或者利益相同的蒙森特地方豪门。

有些达官显贵反倒没有被列在邀请名单之上，其中便包括了郡守大人。

宴会的主角自然是国王陛下的顾问——波索鲁大师。

塔特尼斯伯爵考虑，这位大魔法师肯定看惯了豪华奢侈的宴会，想要用隆重和热烈的风格来吸引这位见多识广的大人物，恐怕不会有什么效果。因此，塔特尼斯伯爵将宴会的风格定位在高雅和俭朴上。

而他的目的，自然就是为了要让这位来自京城的大人物，使他留下一些与众不同的良好印象。

正当众人为了晚上的宴会而忙碌的时候，外面突然传来了一阵阵嘈杂的喧闹声，而喧闹声又渐渐地变成了尖叫声。

那声嘶力竭的尖叫声此起彼落，充满了恐惧和绝望。

仆人们被这阵阵尖叫声吸引，纷纷跑出了宅邸。

惊叫声刚刚传来的时候，系密特就感到事情不妙。他转到一个没人能看见的角落，飞身一纵，将那些窗台当做踏脚，几个起落，便站在了房顶上。

站在高高的房脊之上，系密特举头眺望。

远处的天空中，有十几个黑色圆点，正排成方阵向这里飞来！

那是魔族的飞船！系密特甚至能看到在飞船下吊挂着的那靛蓝色的一片，那是无数的魔族士兵！

一种奇特的感觉，涌上了系密特的心头。他好像能感觉到，那些飞船带着毁灭一切的意志，仿佛魔族们是来拼命的。

这是完全可以想像的。

掌握了对抗魔族的方法之后，葛勒特将军连续对几个魔族基地发起了进攻，魔族因此损失惨重。在这种情况下，集中兵力作决定性的博命一击，这也许是魔族的无奈之举。

面对魔族这孤注一掷、同归于尽式的进攻，系密特不知该如何是好。

他清楚地看到，那些操纵弩炮的士兵正纷纷登上屋顶的木质平台，为弩炮上弦，随时准备发射。

但是，系密特也很清楚，指挥官们现在都没有任何准备，仓促应战使得勒尔日失去了战场上的主动。

更何况，即便现在想组织士兵进行有效的抵御，也是不可能的。系密特清楚地看到，爬上楼顶的士兵们个个衣冠不整，有些甚至是一副醉醺醺的模样。即便是那些一直在坚守岗位的弩炮手，此刻看上去也都是迷迷糊糊的。看来，这段时间连续的胜利使得士兵们的警惕心完全地松懈了下来。

系密特盘算着，万一魔族攻进城里，他应该如何来保护母亲和沙拉小姐。他想，如果将她们集中在同一个房间里，凭着自己的身手，应该可以保护她们的安全。只是，不知道她们愿

名利狩猎

不愿意待在一起……

正当系密特为勃尔日的安危、为自己亲人的命运而忧心忡忡的时候，远处，犹如雾气升腾一般，冉冉升起了一片乌云。

那竟是数以万计的飞鸟，正成群结队地腾空而起！

它们迎着风，迎着太阳，在勃尔日的天空中盘旋，翱翔。

一些体积庞大的飞鸟，还仅仅只是让自己升到空中，而那些身体轻盈、擅长飞翔的鸟儿，早已经对着远方的魔族飞船飞去了。

看着满空盘旋的鸟群，尖叫声渐渐地平息了下来。这神迹般的景象，让勃尔日惊慌失措的居民，渐渐地安定下来。

不知道从什么时候开始，整个勃尔日的大街小巷，缓缓地响起了一片对父神的赞美之声。虔诚的祈祷，伴随着沉重的钟声，传到了勃尔日的每一个角落。

与此时，从远处的天空中，一阵阵沉闷如雷的轰鸣声传了过来。轰鸣声将飘浮在空中的云朵彻底地撕碎，破棉絮般的云彩四下飘散了开来。

一切又恢复了平静，就好像什么都没有发生过。

那些满空飞舞的鸟儿，在天空下自由自在地翱翔着；而人们虔诚的祈祷声，也传得很远，很远……

2 赏 赐

　　拥有了那些难以计数的飞鸟部队，在这场人类与魔族的战争中，人类终于掌握了主动权。

　　波索鲁大魔法师并没有在蒙森特停留多久，他很快便启程回京了，因此，他并没有亲眼看到人类的胜利。

　　和当初魔族突如其来地出现一样，它们又突如其来地消失了，消失在莽莽的北部大森林边缘。除了几个偶尔出没于山林树丛中的散兵游勇以外，可以说基本上看不到魔族的身影了。

　　从这场灾难中幸存下来的人们，几乎是在疯狂地庆祝着胜利。每一天都如同过节一般热闹。

　　这种狂欢已整整持续了一个星期之久。

　　平民们有着他们自己的庆祝方式。

　　勃尔日的街头，到处都能看到围拢在一起的人们。他们身上穿着鲜亮的衣服，别着用碎花布折叠成的花饰，腰间还佩戴着颜色引人注目的丝带。那些丝带被撕成一条一条的，就像是一圈流苏垂落在腰际。

　　街头巷尾，到处都是庆祝胜利的表演。

　　勃尔日城中，不知道从哪里一下子钻出这么多的吟游诗人、小丑和歌唱家。虽然他们的技艺并不怎么样，但是他们都极力地为这座城市制造着热情和喧闹。

对于平民们来说，另一个聚集在一起庆祝胜利和平安的理想地方，便是那些隐藏在偏僻深巷中的小酒馆。只要有几枚银币和一些闲功夫，任何人都能在这种地方待上整整一天。

在这段日子里，人们都沉浸在喜悦之中，并且为此大肆庆祝，因此大多数酒馆都通宵达旦地开张营业，几乎从来没有平静和安宁的时候。

因为，人们都是为了发泄，为了享受热闹的气氛，并同时制造热闹的气氛而到这里来的。那一枚银币一大杯的麦酒，并不是吸引他们聚拢在这里的惟一理由。对于平民们来说，来这里饮酒狂欢就是他们的庆祝方式，也是他们证明自己存在的方式。

而勃尔日的贵族们，则忙碌地准备着盛大的庆祝典礼。

典礼之所以到现在才举行，是因为主持各地防务的重要官员和军队将领们，还需要再周密地布置一番。而且，从各地赶到勃尔日，也需要花费几天的时间。

这次盛大的庆典，同时也是一场庆功典礼。

之所以要庆功，是因为士兵们保住了北方大片广阔而肥沃的领土，也因为奇斯拉特山脉没有被魔族占领，更因为魔族入侵的祸乱并没有蔓延到其他地方。

国王陛下慷慨地拿出了丰厚的奖品，用来犒赏那些守卫领土、战功显赫的官员和将领。

这可以称得上是极为难得的恩典。

至高无上的国王陛下至少拿出了六千公顷的土地和两百多个爵位，作为赐予功臣们的奖赏。这么慷慨的奖赏，在丹摩尔王朝的历史上也是不多见的。

2

在市政大厅的礼堂中，侍者们忙碌地布置着。

受邀来参加这场庆典的人实在是太多了。如果再加上那些夫人，以及有可能一同出现的少爷和小姐们，市政厅的大礼堂也未必容纳得下这么多人。正因如此，郡守大人早早地便将在这里办公的官员们撤离了出去。

作为蒙森特郡最高权力的象征，这座市政厅是按照典型的丹摩尔六世时代的宫殿建筑风格建造起来的。当年，九世陛下来北方各郡视察的时候，就曾将这里当做临时落脚的行宫。这是勃尔日曾经得到过的最高恩典。

而这一次，这座城市的风光程度，绝对不比当年九世国王陛下到来时逊色分毫，甚至还有过之而无不及。

郡守听一位从京城来的高官说起过，国王陛下甚至曾经打算亲自到勃尔日来，为众位有功之臣颁发勋章和嘉奖。只是，因为北方诸郡仍有零星的魔族出没，在众大臣的劝说下，国王陛下才打消了这个念头。

听到如此一说，郡守更是兴奋，筹备起这个盛会来自然也就更加兢兢业业，全力以赴。

不但礼堂大厅被布置得金碧辉煌，连楼上的那些原本用来办公的房间，也被装饰得美轮美奂。经过了这样一番修整，市政大厅俨然变成了一座豪华庄严的宫殿。

系密特以前曾经来过这里，但那时候年纪还小，对这个地方根本就没有多少印象。

那贴满金箔的天花板，那用蓝色、绿色和棕红色珐琅镶嵌拼接而成的巨型天顶画，以及四周墙壁上悬挂着的巨幅油画……这所有的一切，都使得这个市政大厅显得既辉煌又奢华。

　　这是一个用亮铮铮的金币打造出来的世界——珍贵华丽的丝绸是它的外衣，柔软细腻的天鹅绒是它的裙摆。

　　而那十余盏直径三米的水晶吊灯，则无疑是它吊挂在脖颈之上的名贵项链。

　　这些巨大的吊灯，是郡守大人从蒙森特郡几百位贵族家中借来的。为了能够挑选出这十余盏一模一样的水晶吊灯，郡守还真是很花了一番功夫，才完成了这一件繁重的工作。

　　"塔特尼斯伯爵夫人，很高兴您能出席这次典礼。"

　　伯爵夫人旁边走过来一个浑身上下都包裹在笔挺的黑色丝绸中、样子就像是一只油光滑亮的大蟑螂的司仪。

　　看他那快要掉光头发的脑门，以及凸起的便便大腹，系密特几乎可以肯定，他是一个担任某种不起眼职务的小贵族。

　　在市政官署做事，看起来要比为某个豪门家族当总管体面许多，但是，和那些能够近水楼台先得月的豪门总管比起来，这些小官吏获得升迁的机会要小得多。

　　毕竟，非亲非故的，不大会有哪位官员肯出面全力推荐他们。因此在市政官署中，像这个蟑螂司仪这样郁郁不得志的小官吏，便占了绝大多数。

　　跟在系密特身后的那位郡守家的总管立刻走上前去，将两份请柬递到了那位司仪的手中。

　　其中一份请柬是给塔特尼斯伯爵的。当然这仅仅只是一个形式而已，因为在勃尔日，任何正式的会议和典礼，都绝对不可能缺少了塔特尼斯伯爵。

　　另一份请柬，则是邀请系密特的。

　　在国王陛下的那份论功行赏的名单之中，也有系密特的名字。这是塔特尼斯伯爵通过葛勒特将军，极力为他争取到的一份荣耀。当然，这同样也是属于塔特尼斯家族的荣耀。

2

为了这件事情，郡府内还召开过专门的听政会议。因为系密特还没有成年，像他这样大的少年，按照惯例，是不能得到勋位的。

但是，这个世界上没有绝对的事情。

塔特尼斯伯爵从一叠厚厚的历史文献中，终于找到了两个曾经有过的例子。这才使得系密特受封成为了一件合法的事情。

为了这件事情，郡守和塔特尼斯伯爵还发生了激烈的辩论。于是郡守为此而召开专门会议，并投票表决。

对于这件事情，系密特也有所耳闻。不过，他一直觉得很奇怪，哥哥和郡守大人不是一向都很友好吗？哥哥出任守备一职，就是郡守亲自提议的，而哥哥甚至曾经想要让自己成为郡守家的总管。

没有想到，几年不见，他们俩的关系，竟然恶化到如此地步，简直已经到了互不相容的境地。哥哥举行私人宴会，竟然不邀请郡守，而郡守也同样如此。

但是，在公开场合，这两个人却显得十分亲近。

看着远处楼梯上，和将军大人以及另外一位军人亲密地站在一起，热情地互相吹捧，谈笑风生的郡守和哥哥，任何人都想像不出，他们俩已经到了水火不容的境地。

塔特尼斯伯爵远远地看到系密特和沙拉小姐走进礼堂，便立刻满面笑容地迎了过来。

出于礼貌，郡守和另外两位先生也一起走了过来。

和往常一样，哥哥亲热地牵起沙拉小姐的手。

系密特很清楚地看到，沙拉小姐轻轻一抽，原本想要将手

抽走，但是，却被哥哥牢牢地抓住。

　　这细微的小动作，只有系密特一个人注意到。

　　其他人看到的，则是一对欢乐和睦的夫妻手牵着手，向着礼堂中央走去。

　　"欢迎您，漂亮迷人的伯爵夫人。您能赏光，使得这场庆典熠熠生辉。"郡守微笑着说道。

　　沙拉小姐对于这种恭维，显然早就已经不在乎了。

　　虽然大多数的女人，都喜欢听到别人的赞美之词，但是，沙拉小姐对生活都已经感到厌倦了，更何况是这种虽然动听却很空洞的言词呢？

　　"谢谢您的恭维。"沙拉小姐微微鞠了个躬，然后转过头来对塔特尼斯伯爵淡淡地说道，"我已经很久没有出门了，因此感到相当劳倦，有什么休息的地方吗？"

　　"噢，二楼有十几个休息厅。我亲爱的夫人，您是想要热闹一点，和夫人们聊聊天解闷呢，还是想要一个人独处，享受一下片刻的宁静？"塔特尼斯伯爵笑容满面地问道。他的语气中充满了温柔和体贴。

　　"如果有安静一点的地方就实在是太好了。能带我去吗？"沙拉小姐直截了当地说道。

　　听到妻子这样的要求，塔特尼斯伯爵随手招了招，立刻便有五六位侍者围拢上来。

　　"你，带伯爵夫人到小客厅去。不管夫人有什么需要，你都要尽可能满足她。实在满足不了的话，就马上告诉我。"塔特尼斯伯爵指着其中的一位侍者说道。

　　那个侍者连声答应着，必恭必敬地走到了伯爵夫人的身边。

　　系密特正想跟着沙拉小姐一起上楼，哥哥却突然叫住了他。

"哦，我亲爱的弟弟，我来为你介绍一位先生，他绝对可以称得上是阻止魔族入侵的英雄。"

说着，塔特尼斯伯爵满怀热情地拖着系密特，向着那两位站得稍微远一点的先生走去。

如果是其他的应酬，系密特未必会感兴趣。但是，对于哥哥所说的"阻止魔族入侵的英雄"，他倒是很想见识一下，他想看看那位先生到底是怎样的英雄人物。

看着丈夫将系密特拉走，沙拉小姐感到无可奈何。丈夫毕竟很了解系密特的性情，知道用"英雄人物"绝对能引起他的兴趣。她轻轻地摇了摇头，无奈地跟着侍者向二楼走去。

和四位大人物站在一起，系密特感觉到这里的气氛极为紧张。

也许是因为他身为力武士的关系，系密特那极为敏锐的感知告诉自己，无论是郡守大人还是那位"阻止魔族入侵的英雄"，都并不喜欢他。

当然，他也知道，这种不喜欢的感觉，更多的成分是针对他哥哥——蒙森特的守备大人的。

"葛勒特，这就是你跟我说过的，那位千里迢迢从奥尔麦逃出来，翻越了整个奇斯拉特山脉到达这里，并且为所有人带来'福音'的少年?"那位陌生的先生问道。他那黝黑而方方正正的脸上，露出了爽朗的笑容。

但是，系密特清楚地感觉到，在他那"热情洋溢"的笑容背后，有着一丝很不协调的冷冰冰的感觉。

葛勒特将军却没有系密特那种能够看透人心的本领，他高兴地为系密特和那位陌生先生互相做着介绍。

"系密特，这位是克曼狄伯爵——特赖维恩堡垒的军事总

长。想必你应该听说过他的名字吧？

"正是克曼狄伯爵率领着他手下那些英勇的士兵，将魔族拖在费松山区；也正是他第一个证明，魔族并不是不可战胜的。

"如果没有克曼狄伯爵的话，丹摩尔北方的领土，恐怕早就成为那些魔族四处散步的后花园了。"

葛勒特将军说话的语气，让系密特感到他非常器重这位克曼狄伯爵。

这倒不难理解，这位克曼狄伯爵确实算得上是一位人物。起码，在系密特所见过的贵族之中，这位伯爵大人的身材最为魁梧和强壮。他浑身上下，都透出了一股充满力量的感觉。

和他相比，即便是平时看起来颇魁梧强壮的葛勒特将军，也显得既衰老又瘦弱。

可以说，克曼狄伯爵和哥哥正好是两个极端。

哥哥是那种极力想要证明自己地位高贵、血统纯正的贵族，他以他那副毫无血色的苍白面容而自豪。哥哥嘴角上的那颗黑色的痣，也让他自以为很有气质。

在蒙森特，像他这样的贵族为数众多，郡守大人也是其中的一员。只不过，郡守早年曾经在炎热的南方供职，因此，他并没有像哥哥那样值得称傲的苍白皮肤。

郡守曾经和大多数贵族一样，为了让皮肤因为晒不到阳光而变得苍白，索性在暗无天日的地下室生活了几个月。可惜，南方炎热天气所赋予他皮肤的那种古铜色，并不是那么容易就消退的。

"克曼狄伯爵，我久闻阁下大名。当初在逃亡途中，我就从增援蒙森特的阿得维爵士那里听说过您的名字。能够亲眼见到您，我感到无比兴奋！"系密特说道。他的话也半真半假。

明知道对方看不起自己，系密特心中自然有些反感，不过，面子上总要过得去，他也只能这样半真半假地说了。

系密特这才知道，为什么这几位先生聚集在这里，看上去仿佛彼此之间极为热情，而实际的气氛却是如此糟糕。

原来，每个人都口是心非，热情的仅仅只是表面而已。

"噢，能够翻越奇斯拉特山脉，你一定有着与众不同的惊人本领。听说，就是你发现了只要跳进河里，魔族便发现不了我们这个关键情报？

"但是，从奇斯拉特山脉流出来的只有维琴河，现在这个季节，跳入维琴河可不是一件轻而易举的事情！你一定有着与众不同的本领，才能禁受住那可怕的严寒。"

克曼狄伯爵显然并不是擅长掩饰情感的人物，才刚刚互相介绍完，他便开始对系密特提出了质疑。

"克曼狄伯爵，您不得不承认，在紧急关头，人类能够发挥出超常的力量。伟大的七世陛下，不就曾经在一夜之间，骑马奔行了一千多公里的路程吗？

"正是这场奇迹，使他得到了即将被人篡夺的王位。古往今来，有第二个人能够做到这一点吗？

"当我在七世陛下的传记中，看到了关于这一段经历的描写时，我也完全不能理解。但是，我却丝毫没有怀疑过这一点。"

塔特尼斯伯爵替自己的弟弟做了最好的解释。

对于熟悉历史的他，想要驳倒克曼狄伯爵，确实是轻而易举的事。

事实上，塔特尼斯伯爵原本就不太看得起这位克曼狄伯爵。他看不起这个只懂得骑马和打仗的武夫，更看不起一个只有三代历史的伯爵家族。在他看来，克曼狄伯爵只不过是一个捡到了便宜的侍卫队长。以他的能力和头脑，国王肯让他守卫荒凉的特赖维恩，已经是对他极大的恩赐了。

不过这一次的胜利，对于克曼狄伯爵来说，恐怕是一个十分难得的晋升机会。

塔特尼斯伯爵很不愿意看到，这个狂妄傲慢又目中无人的武夫，会因为这小小的功劳而得到进一步的晋升。

如果国王陛下仅仅是赏赐领地给他，倒还能够让人接受，但如果让这个家伙获得爵位方面的晋升，就实在有些过分了。但是，考虑到国王陛下一向都是那么慷慨大方，塔特尼斯伯爵也就知道，这个武夫这次肯定会得到爵位晋升了。

不过，他倒是并不在乎。反正他已经和葛勒特将军达成了默契，他将放弃蒙森特郡守备的职务，也放弃谋求郡守职位的计划，他要到京城去另谋发展。

事实上，他已经和京城中几位与自己一向关系密切的豪门家族约定好了，他们承诺将全力推荐自己。

塔特尼斯伯爵很清楚，这将是一场豪赌。如果失败，那么他的仕途，也就到此为止了。他的一切都将失去，只留下一个伯爵的空头衔，甚至连在勃尔日原本已经拥有的一切都将全部失去。

但是，万一成功的话，那么他将从一个默默无闻的地方贵族，一跃成为身份高贵的京城世家贵族中的一分子。就算没有得到晋升，去京城也意味着能够接近到国王陛下的身边，这不但容易得到出人头地的机会，更可以减少很多风险。

塔特尼斯伯爵虽然年纪不大，但在政治圈里浸淫多年，他自然很清楚，无论是身份高贵的官员贵族，还是势力庞大的豪门世家，都没有办法获得永久的权柄和风光。

只有国王陛下才能永远光芒四射，耀人眼目。

塔特尼斯伯爵早就打定主意，要到这光辉耀眼的国王陛下跟前去。因为只有这样，他才能够沾染上一些光芒。也许有朝一日，他也会凭借着这些光芒而变得耀眼起来。

"克曼狄伯爵，我们至高无上的国王陛下不知道会奖赏阁下些什么，我真是很想知道。也许，我应该称呼阁下为侯爵大人了？"塔特尼斯伯爵微笑着说道。

"不，我倒并不期待这种过度的赏赐。我还没有建立起足够的功勋，侯爵的称号也不是我所希望的。在给国王陛下的呈文之中，我已经提到这一点了。"克曼狄伯爵严肃地说道。

"克曼狄伯爵想为他的弟弟争取一份功劳。他的弟弟在这一次战役中确实表现英勇！我已经推荐他成为新组建的骑士兵团的副团长，现在，就等待着国王陛下给他嘉奖了。"葛勒特将军在一旁解释道。

塔特尼斯伯爵稍稍一愣，不过他立刻猜到，这肯定是郡守替这个武夫出的主意。

事实上，他原本打的也是这样的算盘。因此，这一次他尽可能地突显系密特的功劳，请国王陛下授予系密特爵位。

只要系密特再努力一些，也许到了三十岁的时候，便能够得到再次晋升，那么，自己的家族将拥有两个伯爵爵位。只要布置巧妙，就完全可以通过合并这两个爵位，而获得侯爵的晋升。

当然，想要达到这个目的，获得系密特的同意是极为关键的一步。除此之外，他还得准备一大笔财产。收买那些长老院的有力成员，价钱可不便宜。

塔特尼斯伯爵琢磨着，该怎么去弄这一大笔钱。

"塔特尼斯伯爵，听说阁下也将自己的功劳归于您的弟弟？想必这一次，国王陛下将为同时出现两位未成年的爵位拥有者而感到无比自豪。毕竟，这是很难得发生的事情。"郡守笑着说道。

塔特尼斯伯爵这才知道，原来这个家伙是为了要压制自己，才怂恿克曼狄伯爵进行如此的安排。他是想慷他人之慨，来阻止自己的计划。

不过，塔特尼斯伯爵确实感到极为惊讶，难道克曼狄伯爵的弟弟也是一个未成年人？

"克曼狄伯爵，难道您的弟弟也和我家的系密特一样，还没有达到足以授爵的年龄吗？"满怀疑惑的他终于忍不住问道。

"特立威他今年十六岁。不过，他从小便在军营里长大，这是我们家族的传统。"克曼狄伯爵板着面孔说道。语气中充满了自豪和自信。

正当众人一边谈笑风生，一边勾心斗角的时候，突然间远处传来了一声欢呼："系密特！哦，那肯定是系密特！"

随着声音，一位身材矮小肥胖，已经几乎失去了正常比例的老人一摇一摆地向这里走来。在他的身后，跟着一对介于中年和老年之间的夫妻。

"比利马士伯爵，我真是好想您！我一回到勃尔日就去拜访过您，但是您家的大门，却总是紧紧地锁着。"系密特兴奋地说着，向那位胖老者快步走了过去。

看到系密特自说自话地走开，塔特尼斯伯爵心中确实有些不愉快。但是对面走过来的这三位人物，却不是自己得罪得起的。

那位肥胖老者，是家族中一支旁支的长辈，而且，他还是系密特的教父。这位比利马士伯爵在蒙森特郡出了名的人缘好，再加上他为人达观，乐天，因此在这里说话颇有分量。

当年，塔特尼斯伯爵还没有在勃尔日站稳脚跟的时候，比利马士伯爵曾是他最强大的后援。现在虽然情况已经不同了，但精明的塔特尼斯伯爵绝对不会打算去得罪这位人缘极佳的老人。

更何况，站在比利马士伯爵身后的那一对夫妻，正是自己的岳父与岳母。面对他们夫妻俩，自己更加不敢失了礼数。

系密特对于能见到教父，当然感到相当高兴。

如果说，在这个世界上有什么人是他最为崇敬和爱戴的，那么一个无疑是他的父亲，而另外一个，就是眼前这位矮胖的教父。

小时候，系密特最喜欢坐在教父的膝盖上，听他讲述他年轻时候的冒险故事。

教父的故事总是十分精彩，内容包括他如何在沙漠中寻找格米波王的宝藏，如何进入死亡森林去猎杀独角兽，如何在狂暴海域遇上风浪，船只沉没后他漂流到蛮荒岛上，又是如何与蛮荒人生活在一起，并且最终得救……

教父的冒险故事层出不穷，为系密特打开了一扇认识刺激生活的大门。那时候，系密特就向往着，有朝一日能和教父一样在四海闯荡，寻找各种奇珍异宝。这几乎成了他儿时除了成为圣堂武士之外惟一的梦想。

当然，系密特现在已经知道，历史上从未有过"格米波王"，世界上也没有一座森林叫做"死亡森林"。蛮荒岛和蛮荒人也许确实存在于这个世上，但是还没有任何人发现过他们的踪迹……原来所有的一切，都是这个矮胖的教父杜撰出来的事情。

一直以来，他都只是在给自己讲故事。

比利马士伯爵这辈子根本就没有走出过蒙森特郡，他甚至连森林的边缘和奇斯拉特山脉脚下都没有到过。

不过尽管知道这些，系密特仍然很崇敬教父大人。因为他是系密特所见过的人中，最经常保持笑容的一个。系密特从来不曾看到过他皱眉头或是愁眉苦脸的样子，更没有看到过他悲伤或者愤怒。

就连他家的仆人也都个个嬉皮笑脸，吹牛和讲故事的本事一个赛过一个。在教父的庄园里面，整天都能听得到笑声。

"哦，系密特，你长得真高啊！"教父发出了惊讶的感慨。

实际上，系密特长得并不算很高。在同年龄的少年中，他只能算得上是中等个头而已。但是，和矮胖的教父比起来，系密特确实显得已经很高了。

系密特笑了笑，他绝对不会当真的。教父说话很少有正经的时候，十句话中有一句是真的就已经相当不错了。

"系密特，沙拉传来的口信，说起过你已经回来了。可惜那时我们都在罗拉那里，没有办法赶回勃尔日。你的身体好吗？玲娣现在怎么样了？她嫁的那位博罗伯爵，对她怎么样？"

温波特伯爵夫人一开口，便是一连串的问题。

这些问题，让系密特完全不知道该从哪里开始回答才好。

"玲娣姑姑生活得很幸福，博罗伯爵是一个好人。"系密特自然挑最容易的问题先回答。

"哦，那太好了！玲娣应该得到幸福。她还没有小宝宝吗？"那位乐天的教父问道。

"是的。"系密特回答道。

"她的丈夫不够努力啊，至少也应该辛勤耕耘才对！玲娣那么漂亮，绝对是一片肥沃的土壤。"教父开始说起浑话来。

系密特一时之间，不知道该如何回答才好。

"比利马士伯爵，您怎么能当着小孩子的面说这种话！"温波特伯爵夫人埋怨道。

"这有什么？系密特已经十四岁了，他应该懂得这方面的事情了。"教父不以为然地说道。

"系密特，我告诉你，这一次在罗拉那里，我指挥着骑士们，将魔族一次接一次的进攻都击退了！其中的故事可精彩了！有时间你到我那里去，我详详细细地说给你听。"教父显然又开始杜撰他的传奇故事了。

可惜这一次，对系密特来说，他的故事已经显得不新鲜，没有吸引力了。

温波特伯爵夫人立刻打断了他的话头："比利马士伯爵，您的故事恐怕还没有小系密特的经历更加精彩！他和玲娣以及那位博罗伯爵是从奥尔麦逃出来的，而且小系密特是千里迢迢，翻越了奇斯拉特山脉才到达这里。

"在路上，和系密特一同前进的骑士军团遭到了魔族的攻击，全军覆没，但是，小系密特竟然奇迹般地从那些魔族的攻击之中逃了出来！"

"哦，是吗？这么说来，系密特这一次可以说故事给我听了！有时间到我家来，将你一路上的经历详详细细地告诉我。"

比利马士伯爵一点都不沮丧，他仍旧是那副乐天达观的模样。

看到这些人说笑得如此起劲，塔特尼斯伯爵他们也不好意

思打搅，都知趣地退到了一边。

重新获得了自由的系密特，自然不想再回到那些虚伪的官员中间，不想再回到那种沉闷而压抑的气氛中去。

更何况，跟着教父总是能够感受到快乐。

礼堂中，每一个见到比利马士伯爵的人都必恭必敬地向他致意，比利马士伯爵也一一回应，并不管这些人到底是什么身份。无论是仆人侍者还是达官显贵，他都一视同仁。

市政大厅的左右两侧，都开着一大排落地大窗。左面窗户正对着一片碧绿的草坪，右面窗户则对着恢弘壮丽的格勒大教堂。

正当走出礼堂的人们快要走到那块草坪上去的时候，对面走来六位衣着朴素的年轻人。其中的一位和系密特的年龄相差不多，另外几个，则已经微微长着一些胡髭。

那个和他年纪相差不多的年轻人，原本并没有注意系密特，但是他的眼睛向远处一扫，突然间便注意到了系密特的存在。

一行人交错而过的时候，系密特感到有人用肩膀向他重重地撞了一下。几乎是下意识的，系密特向旁边错开一步，轻轻巧巧地避了过去。那个少年的身体猛地往前一倾，几乎因为收不住势而摔倒在地。

对于这种意外，那个少年显然大吃一惊。他转过身来，愣愣地看着系密特的背影，他绝对不相信传闻中那些有关这个少年传奇经历的说法。

在他看来，这个少年如果不是一个成功的骗子，就是仅仅靠着好运气而成功地翻越了奇斯拉特山脉。

而这种幸运，便被人们夸大成为了奇迹。

事实上，他原本计划在晚上的庆祝典礼上，好好地杀杀这些虚伪而贪婪的官员的威风。

在他看来，这一次整个北方之所以能够守住，完全是战士们浴血奋战的结果。但是这些文职官员，却轻而易举地分去了一大笔功劳。

在分薄了军人功绩的人中，对于那位创造出制胜战术的魔法师，他没有任何话好说。但是，这些厚颜无耻的文职官员，则实在是太讨厌了。

在魔族入侵的时候，他们就像是躲藏在母鸡翅膀底下咯咯直叫、战栗发抖的雏鸡。但是在魔族被驱赶到森林中以后，他们便跳出来四处游走。在向国王陛下发出胜利捷报和战事呈文的时候，他们还总忘不了为自己增添一些子虚乌有的功劳。

这些文职官员之中，尤其以这位守备最为无耻。

当战事最为紧张艰难的时候，他住在守卫最森严，相对来说也最为安全的勃尔日。这个家伙自己得到平安，就不管前线将士的死活，甚至连数量充足的武器都不愿意提供。多给部队一些弩炮，就好像是要了他的老命一般。

军团中的每一个人都确信，这位塔特尼斯伯爵趁着这次魔族入侵，大大地发了一笔横财。而且，他竟然还恬不知耻地在战事结束以后，为自己呈报了极大的功劳。

正因如此，刚才特立威走进礼堂，远远地看到他哥哥克曼狄伯爵对他使了一个眼色，就立刻注意到了眼前的系密特。

原本，他确实有意想要将系密特撞倒。

虽然这种行径有些近似于街头无赖，但是特立威认为，对付这些恬不知耻的寄生虫，使用街头无赖的方法最为有效。

但是那意外的失手，让他感到惊诧莫名。这个叫系密特的

小子，反应实在是太迅速了。难道，他真得是凭着自己的实力，翻越奇斯拉特山脉到达这里的？

特立威甩了甩头，将这种想法从脑子里面驱逐出去。他已经将刚才的那一切都归咎于意外。也许，那个小孩刚好就在那一刻扭转身体，只是自己运气不好，所以才刚好被他躲过。

对于刚才这一幕，在楼梯上监视着底下侍从们忙碌布置会场的那四位大人物，自然是看得一清二楚。

特立威的行动，原本就是克曼狄伯爵授意的。

事实上在来之前，他和他的手下就已经拟定了好几种方案，准备让这些抢夺他们功劳的无耻之徒当场出丑。虽然这种做法有些无赖，但是他们觉得，对付这些无耻之徒，也只有使用无赖的招数。

而且，克曼狄伯爵自信郡守会站在他这一边。万一出了事情需要仲裁的话，情况也会对他们比较有利。

塔特尼斯伯爵所打的，则完全是另外一番主意。

事实上，他早就买通了这一次来勃尔日代表国王陛下颁旨的钦差大臣。钦差大人将会在给国王陛下的呈文之中详细描述，这些获得功勋的武夫，是多么骄傲蛮横和目中无人。

历代国王陛下，最容不得的就是这种以功自恃的军队将领。克曼狄伯爵这样干，绝对不会有好果子吃。这个莽撞愚蠢的武夫，被别有用心的郡守当做了压制自己的工具来使用，居然还不自知。

对于应该如何应付克曼狄伯爵的挑衅，塔特尼斯伯爵早已经打定了主意。

他只要装出一副身处弱势、被人欺凌的样子就可以了。反正，他就要放弃在蒙森特的一切官职，到京城去另谋发展了。

在勃尔日建立起来的威严，现在对于他来说，已经毫无意义。但是这种处于弱势的姿态，却给了他离开的最好理由。

而且，这会增添国王陛下对这些武夫的愤怒，还有对自己的同情。一次小小的挫折，却可能带来自己的飞黄腾达，这样绝好的机会，塔特尼斯伯爵是绝对不会放过的。

盛大的庆功典礼，在这一片勾心斗角之中，终于开始了。

当预示着典礼即将开始的那一段进行曲奏响的时候，原本在花园中嬉戏、在草坪上散步、在楼上大客厅里闲聊或者打牌的人们，都纷纷整理好衣冠，精神抖擞地进入礼堂。

礼堂中拥挤不堪，人声鼎沸。

突然间，两边站立着的军乐队，奏起了国王进行曲。

一位瘦削枯干、满脸皱纹的老者，在郡守的陪同下，随着那嘹亮的长号声走下了楼梯。

这位老者虽然其貌不扬，但是却颇有气势。他正是塔特尼斯伯爵极力想要模仿的那种京城世家贵族的典范。

老者的面容苍白，没有多少血色；嘴唇很薄，微微有些翘起；十指修长，指甲修剪得极为平整，还涂着透明的指甲油。

老者身上穿着的衣服，一眼看去就和蒙森特郡那些裁缝的手艺不一样。那精细的做工，让在场的大多数贵族都羡慕不已。

他的右手手指上，戴着三只镶嵌着大块宝石的戒指。除了那三块硕大宝石本身所具有的价值以外，戒指的纹饰和样式都证明着那是皇家作坊精心制作的饰品。这种只有皇室成员和受到国王陛下特别恩宠的臣子才能佩戴的饰品，让以此为荣的贵族们更是羡慕无比。

这些人中，塔特尼斯伯爵便是感觉最强烈的人物之一。

老者虽然年事已高，但步履却颇为轻盈。对于连走路都必须依照特定规矩的贵族们来说，老者的步伐无疑是最标准的典范。

踏着优雅的贵族步伐，老者走到了众人面前。

他身侧的侍从手中，端着一个巨大的金质盘子。盘子上面，如同金字塔般层层叠叠地堆垒着一卷卷精致整齐的授勋文书。

另外一位侍从的手中，端着一个红色天鹅绒制的锦团。锦团上密密麻麻地别着几十枚勋章。

老者优雅地翘起小指，轻轻地拿起一卷授勋文书，慢慢走到礼堂正前方那镶着金边，用杉木搭成，刷着沉稳、凝重的棕色油漆的平台上。

"女士们先生们，我作为国王陛下的特使，来到这个充满了胜利和喜悦的城市，表达国王陛下对各位英勇行为的敬意！

"正是各位用你们的忠诚和勇敢，将可怕的魔族驱赶出了这块美丽的土地……"

他用纯正的京城口音，宣布着国王陛下的恩典。

台下的人们都鸦雀无声，不过他们的想法却各不相同。

女士们对于国王陛下的恩典并没有多少兴趣，她们更关心的，是等一会儿的舞会。她们中的大多数人，都做着成为众人瞩目的舞会皇后的美梦。

这么多日子以来，大家都提心吊胆地生活在魔族侵袭的恐惧之中，整座城市里都没有任何的娱乐活动。对于女士们来说，今天是她们好不容易获得解放的日子，她们要尽情地享受欢乐，享受舞会所能带给她们的一切。

闲散的老人们对于宴会更感兴趣。上了年纪，对于地位和名望都已经淡漠很多，甚至可以说，对于生命，他们也比其他人看得更加透彻。

年轻人们，则紧紧地盯着那一叠授勋文书。他们中的大多数人，都盼望着自己能够有幸成为其中的一分子。

事实上，他们中的大部分人，都从上司那里得到了肯定的答复，好像国王的恩典十有八九会落在他们头上一般。听到这种承诺的人中，有一部分对此抱持着有限的怀疑态度，但是大多数人，早已陷入飞黄腾达的迷梦中不能自拔了。

"在这一次对抗魔族入侵的战役中，功劳最大的莫过于葛勒特侯爵大人。丹摩尔王朝将永远不会忘记侯爵大人的功勋。他伟大的战绩，将被载入丹摩尔王朝的历史之中，后世的人们必将用'英雄'和'英明的统帅'来称呼侯爵大人。"

钦差大人笑盈盈地将纸卷上绑着的丝带解开，将文书摊在手中说道："因为这伟大的功勋，国王陛下特此授予杜里埃特·西莫莱·葛勒特侯爵宫廷首席军事顾问称号，以及波尔玫郡珀斯山周围一百五十公顷土地的世代拥有权。除此之外，还授予葛勒特侯爵家族一份伯爵爵位的确认文状。"

说完这些，钦差大人将纸卷一转，将正面朝着葛勒特将军，继续说道："祝贺您，侯爵大人，祝您的家族繁荣昌盛！"

听完国王陛下的赏赐，底下一片哗然。

就连塔特尼斯伯爵也没有想到，国王的赏赐竟然是这样的。

事实上，他原本猜测国王会将葛勒特将军晋升为公爵。现在看来，国王在土地上的赏赐显得过于慷慨，但在爵位的授予上却显得相当吝啬。

没有人比他更清楚，位于波尔玫郡内的珀斯山中，到底储藏了多少矿藏。那里简直就是一座金山！

获得这样一块世袭领地的葛勒特家族，毫无疑问，将会成

为丹摩尔首屈一指的豪富家族。而这个家族，竟然只是一个侯爵家族，这样的财富和爵位，实在是太不相称了。

至于那个伯爵爵位，对于子嗣单薄的葛勒特家族来说，又显得有些多余。

葛勒特侯爵只有两个儿子，长子将来肯定要继承他的侯爵爵位，而次子早在几年前就去世了。葛勒特家族的人丁并不兴旺，根本找不出人来继承这个新授予的伯爵爵位。

塔特尼斯伯爵有些猜测不出国王陛下的真实意图了。他静静地看着钦差大人亲自将一枚勋章别在葛勒特将军的胸前。

那是一枚代表着军人所能得到的最高荣誉的圣骑士勋章。

在丹摩尔王朝几百年的历史上，得到过圣骑士勋章的只有六个人。他们的名字，毫无疑问会随着他们的功勋，永远被载入史册。

显然，这绝对是一种无上的光荣。

具有讽刺意味的是，这六位名冠当时的英雄人物所属的家族，无一例外都成了昙花一现的豪门贵族。这六个家族，最终都是因为没有继承人而彻底断绝的。

塔特尼斯伯爵猜测，国王陛下是不是因为这一点，才授予葛勒特将军这枚勋章的。

国王陛下给予葛勒特将军的赏赐已经令塔特尼斯伯爵感到非常惊讶，第二个受到赏赐的人物，更让他感到不可思议。

在塔特尼斯伯爵看来，这一次应该受到嘉奖的，除了头份功劳绝对毋庸置疑地属于葛勒特将军以外，第二份功劳，无论如何，都应该属于对整体战局做出巨大贡献的三位人物中的一个。

其中的一个，便是自己的弟弟系密特。

而另外一位，毫无疑问，便是宫廷魔法师波索鲁先生。

虽然塔特尼斯伯爵内心深处很不愿意承认，但是克曼狄伯爵也该是三个人中的一个。毕竟，在费松山区阻挡住魔族最初几轮攻击的他，确实是对抗魔族的前半阶段战役的大功臣。

塔特尼斯伯爵绝对没有想到，排在第二位受到嘉奖的，竟然是从来没有参加过任何战役，只是在魔族入侵的最初阶段曾经向国王陛下进言说，绝对不能放弃北方领土的法恩纳利伯爵。

在此之前，塔特尼斯伯爵甚至从来没有听说过这个名字。不过，现在他打定主意，绝对要尽快将这位伯爵大人的一切都打探清楚。塔特尼斯伯爵凭着他那敏锐的政治嗅觉，一下子便闻出，这位法恩纳利伯爵，绝对将是国王身边迅速崛起的新贵。

和塔特尼斯伯爵打着同样主意的人不在少数，那位郡守显然也有着相同的认识。

法恩纳利伯爵并不在这里，因此钦差大人只是宣布了国王的恩典，便继续颁发国王陛下的下一份赏赐了。

当钦差大人念到系密特的名字的时候，塔特尼斯伯爵浑身一震，脸上露出了难以抑制的喜悦笑容。特别是当他听到系密特的封地，正是他出生入死翻越过的那座奇斯拉特山脉中的一段时，塔特尼斯伯爵简直是兴奋极了。

既然给予了封地的赏赐，那么肯定会有一个爵位，只不过在系密特成年以前并不会正式颁发下来而已。

不过，塔特尼斯伯爵有相当的把握，只要在长老院和一些熟识的官员那里稍微活动一番，这个爵位的认可，十有八九能够早点弄到手。

事实上，塔特尼斯伯爵早就考虑好了为自己活动的人选。格琳丝侯爵夫人就是一位手段极为高超的女人，而且她的交游广泛，和皇后陛下更是闺中密友，因此她的话绝对很有分量。

塔特尼斯伯爵的脸上露出了得意的笑容，而郡守和克曼狄伯爵的目光中，却露出了淡淡的愤怒。而当他们看到塔特尼斯家族的两位成员先后上台领取授勋证书和勋章的时候，他们俩眼中的怒意便更加强烈了。

克曼狄伯爵还稍微好些，至少，他和他的弟弟也都如愿以偿地获得了奖赏和封地。

当然，克曼狄伯爵对于自己和弟弟只能得到费松山脉中那贫瘠的土地，而塔特尼斯伯爵却能拥有与他原来封地相连的良田，感到颇为气愤。但是和郡守相比，他已经好很多了。

底下站着的人中，最失落的可能便是那位郡守大人。

在对抗魔族的战役中，他没有丝毫的功劳，因此国王的赏赐中，也没有他的份额。而那个最令他痛恨的、忘恩负义的卑鄙小人塔特尼斯伯爵，不但为他的弟弟争取到了一个封爵，自己也捞到了一大块土地。

那可都是蒙森特最肥沃的土地！那块封给他弟弟的奇斯拉特山脉的一部分，也不是荒凉的不毛之地。

不过，这一切并不是最令他不满和紧张的地方。

郡守真正担心的是，塔特尼斯伯爵因为这次的功劳，肯定将特别得到国王的青睐，而他那狂妄自大的野心，显然直接威胁到了自己的地位。自己这个郡守的位子，看来也是朝不保夕了。

事实上，他之所以挑起克曼狄伯爵对塔特尼斯伯爵的怨恨，就是为了给自己的政敌制造麻烦。

现在在北方各郡，那些他原本瞧不上眼的军人，成了势力最庞大的一群人，他们越来越受到国王陛下的关注。

这些军人和自己没有丝毫的利益冲突，因为自己并没有获得国王陛下的赏赐，也没有分薄军人们的功劳。而塔特尼斯伯爵则完全不同，他已经成为了军人们的眼中钉。

正如郡守所预料的那样，军人们开始骚动起来。特别是那些没有获得任何赏赐，满心失望的军人，他们的情绪越来越激烈。

即便是那些获得了赏赐的军官，也同样对那为数众多的受到赏赐的文职官员心怀不满。因为军官们虽然得到爵位方面的晋升，但是他们获得的封地，大多数是杳无人烟的山地，而文职官员们，则大多数得到了和他们的世袭领地连在一起的良田。

不满的情绪，随着钦差大人手边的文书越来越少，而越来越难以抑制。最后一份授勋文书颁发完毕，军人们的怒火终于宣泄了出来。

为首的，正是克曼狄伯爵的弟弟。

作为两个还未成年但是已经从国王陛下手中获得了封赏的幸运儿之一，他和系密特所得到的恩赐，并没有多大的区别。

他们同样都没有得到正式的爵位封赏，但是拥有领地本身便意味着，得到爵位对于他们俩来说，只不过是迟早的事情。

他们俩的封地，也一样都是在杳无人烟的荒山野岭之中。

但是，这位特立威少爷自认为他是在军团之中，凭着勇敢和毅力，和士兵们一起出生入死才得到了这个荣誉。而一个娇生惯养的豪门贵族少爷，又怎么能和他相提并论？

"系密特先生，为了报答国王陛下对我们的赏赐，您愿不愿意和我一起进行一场剑术表演？"

特立威向自己的敌人发出了挑战。这原本就是他的哥哥和他商量好的。

　　而提议这样做的人，正是那位郡守大人。

　　在国王颁发授勋文书之后举行一场剑术表演，原本是丹摩尔王朝早年的一种风俗。只不过，这种风俗的历史，离现在已经极为久远了，久远到没有人提起，众人早已经遗忘的程度。

　　"特立威先生，我想，你可以另外找一位对手进行这场精彩的剑术表演。"

　　出乎众人预料，第一个出面阻止的，竟然不是塔特尼斯伯爵，而是葛勒特将军。

　　"将军大人，在这特殊的时刻，我想，我们不如用古老的传统来庆祝我们的胜利，并且感谢国王陛下的慷慨。"郡守连忙站出来，阻止葛勒特将军的劝架。

　　"是啊，将军大人，特立威和系密特少爷正好是相差不多的对手。当然，考虑到系密特少爷比特立威小两岁，特立威会注意分寸的，我们肯定能够看到一场'精彩'的表演。"

　　对于克曼狄伯爵的话，葛勒特将军颇不以为然。不过，看到蒙森特郡的郡守也站出来说话，将军大人稍一寻思，自然也就明白了其中的文章。

　　"葛勒特侯爵大人，就让他们表演一番好了。我也很想看看这两位传闻中的小英雄的风姿。"钦差大人兴致勃勃地说道。

　　老于世故的他当然知道，让那些不满的军人找到一个宣泄的机会，至少要比让他们将矛头指向自己来得好。

　　这位钦差大人没有忘记，塔特尼斯伯爵曾经贿赂自己，请自己在国王陛下面前为他美言几句。看样子，他想要离开这个愚昧落后的地方，到京城去另谋发展。而受到恃功傲物的军人们的欺压，实在是他离开的极好借口。所以，索性给这位塔特尼斯伯爵创造这样一个借口好了。

而钦差大人从他本人的立场考虑，也希望军人们稍微嚣张一点，这样可能会引起国王陛下对他们的反感。在内阁中，他所属的那一派系，是绝对不赞成让军人们获得太多赏赐的。这会使得军人们骄纵狂傲，不受控制。

塔特尼斯伯爵原本也想要出面阻止这场决斗，但是，听到钦差大臣如此一说，他连忙退了回来，还赶紧一把抓住了想要上前阻止的妻子。

沙拉小姐朝着他怒目而视。和丈夫生活了这么多年，她当然明白丈夫的为人和用意。

正当她要甩脱丈夫控制的时候，原本站在一边默不做声的系密特，缓缓地走了出来。

没有理睬沙拉小姐叫他回来的声音，也不管教父以及温波特伯爵夫妇的劝告，系密特站在了众人面前。

他很清楚，选择躲避是毫无意义的。因为在他的记忆中，有很多痛苦的回忆。那些圣堂武士无疑都将躲避纷争当成是他们生活的一部分，而最终的结果，便是那没有自由的生活。对于这样的生活，系密特并没有什么兴趣，他决定走一条不同的人生道路。

"克曼狄，我很遗憾你做出这样的选择。这对你并不有利。你让你的弟弟选择了一个危险的对手。"看到系密特神情自若地站在特立威面前的时候，葛勒特将军头也不回，对身后站着的克曼狄伯爵说道。

对于将军大人所说的这番话，克曼狄伯爵心里很不以为然。他始终认为，将军实在是太偏向于那位塔特尼斯伯爵了。

决斗并没有花费太多的时间，胜负几乎是在刹那之间便决

定了。

克曼狄伯爵满心希望看到自己的弟弟任意地玩弄那个讨厌伯爵的讨厌弟弟，但他看到的却是自己弟弟的惨败。

事实上，他甚至连弟弟是怎样失败都根本没有看见。

因为，系密特的剑法实在是太快了，快得超出他的眼睛所能捕捉的程度，甚至超出了他的大脑所能想像的程度。

仅仅是一击而已。

他只看到，系密特高高地举起他手中的细刺剑。

这个动作，原本引来了大多数军人的蔑视，因为没有哪个剑手，会使用这样的出手招数。

但是，当特立威用众人以为已经相当快速的动作，刺出力道强劲的一剑的时候，每个人只看到系密特如同挥舞皮鞭一般，将手中的细刺剑猛地抽落下来。

没有人能看清楚，双剑是如何互相碰击的。

当人们反应过来的时候，地上只有一堆钢铁碎片。

特立威的手仍紧紧地握着剑柄，鲜血顺着剑柄淌了一地。

系密特也同样手持剑柄站在那里，只不过他手中的断剑，要比特立威所持的长得多。

所有人都愣愣地看着这一幕。

过了好一会儿，那位钦差大臣才轻轻地拍着巴掌说道："精彩，真是十分精彩！我必然会将这无比精彩的一幕，报告给国王陛下知晓。"

钦差大臣的嘴角，微微地挂着一丝笑意。那是一种得意的微笑。

因为，他终于找到了一个足以打击那些军人的证据。

已经回到京城的波索鲁大魔法师也许不会和这些趾高气扬

的军人计较，但是这位塔特尼斯伯爵，显然不是那种宽宏大量的人物。而且，在他手中，还掌握着一个相当有力的工具。他的弟弟系密特，是一个没有人能够忽视的人物。

钦差大臣再一次轻轻地点了点头。他看着底下那满脸尴尬和一副难以置信神情的军人们，嘴边的笑意更浓了。

3 雇 佣

塔特尼斯伯爵府邸，仆人们正在忙碌着。

他们将一个又一个的大箱子搬上了长长一溜的平板马车，那架势，就像是系密特当初看到的那些急于逃亡的贵族一样。

府邸里值钱的东西，大多数已经被搬走了。

原本塔特尼斯伯爵打算将那些精细的家具都一起运走的，但是，当系密特告诉了他一路上的所见所闻后，他还是打消了这个念头。

与其为了这些并不算太值钱的东西而使车队显得庞大臃肿，又容易引起心怀叵测的人的袭击，还不如放弃一些次要的财产，极力保住比较珍贵的那一部分。

不过，作为一个头脑精明的人，塔特尼斯伯爵并没有因此而遭受多少损失。

他将那些没办法运走的家具卖给了那些极力想要巴结他、对贵族的一切垂涎已久的商人。

那些包裹着明亮的油漆、镶嵌着精致珐琅花纹的家具，就这样变成了一堆堆黄澄澄的金币，落进了塔特尼斯伯爵紧锁着的财宝箱里面。

作为一个小心谨慎的人，塔特尼斯伯爵在临走之前，还请司法官署派遣专职的测绘人员，将家族的世袭领地详详细细地制成了一份地图。而地图上，更是盖上了蒙森特郡司法官署的印章。

虽然他打算到京城另谋发展，但是，家族领地是保证他身份和地位的关键。这是家族的根基，绝对不允许有一点动摇。

更何况，塔特尼斯伯爵也很担心，一旦他不在蒙森特，会有些居心叵测的人暗中动手脚，瓜分和蚕食那原本属于他们家族的领地。

事实上，这种担心并不是杞人忧天。那些测绘人员进行测量工作的时候就发现，标志着领地所属的界碑有被人移动过的迹象。

当然，那些过于心急的人们，不得不为此付出代价。塔特尼斯伯爵依靠他在勃尔日留存的最后一丝威望，从那个过于心急的贵族那里，捞到了一大笔赔款。

这件事情，在蒙森特确实引起了一阵不小的轰动。

这一手确实高明。经过了这场风波，再也没有哪个家族会将主意打到塔特尼斯伯爵的领地上来。

那测绘精细、盖着司法官署印章的领地图纸，阻止了所有人的贪念。而那巨额的赔款，更是让那些原本心存侥幸的人彻底放弃了贪念。他们不愿意为了这一点点的土地，而得罪精明的塔特尼斯伯爵，那实在是得不偿失。

自从那场庆功典礼之后，塔特尼斯伯爵就摆出了一副备受委屈、遭到各方排挤的样子。

当他宣布要举家迁移到京城的时候，在勃尔日乃至整个蒙森特，都掀起了一阵轩然大波。

大多数人都无法理解，塔特尼斯家族在蒙森特郡根深蒂固，而且实力雄厚，为什么伯爵大人会舍弃这块根本之地，到那陌生的毫无根基的京城去。

对于大多数家族来说，离开了根基之地，无异于让大树离开原本生长的土地，那将会带来死亡。

勃尔日的人们好像在一夜之间，重新认识了塔特尼斯伯爵。

原来，他并不是大家一直认为的那种谨慎小心的人物。毕竟，他有一个喜欢冒险的父亲，还有一个同样渴望冒险的弟弟。

勃尔日的大多数人都已经确信，塔特尼斯伯爵的血管里面，同样流淌着这个家族酷爱冒险的血液。只不过，这种血统在他身上显露的症状，与他的父亲和弟弟的有所不同而已。

在那座已经被搬空、只留下空荡荡书架的书房之中，塔特尼斯伯爵静静地站在窗前。

总算空闲下来的他，静静地看着窗外的景色。

这栋祖传的家宅，很快就不属于自己了。

它的下一任主人，很快便会喜滋滋地搬进这里。

塔特尼斯伯爵毕竟不是一个只会盘算的机器，他同样也会有感慨和惆怅。毕竟在这个宅邸的每一个角落，都曾经留下他深深的回忆。

他曾经在这里度过他灿烂的童年，曾经在这里做他父母宠爱的孩童，曾经在这个宅邸迎娶他最心爱的妻子，也曾经在这里获得过宁静和安详……

事实上，他对于这个宅邸的留恋，远在系密特之上。

毕竟，这座宅邸并不是系密特惟一的乐园。对他来说，无论是在那个荒凉的、到处是树木和野兽的奥尔麦森林中的姑姑身边，还是在那个充满了吹牛者和无能汉，主仆之间毫无规矩可言的庄园中他的教父身边，显然都比在这座宅邸中快乐得多。

"伯爵大人，我可以进来吗？"

一阵敲门声，打断了塔特尼斯伯爵的思路。从那声音，他听得出来是总管站在门外。

对于他是为什么来找自己，塔特尼斯伯爵自然相当清楚。

"进来吧，苏勒，我正在等你呢。我想，你也应该要来找我了。"塔特尼斯伯爵长叹了一口气说道。不知道为什么，在快要离开这个地方的时候，他的心情竟然出奇地平静。

总管走进书房之后，又反手将门关上。

"苏勒，我现在在蒙森特已经没有多少威望了，没有人会卖一个即将离去的伯爵面子。"塔特尼斯伯爵再一次地叹了口气。

他缓缓转过身来，面对着这位为自己服务多年、到头来却什么都没有捞到的总管说道："我为你写的推荐信，就在书桌左边第一格抽屉里面。这封信是写给葛勒特将军的那位副官的，对于他，我还有一些威望。

"那位副官将会为你安排一个不错的差事。波尔玫铁矿的炼铁工匠们，需要一位精通经营和管理的经理，你是最合适的人选。而且担任这个职位，无论是郡守大人还是克曼狄伯爵，都没办法找你的碴。"

说完这些，塔特尼斯伯爵再一次转过身，望着窗外。

总管犹豫了一会儿，走到书桌前面。

他小心翼翼地看了伯爵一眼，看到他脸上并没有显露出丝毫愠怒的意思，才打开了伯爵刚才告诉自己的那格抽屉。

抽屉里面，果然平躺着一封介绍信。

总管虽然很想立刻打开来看一看，不过伯爵就在眼前，他

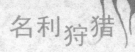

不敢造次。对于伯爵大人的性格，实在没有人比他更清楚的了。

虽然对于在铁矿担任一个小小的经理，这位总管先生并不是相当愿意，但是，在现在这种情况下，能够从塔特尼斯伯爵这里获得的推荐，顶多也就只有这些了。

这段日子以来，总管心中充满了苦涩。

他原本还期望借着伯爵的推荐能够飞黄腾达，并且最终拥有爵位，但是现在看来，这些都是痴人说梦。

管理波尔玫的矿山和炼铁厂，虽然是一个油水很足的好差事，但是想要获得晋升，恐怕终生无望。

总管并不是没有想过，要跟着塔特尼斯伯爵一起到京城去。

也许在京城，伯爵大人能够开创出一片新的天地，他也可以跟着沾光。但是，他却不敢将赌注押在这上面。

这场豪赌如果输了，伯爵大人还可以再回到蒙森特。虽然他的权势将会大大的不如以前，但是塔特尼斯家族，仍然是蒙森特数一数二的豪门家族。而自己，则将一无所获。不但连比较体面的差事也混不到一个，甚至有可能不得不终生为伯爵大人工作。

这是总管从来没有想过的事情。

将那封推荐信拿在手中，总管向塔特尼斯伯爵表示了感谢之后，便急匆匆地想要走出书房。

他刚刚走到门口，背后传来了伯爵的声音："苏勒，你愿意为我做最后一件事吗？"

总管只得转过身来回答道："伯爵大人，听候您的吩咐。"

"这一次到京城去的路途中，我很担心会遭到匪徒们的拦截，你知道，最近外面不大太平。因此，我想找些雇佣兵来保护我的财产。虽然，对付那些可怕的魔族，雇佣兵也许没有多少作用，但是对付普通劫匪，他们还是有些用处的。"塔特尼斯伯爵吩咐道。

他想了想，又加了一句："你带系密特少爷一起去。也许，他能让雇佣兵们别妄生贪念。

"这个年头，你很难分辨，哪些人是规规矩矩的佣兵，哪些是暗中也进行抢劫的匪徒。让他们见识一下系密特的身手，我想，敢于轻举妄动的人，就会少很多了。"

"遵从您的吩咐。"总管必恭必敬地说道。

虽然就要离开伯爵大人身边了，但他仍然不敢稍有失礼，因为他很清楚，塔特尼斯伯爵是一位斤斤计较的人。

从书房里出来，总管往后花园走去，去寻找系密特少爷。

这位少爷早已成了勃尔日城的风云人物，几乎每一个家族中都有人在传说着系密特少爷在庆功典礼那天的表现。

在典礼之后的剑术表演之中，他轻而易举地击败了那位特立威少爷。那闪电般的一击，震惊了在场所有的贵族。

总管本人并没有亲眼看到那一幕，不过，从其他人的传闻之中，他也多少了解到了一些情况。

虽然那些传闻中，有的过于神乎其神，有的则带有太多的猜测，但有一点是肯定的：现在没有一个人再心存怀疑——怀疑这位系密特少爷是否曾经独自翻越过整座奇斯拉特山脉。

因为，他的身手已经证明了一切。

可以说，甚至是那些骑士，都没几个有把握能抵挡得住特立威那迅疾的一剑。如果这一剑是刺向要害的话，任何一个没有穿着全身铠甲的骑士，毫无疑问的，都会在瞬息之间被刺死。

不过，令总管感到奇怪的并不只有这些。

也许别人没有发现，但是他绝对能够肯定，自己的表姐

——塔特尼斯伯爵夫人，对于系密特少爷的胜利毫不怀疑，甚至认为是理所当然的事情。显然，表姐已经知道了一些内幕。

总管一边想着，一边来到了后花园。

后花园原本盛开着的满园鲜花，现在已经零零落落。那些美丽的玫瑰，已经被伯爵大人当做礼物，送给了那些还和他保持着联系的家族。

不过，塔特尼斯家族拥有这里所有品种玫瑰花的花籽，经过几个春秋，肯定会有另外一座美丽的后花园出现。只是，它可能再也不会出现在蒙森特。

还没有走进后花园，总管就听到了表姐爽朗的笑声。

自从表姐嫁给塔特尼斯伯爵，成为伯爵夫人以来，已经很难得听到她这样的笑声了。总管绝对可以肯定，那位比利马士伯爵肯定也在花园里面。

系密特少爷虽然能令表姐高兴，但他还没有本事驱散表姐心头的阴影。只有那位矮胖老人，才能用他那肆无忌惮的笑话将表姐逗乐。

总管加快了脚步向前走去。他很清楚，这位矮胖老人的故事会有多么吸引人。虽然每一个人都知道他是在吹牛，但却都难以摆脱想要听他说故事的欲望。表姐的笑声，证明故事刚刚告一段落，现在绝对是将系密特少爷从他那位教父大人身边拉走的最好时机。

看到总管过来，所有的人都是一愣。

后花园里坐着不少人。除了伯爵夫人和系密特，以及那位爱吹牛的比利马士伯爵之外，塔特尼斯家族的那些关系亲密的老朋友，也全都聚集在这里。

"伯爵夫人，伯爵大人让我去请一些雇佣兵来，以便在一路上保护您的安全。不过伯爵大人担心，那些雇佣兵会在利益的驱使下，转化成为劫匪，因此想要请系密特少爷帮忙。"总管说道。

对于总管所说的一切，沙拉小姐颇不以为然，但是那个矮胖的比利马士伯爵，却相当起劲地在一旁帮衬着。

自从庆功典礼那天，系密特在大庭广众之下击败那个叫特立威的少年之后，他就经常在别人面前吹嘘，自己的"儿子"系密特，有多么的威武和神勇。

当然，在他的吹嘘之中，绝对没有忘记将系密特的身手说成是他亲自教导的成果。

对于比利马士伯爵的性情，这里所有的人都相当了解。他的兴趣一上来，就没有人能够阻止得了。沙拉小姐只得让系密特跟着总管一起出去。

马车早已等候在宅邸门前。一个衣着光鲜的车夫就坐在马车上面，这是塔特尼斯伯爵大人对于愿意跟随他一起去京城的仆人的恩典。

那辆马车是府邸里最漂亮、装饰最豪华的一辆，原本只有伯爵大人和夫人可以乘坐。不过，自从系密特为这个家族挣来了荣光之后，系密特便成了最经常使用这辆马车的人。

漆成白色的车厢上面，到处挂满了金漆的纹饰。马车侧面的车门上，绘制着塔特尼斯家族的族徽。

塔特尼斯伯爵一直对族徽上那个看上去笨笨的牛头感到颇为不满。在他看来，牛几乎是除了猪之外，最不上品的一种牲畜。他宁愿选择郡守家那个鹅头徽章，他觉得，那有一点点呆的鹅头也好过这个粗大的牛脑袋。

而钦差大人家族的鹿角徽章，更是让塔特尼斯伯爵整整美

名利狩猎

慕了两天。

在此之前，他最看重的家族徽章，是葛勒特侯爵家族徽章上的那三只金丝雀。虽然葛勒特侯爵的马车远没有自己的马车豪华漂亮，但塔特尼斯伯爵对那三只金丝雀徽章确实颇感兴趣。

和那三只金丝雀比起来，自己马车上所有金碧辉煌的点缀和装饰，都显得黯然失色。那精美的珐琅贴花，那金漆的月桂树纹饰，那用镀金的青铜绞成的玫瑰花扶手和栏杆，全都显得如此单调和平凡。

系密特倒不在意这些，不过他也不喜欢这辆马车，他宁愿自己驾一辆单人的轻便马车。当年他的父亲，就是驾着一辆单人轻便马车周游天下，到各地去冒险的。

系密特上了马车，总管并不敢跟着一起上去，而是坐到了车夫的身边。他已经习惯这个位子了。

塔特尼斯伯爵向来不喜欢别人不经他的同意便坐进车厢之中，即便是对原来的系密特少爷也同样如此，更别说他这个做总管的了。

马车缓缓地驶动起来。门前的路面上到处放置着巨大的箱子，马车好不容易才从这条路上挤了出去，驶上了宽阔平整的大道。

雇佣佣兵的地方，是在靠近城门口的平民区。

虽然远离贵族区，但由于这里除了有成片供平民居住的两三层楼的房子以外，还有勃尔日城最繁华的几条商业街，因此，贵族们也经常光顾这些地方。

总管时常到这里来为塔特尼斯伯爵挑选货品，因此他很清楚，应该到哪里去寻找伯爵大人所需要的佣兵。

51

勃尔日城共有五座城门，其中两座城门拥有水、陆两条通道，那是勃尔日最繁华的地方。在那座通往维琴河和勃尔日河交汇处那片湖荡沼泽的城门口，由于码头和商户皆聚集于此，显得更加繁华和热闹。

系密特参与攻击魔族行动的那天曾经到过这里，但是当时，他根本就没有心情欣赏两岸的风景。今天就完全不同了，闲来无事，系密特从马车中探出脑袋，看着大道旁那一排排的商铺。

与勃尔日河垂直，有一条可以并排通行三驾马车，算不上特别开阔的道路。道路两边全是三层的楼房，不远处便可以看到高耸的城墙。

靠近城墙的那排房子，几乎就建在墙根旁边。

系密特想，如果有士兵从城墙上摔落下来，他肯定不会掉到地上，而必然会砸在某一块屋顶上面。

这些楼房的式样几乎一模一样。

底楼靠着道路的那面墙壁被打通，成为了一间间的店铺。

这些店铺出售的货品琳琅满目，从花布、衣服到金属器皿应有尽有。大部分货品是通过维琴河以及维琴河的众多支流，从北方各地运送到这里来的。

这里也有一些珍贵的货品，比如那些名贵的、让贵妇人们不惜一掷千金的香料，那些用来一层层包裹身体的华丽丝绸，以及那些洁白如玉、上面还描绘着美丽纹饰的精美瓷器。

这些货品，都是通过森林中的那条大道，从丹摩尔其他地方千里迢迢运来的。

它们大部分不是丹摩尔自己出产，而是来自遥远的国度。商人们通过那些沿海的大港口，将这些世界各地的珍奇物品聚集到繁荣发达的丹摩尔来。

商人们带来了货物的同时，也给这里带来了繁荣。

和所有繁荣热闹的商业街一样，这里也布满了旅店和酒吧。

那些装潢精美的旅店，显然是有钱的商人们聚居的地方。有了金钱，自然就想要保养好自己的身体，吃住也都讲究了起来。

而那些破破烂烂的旅店和酒吧，则是没多少钱的雇员们喜欢待的地方。通常这种地方格外热闹，即使隔着很远都能听到里面传出来的喧闹声。

总管在一座外表看上去稍微整齐一些的酒吧门前停下了马车。不等总管为自己开门，系密特便跳下了马车。

这座酒吧最醒目地方的莫过于那早已被熏黑了的、用粗重的橡木钉成的门板。

门板的四周都用铁片包裹了起来，正中央还镶嵌着一把铸铁长剑。长剑的剑柄和剑身，都用很粗的铁环紧紧地箍在了门板上。

这把铸铁长剑并没有开锋。剑身的大部分深深地嵌入到橡木门板之中，只有很小一部分露在外面。

看来这块门板同时也被当做招牌使用。铸铁长剑旁边钉着一块铜牌，上面刻着"刀剑和幸运"几个字，这应该就是这间酒吧的名字。

在木门的右边，有一个青铜铸造的厚重把手。总管伸出手拧动把手，然后推开门走了进去。门被打开的时候，门上悬着的风铃发出了一串悦耳的铃声。

系密特跟在总管的身后走进酒吧。刚一进去，他就立刻感到有一股异样的味道扑鼻而来。那是各种臭味混合在一起的气味，像极了当初在逃亡的路上，那辆仆人们乘坐的马车里的气味。

2　　系密特用手轻轻地掩住自己的鼻子。虽然他知道这样做显得比较失礼，但是这股扑鼻而来的难闻气味，实在让他有些难以忍受，他也顾不了那么多礼数了。

酒吧中的光线显得极为黯淡。

这座酒吧显然被隔成了好几层，听楼上传来的声音，至少不止他看到的这两层。但是光线只有那么一点。除了从旁边的那些雕花隔板后面透进来的那一点点光线以外，就只有挂在旁边的那几盏油灯所散发出来的豆大的灯光。

除了幽暗之外，这里给系密特的另一个印象便是拥挤。

所有的地方都坐满了人，甚至连栏杆上面都坐着喝酒的顾客。为了减少占用的空间，这里的桌子也都是小小的，仅仅能够放得下八个紧挨在一起的酒罐。

正前方的柜台则是最拥挤的一个地方。

很多人站在那里，有的用双臂支撑着身体，有的斜靠在柜台上。他们的手中，都毫无例外地拿着一个用锡铸成的酒罐。

柜台的一头，放着一个很大的橡木做成的酒桶，另一头则舒舒服服地坐着一个年轻人。从他手中抱着把七弦琴的样子可以看得出来，他是一位四处旅行的吟游诗人。

系密特不知道，自己的父亲当年云游四海、到处冒险的时候，是否也曾像这样坐在柜台上。

那个吟游诗人一边弹着琴，一边吟唱着时下最流行的"维琴河畔的战士即将出征"。

"这里有雇佣兵吗？愿不愿意做一笔大生意？我家主人要前往京城，想要找一群保镖，谁有兴趣？"总管高声喊着。他尽量

提高嗓门，想要将那嘈杂的喧闹声压下去。

"过来。"底下传来了一个粗重的声音，"到这里来谈谈。"

旁边立刻有人加了一句："如果你过得来的话。"

四周顿时响起了一片哄笑声。

"阁下如果愿意接受这份工作的话，我们可以另外找个地方好好聊聊。我家主人极为慷慨，他给的酬劳一定会使阁下心动的。"总管并不打算挤进那堆拥挤的人群。

"不想下来就算了。我对看不起我们的人不感兴趣！"那个粗重的声音说道。

"是啊，那些老爷总是把我们当做随意使唤的奴仆。当他们的保镖最没意思了！酬劳再高我也没兴趣。"又一个人说道。

总管看了那些人一眼，他可没有兴趣和这些人胡闹。能够雇到雇佣兵的地方，并不只有这一家，他还可以到其他地方去看看。

总管正要转身走出酒吧，突然从楼上走下来一个身材颀长的高个子中年人。

这个中年人有一头蓬松的黄褐色头发，下巴上胡髭杂乱。他身上穿着一条布满皱褶的皮衣，那件皮衣倒是颇为名贵；下半身穿着一条宽松的马裤，裤管用绑腿紧紧地扎在一起；脚下蹬着一双皮鞋，和那件皮衣一样，这双皮鞋同样颇为名贵，只可惜主人并不爱护，因此显得破旧而肮脏。

"是你说，你家主人需要一些保镖?"高个子中年人看了一眼旁边跟着的系密特，转过脸向总管问道。

"是的。阁下有兴趣吗?"总管问道。

"是哪个家族?"

"塔特尼斯伯爵想要举家迁移到京城去，需要一些担当护卫工作的保镖。"总管回答道。

那个高个子显然正在脑子里搜索着有关塔特尼斯伯爵的资料，并没有马上告诉总管他是不是打算接下这个工作。

总管并没有发现任何异常情况，但是系密特却注意到，当那个高个子从楼上下来的时候，旁边的人突然都不做声了。

刚才那个站在柜台旁边发话的粗鲁汉子也调转过身体，并不看向这一边。而那个始终在粗鲁汉子旁边帮腔的小个子，则一脸冷漠地看着总管和自己。

"这位先生，我和我的手下，很希望能够为您的主人效劳。"那个高个子微笑着说道。

看到这个人连报酬多少都不询问，系密特更能肯定此人并不可靠了。

"你有多少手下？"总管问道。

"大概二三十个。不过我的手下个个都以一当百。"高个子笑盈盈地说道。

对于这种自我吹嘘，总管并不放在心上。每一个雇佣兵介绍自己的时候，都会宣称自己武艺精湛、实力超群，而他们中真正能够露两手的，并没有多少。

"苏勒，二三十人好像太少了。我看，我们下去跟刚才那位先生再好好谈谈吧，也许他也愿意被我们雇佣。"系密特在旁边插嘴道。

虽然总管并不明白系密特的意思，但他却并不想违拗这位与众不同的小少爷。也许有朝一日，他还得指望这位小少爷提携自己飞黄腾达呢。

毕竟，一个还没有达到法定成年年龄的人，就因为军功显赫而得到国王陛下的赏赐，并且进而得到封地和一个已经预定

好了的爵位，他实在是前途远大。

更何况，这位小少爷也不像伯爵大人那样为人冷漠，他和自己的表姐相当亲密。也许，依靠这层关系，将来或许能够指望这位小少爷推荐自己担任一个比较体面的职位。

总管已经盘算起来，要利用在波尔玫担任经理的机会多累积一些财富，等将来有了机会之后，再想办法钻营一个较体面的职位。然后，再花一点钱上下打点，也许在自己满六十岁、从公职上退休以前，能够得到一个爵位。

既然这样打算，就绝对不能违拗眼前这位小少爷。

正当总管打算走下台阶，挤进人群之中的时候，那个高个子突然朝柜台前站着的那个粗鲁汉子喊道："笛鲁埃，你有没有兴趣和我一起接下这笔买卖？"

那个高个子的语气中，有一种说不出的冰冷感觉。显然，这并不是他真实的意思。

"我没有兴趣接什么塔特尼斯伯爵的工作。这笔酬劳，你一个人独吞好了。"那个大汉无精打采地说道。显然，他并不打算和高个子发生冲突。

"先生，您看，他们不愿意接这份工作。如果阁下觉得人数还是太少的话，我可以再为您召集几批人马来。

"您先在这里稍微等一会儿，我马上叫人将他们召唤到这个地方。您也可以上楼看看，我的手下就在楼上。"说着，高个子仰着脖子，朝楼上喊了几声。

立刻有一个身材瘦削、简直称得上骨瘦如柴的黄皮肤少年从楼上跑了下来。

"你去将'独眼巨人'和'流星'找来，告诉他们，有一笔大生意要找他们合作。"高个子吩咐道。

那个黄瘦少年飞也似的跑出酒吧之后，高个子满脸堆笑说道："先生，这下您应该满意了吧？那两个佣兵队伍，虽然没有我们这样人数众多，但是加在一起也有十来个人，应该足够应付一路上的任何危险了。即便有魔族出现，我们也可以保护塔特尼斯伯爵的安全。"

总管不敢擅作主张，他侧过脸看着系密特。

对于总管的这番举动，不但那个高个子感到极为奇怪，旁边的人也都有些疑惑不解。

事实上，系密特出现在这种地方，原本就出乎所有人的预料。

为了掩盖系密特的身份，不让人们注意到他是一个圣堂武士，沙拉小姐刻意将系密特打扮成一个娇生惯养的贵族小公子。用系密特自己的话来说，就是那种跟在奶妈衣裙旁边的娘娘腔少爷。

如果是以前，他绝对不会任由别人将自己打扮成这样。不过现在，他已经明白了什么事情需要坚持，而哪些东西没有必要过于认真。更何况，系密特对于沙拉小姐的良苦用心了解得相当清楚，所以，他选择了顺从。

系密特穿上了华丽的丝绸衣服，衣服的袖管和领口上缝满了精美的花边；头发被整整齐齐地梳理起来，并且用充满玫瑰香味的发油厚厚地涂抹着，显得油光光亮晶晶的；他的脸上，更是抹着雪白的、香气扑鼻的面霜。

对于系密特这样的贵族小少爷，周围的人都看得太多了。在勃尔日城里那些来来去去的马车里面，总能看到一两个这样的小孩。但是，这样的小孩从来不会出现在这种地方。

这个贵族小孩出现在这里已经很令众人感到奇怪了，而更

奇怪的是，现在那个管家显然相当听从这个小孩的吩咐。

撒娇或没有道理地任意发火，好像才是这些小孩子应该做的事情。像现在这样一本正经地发号施令，实在是很少见。

正当众人猜测着那个管家为什么会对这位小少爷惟命是从的时候，门上的风铃再次响了起来。

随着铃声响起，从门口一连串走进十几个人来。

一时之间，酒吧里显得拥挤不堪。

系密特连忙退下台阶。虽然底下同样拥挤，但是至少比所有人都站在那狭小拥挤的门边台阶上，要好得很多。

"喂，莫索托，你说的大买卖在哪里啊？"一个人刚刚走进酒吧，便大声地嚷嚷了起来。

"布鲁诺，请你注意一下言辞！你眼前的这位先生就是我们的雇主，他是代表塔特尼斯伯爵来雇佣我们这些人，保护伯爵全家安全到达京城的。"高个子一本正经地说道。

说完这些，他侧转面孔，朝着总管笑道："先生，是不是这样，我没说错吧？"

刚刚进门的佣兵们转过脸来看着总管。

总管虽然很不习惯和这些粗人站在一起说话，但是为了完成伯爵大人交待的最后一项工作，他强忍着那扑鼻的酒气和口臭味道，尽可能彬彬有礼地点了点头。

"果然是一笔好买卖。"旁边另外一个人高声笑道。

"不要太放肆了。要不然，我们的客人可能要对我们的粗鲁感到不满了。"高个子温和地说道。

"先生您看，这些人是不是足够了？"高个子朝总管问道。

"这要问过我的主人才能知道。"总管并不敢随意地做出决定。

"那么您家的小少爷，是否能够决定这件事情？"高个子显然打算从系密特身上下手。也许他认为系密特年少无知，应该比较容易欺骗。

那些刚刚进门的人，听到高个子的话才注意到，酒吧里有一个与众不同的客人——一个洋娃娃般的贵族少爷。

"咦，我怎么觉得这位小少爷有些面熟？"其中一个人轻声地自言自语道。

系密特转头望去，看到一个中等个头、秃脑门的中年汉子站在那里。只见他紧皱着眉头，正在苦苦地思索着。

对于这个中年人，系密特也有一些模糊的印象，他好像曾经在哪里见过这个中年人。

两个人面对面，站在那里搜索着各自的记忆。

突然之间，那个秃顶汉子抬起头来，用手指着系密特，脸上充满了惊慌失措的表情，一句话也说不出来。

"卡农，怎么了？"高个子疑惑地问道。

他实在是很难想像，有什么事情值得这家伙如此惊讶。

但是这声询问，并没有为他带来任何答案。那个惊慌失措的秃顶汉子，跟跟跄跄往后退着，匆忙打开酒吧的大门，头也不回地逃了出去。

在秃顶汉子露出了害怕、恐惧神情的一刹那，系密特也终于认出了这个人的身份。

当初他刚刚从奇斯拉特山脉出来的时候，曾经在一个小镇上遇见过一帮匪徒，那个秃顶便是其中的一个。

他现在那惊恐万状的神情，就和当初看到自己消灭了所有魔族士兵时的神情一模一样。

如果不是对这副表情有着深刻的记忆，系密特根本就不可

能想起这张不引人注意的面孔。

　　既然知道了这个人的身份，那么眼前这个高个子中年人是什么样的货色，系密特自然也就一清二楚了。

　　"苏勒，我想我们可以去询问一下柜台前的那位先生，也许他愿意为我们服务。至于这位先生……"系密特将头转向那个高个子中年人，"我想我们还是不要麻烦这位先生比较好。"

　　虽然总管对系密特这番话的意思并不是相当了解，但是他并不是一个傻瓜，看到刚才那一幕，他也猜到，这其中必然另有蹊跷。

　　更何况他也曾听说过，有些雇佣兵经常做些抢劫的勾当。

　　那个高个子对于刚才的事情同样疑惑不解。但是在这一行干了这么久，他向来都认为应该信奉小心为上的宗旨。明知道眼前是一块硕大的肥肉，在没有弄清全部情况之前，他绝对不打算随便下手。

　　更何况这里是勃尔日城，并不是哪个荒僻的小山村。一旦身份败露，他们必将遭到全面的追捕，不要说反抗了，就连逃跑的机会可能都微乎其微。

　　所以，他虽然仍旧满脸堆笑，但是人已经退到了一边。

　　原本坐在底下看热闹的人们，现在倒是来了兴致。他们纷纷转过身来，看着台阶之上的几个人。显然是想好好看看，这件事到底会如何收场。

　　那位原本说话粗鲁的雇佣兵，也将注意力集中在了系密特身上。他很想好好看看，到底是什么原因，会让"矮锤"卡农如同看到恶鬼一般抱头鼠窜。卡农虽然名声不怎么样，但一直都不是个胆小如鼠的人物，是什么让他怕成那样？

　　只可惜和那个高个子、粗鲁佣兵一样有见识的人并不是很多。那些凶神恶煞般站在台阶上的人中，性情暴躁、目中无人的家伙并不在少数。

一个满脸横肉、身上穿着一套厚皮铠甲的彪形大汉大吼了一声："竟然敢消遣我们，老子要你们好看！"

说着，那个人伸出蒲扇一般的手掌，猛地一把按住了总管的肩膀。

总管吓得魂飞魄散。正当他胆战心惊地准备挨一顿狠揍的时候，原本站在一边的系密特，突然动了起来。

系密特的行动如同闪电一般迅疾、猛烈，还没等总管反应过来，那原本按在他肩膀上的大手，就已经软垂了下去。总管甚至还不知道发生了什么事情，身后那个穿着厚皮铠甲的彪形大汉已经轰然倒下了。

系密特身形一飘，回到了原来离开的位置，就好像他从来未曾离开过一样。

刚才，他只是轻轻地在那个大汉的脖颈后侧击了一下。这是他记忆中，圣堂武士们用来解决麻烦家伙的手法。

看到系密特的身手，所有人都倒抽了一口冷气。

高个子和那个粗鲁佣兵看到系密特出手的一刹那，立刻联想到那些身手高超的圣堂武士。

虽然系密特身材瘦削，但他那如同鬼魅般的动作，实在不是一个人类所能做到的。这个世界上拥有如此迅疾的行动力的，除了那些靛蓝色皮肤的魔族之外，恐怕只有那些同样非人类的圣堂武士。

除了高个子和那个粗鲁佣兵之外，其他的人并没有如此高明的见识。他们只是奇怪，眼前这个看上去娇生惯养、细皮嫩肉的贵族少年，竟然有着如此高深莫测的身手。

那些原本气势汹汹的家伙纷纷向后退缩，连地上躺着的那个昏迷不醒的同伴也顾不上了。现在他们总算知道，为什么卡农看到这个少年会那么恐惧，显然，那家伙曾经在这个少年手底下吃过苦头。

不知道是谁第一个溜出了酒吧，反正片刻功夫，那些拥挤在台阶上的气势汹汹的家伙，全都跑得干干净净，就连那个高个子也趁乱回到了楼上。

"有意思，小子，你的身手相当了得！我看不出你还有必要请雇佣兵做你的保镖。我想路上就算有一两个不开眼的家伙，也不够你一个人打发的。"那个粗鲁的雇佣兵说道。

"我不想引起纷争，伤人并不是我的本意。一群佣兵可以为我们的车队减少很多麻烦。"系密特回答道。这番话是他记忆中那些圣堂武士的智慧之言。

对于那些实力高超的圣堂武士来说，使用武力来解决一切，并不是他们信奉的原则。

"将我们当做驱鬼符咒？"粗鲁佣兵轻蔑地说道。对于扮演这个角色，他显然不感兴趣。

"不，我们确实需要一群保镖。人的精力有限，总有需要休息的时候，也总会有顾不过来的地方。"系密特诚恳地说道，"我现在就下来，你愿不愿意和我谈谈？"

"算了，用不着了。告诉我你们出发的时间，我会提前到达那里的。塔特尼斯伯爵府邸，我应该能够找得到。"那位粗鲁佣兵一边喝酒一边说道。

"阁下难道不想听听，我家主人会付给你们多少报酬？"总管问道。

"反正只是旅行一趟，报酬我不在乎。"粗鲁佣兵一副无所谓的样子。

听到这样的答复，总管终于放下心来。塔特尼斯伯爵吩咐的最后一项工作，总算是圆满地完成了。

现在应该是离开的时候了。

4 道　别

　　塔特尼斯伯爵的府邸前，长长的车队沿着门前的街道一字排开。仆人们正用很宽的牛皮带子将蒙在厚麻布下的大箱子紧紧地绑在马车上面。

　　这是塔特尼斯伯爵在听取了系密特的建议后，所做的布置。

　　系密特这一路上确实看到了不少遭抢劫的车队，自然也知道应该如何避免自己家的车队遭到抢劫。

　　大箱子两侧的铁环已经被卸了下来。这些铁环原本是为了搬运方便而安上去的，但无疑也为劫匪制造了方便。

　　那些没有必要带走的粗重物品，系密特也已经建议他哥哥处理掉了。系密特没有忘记，那些疯狂的掠夺者最注意的，就是那些家具和容易被搬走的东西。

　　花瓶和台灯这些昂贵的、一时间不容易卖掉、扔在这里又有点可惜的物品，也已经被牢牢地包裹起来，上面铺上了薄木板，放在几辆专门装载这些物品的马车上。

　　一切准备妥当之后，马车排成了一排，在门前的街道上等候。

　　为首的是三辆马车。

第一辆自然是塔特尼斯伯爵夫妻所乘坐的。

沙拉小姐很想让系密特也乘这辆，塔特尼斯伯爵好说歹说才将她劝服下来。毕竟，坐在第二辆马车中的是系密特的母亲。将儿子从母亲身边夺走，去和哥哥嫂嫂坐在一起，无论如何都说不过去。

这第二辆马车，蒙在一层厚厚的黑色纱巾之下。

但是，系密特却清楚地知道，母亲已经换掉了她那身长年穿着的黑色长裙。离开这座城市，也使得母亲大人从她那完全封闭的生活中慢慢走了出来。

当然，系密特也很清楚，沙拉小姐对于母亲的转变颇不以为然，她甚至不愿意向自己的母亲表示问候。

在沙拉小姐的坚持下，塔特尼斯伯爵专门为弟弟准备了一辆马车。

不过，系密特更喜欢自由自在地骑在马上，特别是当他发现，那个叫笛鲁埃的粗鲁的雇佣兵居然拥有六匹产自波罗奔撒沙漠的良种马的时候。

系密特不在乎和佣兵们混在一起是不是不太体面，或者会不会受到哥哥的责备，在他看来，那些佣兵都是不错的家伙。

虽然这些佣兵都很粗鲁，有时甚至将粗鲁当成一种生活的乐趣，但是，系密特却从他们身上，看到一种自己一直渴求的自由自在的心情。

几个月以前，自己同样是一个自由自在、无拘无束的人，当然，那和自己的年龄有关。但是这份不受拘束的心情，却已经失落在奇斯拉特山脉之中。

在那充满血腥和恐怖、整天提心吊胆、害怕看不见明天到来的日子里，实在是发生了太多意想不到的事情。

对于系密特来说，经过这段日子，除了他的力量变得强大无比之外，他的心境也变得有些苍老了起来。

这种变化实在是太剧烈了，和他原来的情况相差太多。系密特有时很怀疑，自己是不是能够适应过来。

街道上已经安静下来，仆人们也将马车收拾好了。

沙拉小姐将最后的工钱支付给他们之后，那些不跟随塔特尼斯家族去京城的仆人们，渐渐地四散而去。

看着剩下的稀稀落落的七八个仆人，系密特心中暗叹，哥哥的人缘显然不怎么样。

事实上，愿意跟随哥哥一起到京城去的那几个仆人，大多数是服侍沙拉小姐和母亲大人的，还有一些是原本跟着父亲、后来被哥哥驱赶到庄园去的那些老仆人。

哥哥一手提拔起来的那些仆人，一个都没留下，其中也包括那位总管。他刚才趁哥哥不在这里的时候，来问候了他的表姐。不过，看他行色匆匆的样子，显然不是专程来探望沙拉小姐的。

愿意跟随塔特尼斯家族到京城去的仆人，甚至还没有他们请的雇佣兵多，而且其中大多数是侍女和年老体衰的老人，因此赶车的任务，自然便落在了那些雇佣兵身上。

每辆马车上都坐着一两个雇佣兵，他们的马匹就拴在马车后面。这些马匹什么样子的都有，除了那六匹良种马以外，其他都是杂七杂八的。有些已经衰老得不像样，还有一些显然原本只是拉车的马，根本没有受过训练。

至于那六匹良种马，系密特很怀疑是这些雇佣兵从哪里偷来的。因为这几匹马的马鬃梳理得极为整齐，不像是这些粗鲁的雇佣兵会做的事情。

系密特一直对这支名叫"疾风号角"的佣兵团充满了好奇。

这支佣兵团由十七个人组成，除了那个吟游诗人显然是一个手无缚鸡之力的人以外，其他佣兵好像都有两手。以这样的人数，这支佣兵团也能够算得上是一支实力不弱的队伍了。

所有人都整装待发，他们只等着塔特尼斯伯爵回来。

今天是蒙森特的官员们欢送塔特尼斯伯爵的日子，在市政厅有一场隆重的欢送仪式。当然，如果仪式的主持人不是葛勒特将军而是郡守大人的话，塔特尼斯伯爵是绝对不会去参加的。

为系密特和沙拉小姐召开的私人送行会，在昨天晚上便举行过了。这个送行会上，来的客人相当多，除了有系密特的教父，沙拉小姐的父母、姐妹之外，连教会都专门派遣了代表。

至于其他的客人，那就更多了。

在系密特的父亲还健在的时候，塔特尼斯家族曾经是勃尔日城里最受欢迎的家族。甚至在沙拉小姐成为塔特尼斯伯爵夫人之后的一段日子里面，来拜访的客人也仍然为数众多。

在塔特尼斯家族即将离开这块土地的时候，那座宅邸再一次迎来了喧闹和辉煌。只不过，这可能是这座宅邸最后的一次辉煌。明天，塔特尼斯家族就要踏上通往陌生土地的路途，现在是最后的道别时刻。

系密特不记得客人们是什么时候离开的。他只记得沙拉小姐因为忍受不了离别的心痛感觉，早早便离开了大厅，回到了她那空空荡荡的房间。

他还记得，一向喜欢吹牛、说笑话的教父，平生第一次一本正经地对自己说，有空一定要回蒙森特来探望他。

那是个充满了欢乐和惆怅的夜晚。

那是个系密特不愿意再次想起的夜晚。

过了很久，塔特尼斯伯爵还没有回来。系密特觉得有些奇怪。对于已经没有多少权柄和风光的哥哥来说，勃尔日的市政厅，应该是一个让他感到无趣的地方，他怎么会待那么久呢？

佣兵们和那几个负责赶车的老仆人，忍受不了在太阳底下傻等的滋味了，纷纷躲到了旁边的树阴底下。

仆人们占据了其中的一块树阴，而佣兵们则占据了其他那些，显然他们之间，有着一条明显的分界线。

马车里坐着的侍女和女仆们也有些坐不住了。她们从马车上溜了出来，在四周闲逛，偶尔同站在树阴底下的仆人们聊聊天。

不过，没有一个人打算回到房子里面。这并不仅仅是因为宅邸的大门已经上锁，更因为这空空荡荡的巨大豪宅，此刻显得那么落寞而毫无生气，就像是一个神秘而恐怖的世界。

仆人们在这座宅邸中生活了多年，他们不希望在临走的时候，留下沉重的回忆。

系密特骑着笛鲁埃的那匹马四处飞驰。虽然他确实很喜欢这种速度的感觉，但更多的原因是为了找个借口，好远离沙拉小姐的召唤。

沙拉小姐已经至少四次从车窗露出脸来招呼系密特上车了。但是，每一次都看到系密特玩得那么高兴，她也只好作罢。

沙拉小姐倒没有怀疑什么，她仍旧将系密特当做一个渴望冒险的爱玩闹的孩子，她觉得，他的圣堂武士身份仅仅是一场意外而已。在她眼中，系密特仍旧是那个她熟悉的系密特，一个天真、活泼、好动的孩子。

太阳渐渐升到头顶的时候，远远地驶来一辆市政官署的马车。马车缓缓靠近宅邸并且停了下来，塔特尼斯伯爵从车厢里走了出来。

②

虽然他的嘴角挂着一丝笑容，但是系密特却清楚地看到，那丝笑容的背后是愠怒的神情。

"亲爱的，我回来了。

"母亲大人，您有什么不舒服吗？

"系密特，我看你已经准备好了，为什么不上马车？我们就快要出发了。"

塔特尼斯伯爵向家中的每一个人都打了一声招呼。看到系密特像那些佣兵一样骑在马上，塔特尼斯伯爵多少有些不自在，毕竟这不太体面。

"伯爵大人，我们出发吧。如果您想要在今天晚上到达罗纹镇的话，最好抓紧时间。"笛鲁埃用他那粗重的嗓门说道。不过和平时相比，他已经显得礼貌多了。

笛鲁埃并不是个傻瓜，他自然能够看得出来，塔特尼斯伯爵和他的弟弟根本不是同一类人。这位伯爵大人，正是属于贵族老爷中最令人讨厌的那一类。对这类贵族老爷，还是要有些礼貌才好。

"队长先生，这一路之上就拜托各位了。如果能够平安到达京城，我一定重重地酬谢各位。"

塔特尼斯伯爵虽然很不屑于和这些粗鲁的武夫说话，但考虑到在今后漫长的路途中，还要靠这些武夫保护他的家人和财产的安全，他也不得不表现得彬彬有礼。

不过，塔特尼斯伯爵立刻将这番举动当做是贵族应有的修养，是他区别于那些没有教养的家伙的地方，是高雅之士的象征。这样一想，他的心情也就平静了下来。

登上马车之后，塔特尼斯伯爵从车窗里伸出手来，拿着一

条白色丝绸手绢挥了一挥，吩咐道："我们出发吧。"然后，他将手缩回马车里面，小心翼翼地将手绢叠整齐，放进了口袋。

"美好的明天在等待着我们！亲爱的夫人，我要为你带来荣誉和财富。"塔特尼斯伯爵笑着坐在对面的坐位上，和妻子并肩坐在一起。

沙拉小姐往窗口靠了靠，冷冷地说道："你用不着掩饰。我看得出来，你的心情并不轻松。看来这场欢送会，对于你来说并不十分愉快。"

塔特尼斯伯爵并没有感到意外。他早就知道自己的妻子极为敏感，想要在她面前掩饰什么，根本就是不可能的事情。

"不错，你说得对。那些家伙看到我没有了权势，就立刻转投到郡守那边。"塔特尼斯伯爵的语调之中，确实带着一丝遗憾和不满。

"但是，这没什么。我已经和那位尊贵的钦差大人商量好了，等到了京城，他便会推荐我到财政部担当一个重要职务。

"作为回报，我就按照他所希望的那样，将蒙森特的事情汇报一番。我想，对于蒙森特郡的看法，他和我是一致的。"塔特尼斯伯爵说道。从他的这番话中，沙拉小姐听出一种明显的幸灾乐祸的意味。

"你就那么信任那位席尔瓦多侯爵？也许他只是想利用你来打倒他的敌人。被利用完而再没有利用价值的工具会受到何种待遇，你应该再清楚不过了。"沙拉小姐冷哼着说道。

塔特尼斯伯爵慢慢地靠在了椅背上，这正是他最为担心的事情。

在官场上混迹了这么长时间，个中微妙他当然十分清楚。对于官场上的人来说，任何承诺都是不可信的。承诺得越美好，实现的希望就越渺茫。

②

"对于那位钦差大人，我原本就没有抱太大的希望，我只是想通过他晋见国王陛下。真正可以信赖的是葛勒特侯爵大人。除此之外，我还准备了其他几条途径。

"你别忘了，我和长老院的那几位先生一向关系密切，他们不至于袖手旁观。更何况还有那位格琳丝侯爵夫人呢！只要我让系密特早日和她确立关系，她一定肯为我引见几位实力人物的。这位夫人交游广阔，连皇后陛下都是她的密友。"

塔特尼斯伯爵的嘴角再次露出了微笑，这一次是得意的微笑。

"我现在惟一担心的，是我的行为举止都带着浓重的蒙森特习气。你知道，在京城这是会让人看不起的，人们会认为我是一个刚刚从乡下来的土包子！所以，我倒不急着要面见国王陛下和内阁重臣，至少得等我将礼仪举止练习得尽善尽美了再说，时间还来得及。"塔特尼斯伯爵向妻子那边挪了挪说道。显然，这一次他并不是言不由衷。

"你不是整天都跟着那些礼仪老师学习京城的礼仪举止吗？现在连说话也变得满口京城腔调，你还有什么需要担心的？"沙拉小姐冷冷地说道。

"那些家伙？那些家伙也可以相信？我原本也天真地以为他们是这方面的专家，但是和席尔瓦多侯爵相处了一些时间，再经过侯爵大人的亲自指点之后，我才发现那些家伙简直是在将我引入歧途！我真是担心，那些愚蠢的礼仪给席尔瓦多侯爵留下了糟糕的印象，让他认为我是一个愚蠢的乡下人。

"不仅仅是那些礼仪老师，还有那个剑术教练，也是个十足的骗子！我原本以为他教我的那些招数会有用呢，和系密特比

试了一次之后，我才发现那都是些花架子！幸好庆功典礼那天，克曼狄伯爵叫他的弟弟向系密特挑战，而不是将矛头指向我。要不然，恐怕他们那天会很得意了。"

塔特尼斯伯爵只要一想到那天，克曼狄伯爵和郡守脸上那精彩的表情，以及那个叫特立威的少年脸上那无地自容、充满悔恨的神情，他便情不自禁地想要笑出声来。

"你这样利用你弟弟，是不是太无耻了！而且那天你为什么要阻止我，难道你根本不在乎系密特的安危吗?"沙拉小姐质问道。

虽然她早就知道系密特是个圣堂武士，当时她也很清楚那个少年必然惨败，但是，她仍然下意识地站出来，想要阻止那场决斗的发生。

其他关心系密特的人同样如此。无论是自己的父母还是比利马士伯爵，都站出来极力想要阻止那场比赛。甚至连葛勒特将军这位跟系密特没有多少关系的局外人，当时都对此忧心忡忡，第一个站出来反对。

而系密特的亲哥哥，自己这位冷酷无情的丈夫，竟然还阻止自己的行动。沙拉小姐实在是伤透了心。虽然她早已知道丈夫冷酷无情，但她没有想到，丈夫竟然会无情到这种程度。

"我对系密特一向放心。他很强，从小就是这样。"塔特尼斯伯爵言不由衷地说道。

"好了，我们别再说系密特的事了。系密特已经能够管好他自己了，他甚至做到了骑士和圣堂武士都无法做到的事情——在魔族的眼皮子底下翻越了奇斯拉特山脉。他已经不再是你记忆中那个爱闯祸的小男孩了。"

塔特尼斯伯爵打算结束和妻子的这场无谓争论，他接着说道："沙拉，我倒是很希望能够拥有一个属于自己的孩子，一个塔特尼斯家族的继承人。"

看到妻子的面孔变得更加冰冷起来，他连忙赔上笑脸："当然，这也不急在一时，等我在京城站稳脚跟之后也不迟。"

马车中重归沉默，无论是伯爵还是伯爵夫人都不再说话。

由十辆马车组成的长长的车队，缓缓驶出了城门。

因为去京城要穿越北部森林，车队驶上了系密特来时的那条道路。

和系密特来的时候不同，通郡大道上渐渐地有了人烟。

在地里干活的农人仍旧没有几个，但大道上那些高高的杂草，已经被彻底铲除了。

人们还没有精力重新平整道路，只是在通郡大道上薄薄地铺了一层土，这条大道就已经显得亮丽如新，完全不是往日那种萧条凄凉的感觉了。

车队驶过那块属于温波特家族的土地的时候，塔特尼斯伯爵特意让马车停下来。

沙拉小姐从马车上走了下来，她深情地看了那片土地最后一眼。高高的青草迎风飘摇，就像是在替她送行一般。

系密特清楚地看到，沙拉小姐的脸颊上留着一丝泪痕。

和塔特尼斯家族不同，温波特家族一向是和土地紧密联系在一起的，温波特伯爵夫妻从来没有离开过这片土地。和蒙森特郡的大多数家族一样，他们将毕生的精力全都放在了经营自己的土地上。

离开这生她养她的土地，沙拉小姐的心情可想而知。

无论是塔特尼斯伯爵还是系密特，都没有上前安慰心中充满悲伤的沙拉小姐。他们知道，安慰并不会有太大的用处。

名利狩猎

对于并不是那么重视土地的塔特尼斯家族的成员而言，他们根本无法真正理解沙拉小姐的心情。不恰当的安慰，只会增加她的悲伤。

甚至连那些雇佣兵，也没有用他们那粗鲁的嗓门去破坏这个时刻的宁静。

只有那个弱不禁风的吟游诗人，轻轻地弹拨着琴弦，奏起一首熟悉的乐曲。那是一首告别故土、奔向他乡的乐曲，是在佣兵和战士们有了思乡之情时，用来安慰他们的乐曲。

对于沙拉小姐来说，这段乐曲同样有效。

至少，她终于止住悲伤，重新登上了马车。

车队重新驶上了大路。这一次，再也没有什么值得留恋的东西，马车行驶得相当迅速。

在太阳快要落山的时刻，众人终于到达了那个系密特曾经和魔族作战过的小镇。

塔特尼斯伯爵是绝对不会愿意在这种小地方的旅店过夜的。即便是他的帐篷，也比旅店那窄小而肮脏的房间好得多，舒服得多。

但是，对于那些佣兵和仆人，旅店那温暖而柔软的床铺，实在是太具吸引力了。而那微微带有一丝苦味的麦酒，更将佣兵们紧紧地吸引了到了柜台前面，久久都不愿离开。

那个吟游诗人仍旧坐在柜台上，弹着琴，吟唱着欢快的乐曲。琴声和歌声引来了更多的客人，因此老板显然很欢迎这些雇佣兵。

旅店的伙计中有一个新人，看来，原先那个胆大妄为的家伙已经被老板辞退了。新来的伙计显得相当和善而勤快。毕竟，在现在这个时候，找一份工作并不容易。

塔特尼斯伯爵没有兴趣住在旅店，但他更没有兴趣住在野地里。原本他打算连夜赶路，但毕竟是担心那些出没于森林边缘的魔族，因此他不得不决定，在这个偏僻荒凉的小镇过夜。

至于系密特，则独自一人在镇子外面的田野中搭了个舒适的帐篷。在这个镇上，曾经见过他的人不在少数，他很担心那位旅店老板会认出自己的身份，还是住在外面比较保险。

系密特住的这座帐篷，是教父送给他的。

比利马士伯爵是个颇懂享受的老人，他经常到郊外和湖荡边换一种生活方式，舒缓一下身体，调剂一下心情。虽然他这辈子从来没有离开过蒙森特，但是用于野外露营的帐篷和工具，他倒是有不少。

比利马士伯爵是一个喜欢享受生活的人，他的这些帐篷都设计得极为精巧。他送给心爱的教子的，是一辆他最喜欢的、用于旅行的轻便单人马车。

普通轻便旅行马车后部用来装东西的挂斗，被他改成了一座能轻而易举地折叠起来的帐篷。

那宽宽的、平时用来遮挡阳光的皮质顶棚，到了晚上就成了帐篷的顶部。六根可以轻易地展开或者折叠起来的空心铜管，支撑起了帐篷的四壁。帐篷完全展开时，甚至能放得下一张大床。

帐篷的底是一整块硬质皮革。皮革下那些纵横交错编织在一起的青铜带，使得帐篷的底非常结实，即便在上面站一个比比利马士伯爵更胖的大胖子，它也绝不会凹陷下去。

四根将帐篷托离地面一尺左右的青铜支柱，也使得帐篷能够避免有蛇爬进来等意外情况发生。比利马士伯爵相当害怕蛇

和老鼠这些讨厌东西，因此这种设计是绝对必要的。

帐篷靠着马的那一端，正是马车后部用来装东西的挂斗。旅行中需要用到的大多数物品，都放在挂斗里专门的桶子中。

挂斗的左侧横放着一个酒桶，样子就像是大多数酒吧里都有的那种。

最底下的格子里面，放置着毯子和被褥。

帐篷的另一端是可以出入的门。门的四周布满了如同蛇骨一般的环形锁扣。这些锁扣使得门与帐篷严丝合缝，免得那些讨厌的昆虫钻进来。

系密特独自一人躺在帐篷里面，他的身上还散发着浓重的香水味道。这香水是他洗完澡后，沙拉小姐强迫他喷在身上的。他的头发也是湿漉漉的，还没有完全干透。

躺在厚厚的毡毯之中，系密特闭目凝神，进行着精神方面的修炼。这是圣堂武士每天都必须做的功课。

系密特正沉浸于冥想中的时候，突然他感觉到有人向这里走近。

"我能进来吗，亲爱的小少爷？"门外传来的粗重嗓音，让系密特一下子知道了来人的身份。

系密特将环形锁扣打开，撩起帘门，请笛鲁埃进入帐篷。

笛鲁埃显然并不习惯进入帐篷要脱掉鞋子的规矩。而系密特更不习惯笛鲁埃脱掉鞋子之后，他的脚散发出来的浓烈味道。过了好一会儿，两个人才稍稍地相互适应了一些。

笛鲁埃睁大眼睛四下张望了一会儿之后，用充满惊讶的语气叫道："哇，你们这些家伙真是懂得享受，一顶帐篷都弄得这么讲究！"

他一边抚摸着帐篷中的东西，一边自言自语道："嗯，等老

名利狩猎

77

子有钱之后，也要弄一辆这样的马车。"

对于笛鲁埃一进帐篷便四处乱摸的举动，系密特相当不习惯。在他看来，这实在是太缺乏教养了。

不过，他感兴趣的，是笛鲁埃为什么来找他。

"你来干什么？"系密特直截了当地问道。

"噢，没什么事，我只是对你感兴趣而已。"笛鲁埃转过身来对系密特说道。

不过，他的注意力，很快就被那个酒桶吸引过去了。

"你不介意我喝一杯吧。"笛鲁埃说着，就将手伸向酒桶底下搁着的银杯。

系密特连忙挡住了那只大手："我确实并不介意，只要你用你自己的杯子。我不习惯使用别人用过的器皿。"

"哼，你们这些贵族少爷、贵族老爷就是麻烦。"笛鲁埃哼了一声，从腰间取下水壶，一口气把里面的东西全部喝光以后，将水壶伸到了酒桶底下。

笛鲁埃绝对不是一个懂得客气的人物，他将酒灌了满满一壶，却好像还意犹未尽。

"不过，我不得不承认，你算是比较慷慨的一个，不像你的哥哥。"笛鲁埃一边喝着酒，一边说道。

"现在你可以告诉我有什么事了吗？"系密特问道。

"我只是想问你，你到底是怎样的一个人？你的身手相当了得，不像是从军队或其他地方学来的。在那些地方，没有人能教出你那样的一身本领。"笛鲁埃盯着系密特的面孔，严肃地问道，"你和圣堂武士是不是有什么关系？或者你本人就是一个圣堂武士？"

"这个世界上除了圣堂武士之外，还有一些其他的强者。"

系密特并不想对不太熟悉的人坦白自己的身份。

"我从来没有听说过。"笛鲁埃并不相信系密特所说的话。

世上确实有很多强者，但是强大到如同圣堂武士一般的人，却从来没有谁听说过。

那些强者之所以有名，只不过是因为圣堂武士很少与外界来往，很少出现在人们的关注视野中。

圣堂宛如一个完全封闭的世界，圣堂武士也很少参与战斗和纷争。圣殿和教廷作为两支独立的势力，很少介入国家和国家之间的战争，更别说是内战了。在此之前，只有在违背道义的大屠杀发生的时候，这两种势力才会以不同的方式介入。

"你如果实在不愿意说，我也没有办法，只是我的好奇心得不到满足而已。"笛鲁埃叹了一口气，接着问道，"你为什么不住在旅店里面？"

"我喜欢野营。住在这顶帐篷里面，要比住在旅店之中舒服很多。"系密特说道。

笛鲁埃看看四周，点了点头说道："你说的倒是一点没错。我如果有个这样的帐篷，也不会想住在旅店里面。

"不过，我刚才听镇上有人吹牛闲聊，他们说镇上曾经来过一个小孩，和你差不多大。

"那小孩的实力强大得远远超出人们的想像。他不仅独自消灭了一艘魔族飞船，还将从空中跳下来的几十个魔族杀得干干净净。"

笛鲁埃一边说着，一边留心观察着系密特脸上可能的神情变化。

"对了，你为什么愿意让那位漂亮的伯爵夫人把你打扮成这副模样？你看上去就像……就像……"笛鲁埃挠着头，极力想要用最合适的形象来比喻系密特的模样，"对了，像个洋娃娃，女孩子喜欢抱在怀里的那种。"他总算是想到了最恰当的形象。

"我喜欢这样的打扮。虽然我也能忍受肮脏的衣服和蓬乱的头发，但是如果有可能的话，我还是希望打扮得整齐一点。"系密特说到这里，指了指笛鲁埃的脚，"起码无论如何，我绝对不会忘记洗脚和换袜子。"

"有道理，确实有道理！我看到过的贵族老爷们倒是各种各样，什么类型的都有，但是少爷们好像全都是你这副模样。"笛鲁埃又给自己装了满满一壶酒，接着问道，"听说你一个人翻越了奇斯拉特山脉到达蒙森特，你是怎么做到的？"

"你听说过我的事情？"系密特问道。

"当然，我早就打听过了。你的事又不是什么秘密，很多人都知道。"笛鲁埃想了想，又加了一句，"想必莫索托也已经打探清楚了吧，要不然今天晚上就没这么太平了。这里是莫索托的地盘。"

"莫索托？就是那天想骗我们的那个高个子？"系密特问道。

"嗯哼。"笛鲁埃用粗重的鼻音，给了他一个肯定的回答。

"你怕他吗？"系密特进一步问道。

"我倒不是怕他，只不过得罪了他会很麻烦。他是这里的地头蛇，手下有二三十号人，愿意为他担当眼线的人就更多了。不过他手下并没有什么厉害人物，只能干些偷鸡摸狗的勾当。他倒不至于欺压到我们头上。"笛鲁埃淡淡地说道。

"他们是群匪徒吗？"系密特问道。

"倒也不能这么说。莫索托平时也接一些保镖的工作，他在这一行里的信誉也还不错。不过有的时候，他会对客户下手。"笛鲁埃说道。

"他会对什么样的人下手？"系密特追问道。

"那种钱很多、引起了他兴趣的家伙，或者是让他觉得讨厌的顾客，都会成为他的目标。"

笛鲁埃想了一会儿又说道："不过，莫索托好像越来越喜欢这种生意了。最近除了几个老顾客，其他雇主都给他抢光了。前两次甚至还杀了人！看起来莫索托是越来越堕落了。"

"他会来抢劫我们吗？"系密特问道。他的语气中有一种跃跃欲试的感觉。

随着对那些圣堂武士记忆的渐渐习惯，系密特已经能够区分出，哪些记忆是真正属于自己的部分，哪些则传承自历代的圣堂武士。因此，他原本的性格也渐渐地显露了出来。

"我想不大可能。莫索托是个相当谨慎的人，以前，不是熟悉客人的生意他绝对不做，太远的地方他也不去。在佣兵界里，他的小心是出了名的。

"说到打劫客商，他其实也相当小心。如果不是将客商的情况了解得一清二楚，他同样不会随便出手。我想他肯定已经知道了和你□□□□□□□，他还没有愚蠢到会对一个圣堂武士动手的地步□□□□□携带的货物有多么诱人，他都肯定不会□□□□□□□□□□□已经是在试探系密特的身份。

□□□□□□□本没有注意到笛鲁埃话中的意□□□□□鲁族问道："你们为什么不使用弩□□□□□快，但无论是力量还是准确性，都

□□□□□和贵族，普通老百姓是不允许拥有弩弓和□□□□□□违反这项禁令，可不是罚款或者监禁那样

②

简单，弄不好会送命的。"笛鲁埃淡淡地说道。

系密特从来没有听说过这种事情。他现在才意识到，身为一个贵族子弟是多么幸运的事情。

"对了，刚才我问你，你是怎样通过奇斯拉特山脉的，你还没有回答我呢。"笛鲁埃显然并不像他平时表现的那样粗鲁。

"无可奉告。"系密特摇了摇头说道。当他看到笛鲁埃一副不死心的样子，便又加了一句，"很抱歉，这是一项军事机密。知道了这个秘密的人，全都能轻而易举地躲过魔族的监视。"

笛鲁埃对于这个回答，倒没有多少怀疑。

事实上他确实听说过，军队掌握着一种特殊的本领。这种本领能使他们躲过魔族的耳目，悄无声息地袭击魔族的营地。

对于探听军事机密，笛鲁埃并没有什么兴趣。他最后一次将水壶装满之后，便走出了帐篷。

将这位不速之客送走，夜已经很深了。

系密特将挂在帐篷顶上的油灯吹灭。四周一片寂静，惟有远处的镇上，时而隐约传来一阵欢笑声。

那是和自己完全处于两个世界的平民的生活。他们自由自在，无拘无束，不过，也得为了每天早晨的面包而辛勤工作。

将烦乱的心情整理了一下之后，系密特重新进入刚才被打断的精神修炼中。

第二天，当系密特从修炼中恢复过来的时候，他已经感受到帐篷外那微弱的光芒了。

虽然身处于帐篷之中，但是周围的一切都清晰可辨。

启明星刚刚露出身影。微微泛白的天空，还只能为大地带来一丝朦朦胧胧的黯淡光线。

野外的草地上满是晶莹的露珠。昆虫们纷纷占据面向阳光的地方，等候着太阳晒干它们沾湿的翅膀。

系密特甚至能够感觉到远处维琴河奔腾汹涌的水声，虽然这里离维琴河有十公里之遥。

睡不着觉的系密特，从帐篷中走了出来。

搭在野外的帐篷早已成了昆虫们聚集的地方。朝着太阳升起方向的那一面帐篷上，爬满了各种各样的昆虫。

将帐篷折叠好，系密特张开双腿飞快地向维琴河跑去。以他的速度，在众人起床梳洗之前，肯定能赶回来。

这也算是一种修炼——圣堂武士对于身体的修炼。

在家里的时候，系密特可以关起门在房间里进行身体和武技的修炼，但是在旅途之中，他只能利用清晨这段很短的时间。

从小镇到维琴河来回至少有二十公里的路程，不过对于身为圣堂武士的系密特来说，这点路程实在算不得什么。

维琴河那汹涌的河水，正好让系密特舒舒服服地洗了个澡。这是他回家以后养成的习惯，在姑姑那里时，从来没有过这个规矩。不过，系密特并不十分反对这个习惯，洗澡让他感觉身心都很放松。

从冰冷的维琴河爬上岸，系密特重新穿上那身被笛鲁埃称为"洋娃娃时装"的衣服。

系密特自己并不觉得这身衣服有什么不好。除了总是要担心在自己快跑时，那紧绷着的裤子是否会被撑破以外，这身衣服并没有其他令自己感到不自在的地方。

回去的路程同样遥远，不过系密特并不在乎。太阳已经升起，光辉照耀大地，远处的小镇已经清晰可辨，他绝对不用担心找不到方向。

在青草和田埂之间穿行着，系密特不一会儿便回到了原来的地方。

仆人们正在忙碌地收拾着马车。那些一晚上都在放哨的佣兵，则躺到了车队最后的那辆平板车上。

平板车的顶部有一块用来遮蔽风雨和阳光的顶棚，底下铺着厚厚的毡毯，甚至还有三个枕头，这里倒是个相当舒适的床铺。

其他佣兵倒是个个精神抖擞。仆人们却显得无精打采，好像晚上没有睡好。显然，对于旅店的喧闹，他们并不习惯。

和往常一样，系密特被沙拉小姐叫了过去。

虽然早晨的洗浴因为旅店缺少足够的清水而被取消了，但例行公事一般更换衣服，却仍是早上必须进行的一件重要事情。

系密特并不反对这样。因为只有在这个时候，沙拉小姐和母亲才会比较靠近，她俩之间的关系也才稍稍和睦一些。

在沙拉小姐给自己系纽扣的时候，母亲精心地为他整理着衣领和袖管上的花边。而当沙拉小姐给自己喷洒香水的时候，母亲则为他梳理头发，并且绝对不会忘记给他擦抹那亮晶晶的发油——那是系密特惟一讨厌的东西。

每当这个时候，母亲和沙拉小姐之间的隔阂就好像暂时消失了。她们俩甚至还会互相帮忙，互相递东西。给自己抹面霜的时候，她们还会讨论一下哪种香味的面霜更加合适。

系密特觉得，自己这个时候确实就像是被女孩子抱在手里的洋娃娃。他很怀疑女人生来就是喜欢抱洋娃娃的。

一切收拾妥当，沙拉小姐和母亲，立刻又恢复到原来那种互不搭理的样子。

不过，系密特已经习惯了这一切。

又一天的旅行开始了。

惟一有所不同的是，笛鲁埃居然放弃骑他自己那匹骏马，而一定要和系密特的车夫更换位置。显然，他想进一步探究系密特单人马车内的秘密。

另外，他大概也没有忘记马车后面那桶酒的美味。比利马士伯爵是勃尔日城数一数二的美食家，他储备的酒，口味肯定也是数一数二的。

和昨天不同，车队还没行驶多久，道路便显得越来越狭窄，向外望去便看到连绵起伏的奇斯拉特山脉。

系密特已经辨认不出，当初自己到底是从哪里下山的了。所有的山脉，所有通向山脚的道路，好像都是一模一样的。

山脚下的道路崎岖狭窄，难以通行。马车经过斜坡的时候，不得不放慢了速度。

每当这个时候，塔特尼斯伯爵便会从车窗里伸出脑袋，紧张地四处张望。他倒不是担心有人掉队，而是担心马车上装着的货物被颠簸下来。

幸好这样的山间小道并不是很长，前行大约五六公里之后，车队再一次驶上了平坦的道路。

这一次，他们进入了莽莽的北部森林。

森林中惟一的那条道路，系密特觉得是那样熟悉。但是，他却只是第二次来到这里。

之所以感到那么熟悉，是因为这片森林一直绵延到奥尔麦，这里的一切，和奥尔麦是何等相似。

在奥尔麦的森林中度过的那段时光，令系密特终身难忘。

正当系密特沉浸在回忆之中的时候，前边拉车的马匹突然不安地嘶叫起来。一种极为糟糕的感觉向系密特袭来。

在森林深处，好像正隐藏着一个讨厌的东西。

"让马安静下来，所有人全部下车，把家伙取出来！"笛鲁埃下达了一连串的命令。

除了系密特之外的所有人，甚至包括塔特尼斯伯爵在内，都听从命令从马车上下来。

几个佣兵扶着他们，让他们蹲在那些运载货物的马车车夫坐位的底下。那里可以说是最安全的地方。

仆人们也学着样子钻到坐位底下。虽然不知道发生了什么事，但那突如其来的马嘶声，着实让他们心惊肉跳。

其他的雇佣兵则迅速地向最后两辆马车奔去。

原本躺在那两辆马车上睡觉的佣兵已经跳了下来。他们把毯子和枕头扔到一边，抽走底下的一块木板，立刻露出了下面隐蔽的暗槅。

在暗槅之中，整整齐齐地排列着一把把重型军用弩。

佣兵们一个接一个，熟练地从暗槅里取出这些用来对付魔族最适合的武器，然后纷纷占据有利的位置。

笛鲁埃看见系密特望向自己，并没有觉得不好意思。他耸了耸肩膀说道："这并不违法。我们是在保护贵族，自然有权力使用重弩。和你们分手之后，我们会把这些东西扔进河里去的。"

系密特将头转了回来，他并没有兴趣搭理笛鲁埃的解释。

事实上，对于普通人不能使用弩弓、弩箭这种规定，系密特本来就很不以为然。特别是当这里发现了魔族的时候，这个法令简直就是在让平民们去送死。

更何况，系密特并没有看到这道法令被严格执行过。无论是在奥尔麦还是在回蒙森特的路上，他都不止一次看到过一些显然不是军人、也不是贵族的人，手中握着弩弓。在这个非常的时刻，一把弩弓有时候便是生存的保证。

系密特从马上跳了下来，凭着他那极其敏锐的感觉，他能知道森林中隐藏着的那个魔族的心思。

那个魔族正在犹豫不决，不知道是否应该发起攻击。显然，佣兵们手中拿着的重型军用弩对于它来说，是个极大的威胁。

系密特走到那辆轻便单人马车旁边。马车挂斗右侧安着一个匣子，那个匣子甚至比系密特本人更高，更大。

佣兵们好奇地看着这个打扮得像洋娃娃似的贵族少爷。

他们中有些人亲眼看见过这个小孩的身手，另外一些人则是听同伴们转述的。反正，所有佣兵都觉得，这个小孩身上充满了异样的神秘色彩。现在看到这个小孩在如此紧急的状况下，仍旧从容不迫地摆弄着一个大木匣子，佣兵们自然更感到不可思议。

系密特打开木匣，从里面取出那对"双月刃"。

这种古代圣堂武士留下的奇特兵器，确实令系密特在佣兵们在心目中更增添了一份神秘的色彩。

将双月刃平举在腰间，系密特向森林深处走去。在他身后，佣兵们发出一阵沉重而急促的呼吸声。

慢慢地深入丛林，系密特好像再一次回到了奥尔麦的森林里一般。只不过，这一次的猎物，要比森林中最凶悍的黑熊还要可怕和危险得多。

森林中好像永远都是那么阴沉黑暗。不过在奥尔麦，系密特就已经相当熟悉这个世界了，而现在，他更拥有了当初难以想像的强大力量和敏锐感觉，黑暗对于他来说，几乎已经毫无意义。

　　系密特用他那与众不同的感觉，锁定住森林中那犹豫不决的魔族，一步一步向目标逼近。那个魔族显然越来越紧张，系密特甚至能清楚地感觉到它内心的躁动。

　　突然间，系密特感到有一股浓重的杀机向他袭来，他想都没想，立刻飞身向旁边掠去。

　　在树木和树木之间纵越着，绕行着，系密特凭着直觉迅速地逃离了原来的位置。一股极其难闻的血腥味，从身后不远处飘来。

　　系密特早已领教过这种东西的厉害，他确实吓出了一身冷汗。

　　他原本以为，躲藏在树林中的只是一个普通的魔族士兵，没想到竟然是一个诅咒巫师。如果刚才那个诅咒巫师对准车队施展血咒的话，恐怕没有人能够幸免于难。

　　系密特回忆起，当初在奇斯拉特山脉第一次遇到诅咒巫师的时候，便有一位力武士牺牲了。

　　力武士并不是战无不胜的，他们的天敌也并不只有飞行恶鬼。而面对会突然施展血咒的诅咒巫师，缺乏经验的力武士很容易送命。

　　值得庆幸的是，自己的运气还算不错。

　　作为魔族中最为强大而珍贵的种族，这些诅咒巫师显然不像魔族士兵那样莽撞和果断。显然，它更在意的并不是消灭敌人，而是尽可能地保存自己。

　　系密特不能再和那个诅咒巫师纠缠了，他得主动发起进攻。在森林里面，他比较有优势。那些密密麻麻的树木，将血咒的威力降到了最小的程度。

　　他一个转身，闪电般地将弩箭射向那个诅咒巫师所在

的位置。

突然之间，又是一股杀气迎面而来。系密特高高地跃起，迅速跳到了森林顶部的树冠之上。

随着他身影落下，一道银色的弧光从天而降，紧接而至的，是断枝和落叶如同雨点一般纷纷落下。

树冠上立刻显出一大块空隙，阳光从空隙中透射进来，将光明带进了这片终年阴暗的世界。

在灼眼的阳光照射下，那个可鄙的诅咒巫师清晰地暴露在光明之中。

这突如其来的变化，使得底下的诅咒巫师呆呆地愣住了，它一时之间还没有反应过来。

在这决定生死的时刻，稍稍的愣神就必然导致死亡的命运。

随着第一道破空而至的银光，洒落下来的是致命的阳光。这道灼眼的光芒不仅将它的身形完全暴露了出来，更将另一道银光包裹在了一片灿烂之中。

第二道银光，毫无阻挡地切开了它的身体，巨大的伤口从左肩一直斜拖到右腰之上。

那个诅咒巫师甚至来不及发出一声惨叫，它的上半截身体就已经和下半身分开。

鲜红的血液喷洒了一地，树干上也溅上了星星点点的小血珠。

两把银色的双月刃，深深地插在这一片血色的土地上。阳光照在那银色的刀刃之上，反射出一片妖异的光泽。

当一切都平静下来之后，系密特才从树冠上跳落下来。

系密特不想让自己的鞋子沾上血迹。谁知道沾上诅咒巫师的血液，会不会中可怕的血咒！他的脚尖在旁边的树干上轻轻一点，身体立刻平侧着掠过地面。

当他掠过那两把双月刃的时候，顺手一抄，两道银光一闪，双月刃再一次回到了他的手中。

右侧银光再次一闪，那个诅咒巫师的头颅，立刻与它的身体分离开来。

系密特并不敢用手去碰那颗头颅，他用双月刃前端的弯钩小心翼翼地把那颗头颅挑了起来。

系密特在没有沾到血迹的树干上连连点击，他的身体如同一道闪电一般，向林子外面射了出去。

到达森林边缘的时候，系密特才落到地面上。

当他挑着那颗诅咒巫师的头颅走出森林的时候，系密特看到有十几支弩箭直指着他的身体。

等到佣兵们看清楚，从森林中走出的是那个被打扮得如同洋娃娃的小少爷，他们才将弩箭缓缓地放下。

佣兵们的注意力，全都集中在系密特刀尖上挑着的魔族头颅上面。

这颗头颅有着两个卷曲的犄角和一对尖长的耳朵。靛蓝色的皮肤上面，布满了红色的花纹。

"好奇怪啊！和我以前看到过的魔族，怎么不太一样?"那个吟游诗人疑惑不解地问道。

"这是个诅咒巫师。"系密特淡淡地说道。

听到这句话的佣兵们，可没有那么淡然和轻松了。

大多数佣兵都惊恐地往后退了好几步，仿佛害怕那颗头颅会复活过来伤害他们一般。

对于诅咒巫师的恐惧，早已经深深地扎根在他们的心里。

在北方领地，无数军团就是毁灭在这种最可怕的魔族的手中。甚至，有几座坚不可摧的城堡，也是被这些诅咒巫师的邪恶魔法所攻破的。在所有人的心目中，诅咒巫师就犹如传说中的魔神一般，是死亡和毁灭的代名词。

只要一想到刚才他们就暴露在诅咒巫师的威胁之下，这些平时天不怕地不怕的佣兵们，便胆战心惊，恐惧万分。

所有人都紧盯着那颗诡异的头颅，脸上流露出惊恐的神色。

不过使佣兵们感到更加恐怖的，是那个挑着诅咒巫师头颅的小少爷。

没有人敢正眼瞧这位小少爷。

在他们眼中，这位小少爷更加恐怖，更加不可思议，简直是一个非人的怪物。

5 掠夺者

蒙森特的居民，通过战斗迎来了宝贵的和平。

生活在北方领土上的人们，真正经历了魔族的侵袭之后，变得更加勇敢和坚强了。

当魔族被彻底赶出北方各郡的消息传来之后，那些饱受魔族侵袭之苦的人们，都用欢呼和庆典迎接这来之不易的和平与安宁。

但是，那些没有真正遭受侵袭的省份，则仍处于一片恐慌之中，每个人都在怀疑魔族被击退的消息。

在酒吧，在旅店，人们纷纷谈论着和魔族有关的事情。

那些有学问的人，引经据典以证明魔族是何等的强大。他们说就连古代强盛一时的埃耳勒丝帝国，都惨遭魔族侵略而灭亡，恐怕只有严寒的冬天和父神的惩罚，才能将这些恐怖的东西彻底消灭。

那些有点门路、比较见多识广的人，则谈论着北方各郡省所发捷报的真实性。在他们看来，那些捷报是北方郡省官员们为了向国王陛下邀功领赏，也为了坚定国王陛下对北方各省的信心而夸大或者编造的。

名利狩猎

至于那些原本往来于北方各省和其他地方的货商脚夫，则一口咬定，北方的魔族根本就没有被击败。他们的理由，自然是仍没看到那些原本和他们做生意的北方客商出现在他们眼前。

邻近北方各省的地方，人们心中的恐慌仍然相当强烈。

一路上都能看到庞大的车队和逃亡的人群。他们沿着往南方的道路前进，那副模样并不比一个多月前系密特来时看到的景象好多少。

道路两旁的树上，仍旧吊挂着尸体。显然，抢劫和暴行并没有结束。

与以前有所不同的是，长长车队最前端的马车已经不再那么精致华贵，里面坐着的，也不再是那些脸孔涂得惨白的豪门贵族。

另外，后面的用来运载货物的马车也显得更加牢固，车上的货物也不像当初那样朗朗当当。而且，那些马车旁边，同样也有佣兵时刻守护着。

虽然坐在领头马车上的不是真正的豪门贵族，而仅仅是贵族家的总管或者更低一级的管家，但是，他们手段之严厉，不比他们的主人逊色分毫。

不过，他们对那些雇佣兵要客气很多，这大概就是为什么要由他们来负责迁徙的原因。显然，那些损失惨重的贵族，将经验带给了他们的亲友和仆人。

整条大道上，可以说只有塔特尼斯家族，是真正由贵族带队的迁徙队伍。

这支队伍也是大道上最与众不同的一支，因为队伍中无论是贵族、仆人还是那些雇佣兵，所有的人都保持着沉默。

即便在酒吧，那些原本最喜欢高谈阔论的佣兵们，也只会自顾自地喝酒。

只有当他们中的某一个喝得酩酊大醉的时候，人们才会从他的胡言乱语之中得知：他们是从北方的蒙森特郡来的，一路上还消灭了三个魔族，其中甚至有一个魔族的诅咒巫师。

正是因为这个原因，塔特尼斯家族的迁徙车队，成为了一个让人猜测不透的谜。

而对于笛鲁埃和他的兄弟们来说，他们并不想故作神秘，让自己成为给别人用来破解的谜题，他们只是不愿意和别人提起在北部森林发生的事情。

因为，那三个魔族不是他们猎杀的。他们甚至从来没有看见过魔族的样子，他们所见过的，只是一颗颗魔族的头颅。

如果杀死那些魔族的是一个魁梧彪悍、让人一看便肃然起敬的壮汉，还比较说得过去，可偏偏却是个打扮得像个洋娃娃一样的贵族小少爷！

这其中的滋味，只有佣兵们自己心里最清楚。

另外，笛鲁埃也吩咐过他们不要随便乱说杀死魔族的事。显然，他和那个少年达成了某种默契。

佣兵们并不总是快嘴快舌，有的时候，他们也必须得保守一些秘密，因此，对不该随便乱说的事情，他们绝对能做到守口如瓶。

对于系密特来说，众人对他身份的猜疑虽然有些令他担忧，但是，当魔族的出现威胁到所有人安全的时候，他在权衡利弊之下，还是会进入森林，猎杀那隐藏着的可怕生物。

自从遇见那个诅咒巫师之后，系密特再也不敢放松警惕。他的那两把双月刃始终挂在坐骑两侧，以便随时取用。

令系密特感到放心的是，仆人们和哥哥对自己的身份，好

像还没有什么怀疑。

因为每当魔族出现，马匹因为感应到杀气而受惊，发出警报之后，哥哥和仆人们总是赶忙躲到车夫坐位底下。从那个地方，根本看不到外面的情况。

而且无论是哥哥还是那些仆人，都不喜欢和雇佣兵们打交道。他们既不感兴趣是谁杀了魔族，也不关心雇佣兵中是否有人伤亡。

家人中惟一知道内情的，可能只有沙拉小姐。不过系密特相信，她绝对不会向任何人提起。

至于母亲大人，系密特猜测，她也许同样知情，因为母亲的感觉一向非常敏锐。

除此之外还因为，每当魔族出现的时候，母亲从来不急着到处找寻系密特的踪影。如果这种情况发生在哥哥身上，还比较容易理解。哥哥一向只关心他自己。而母亲这样做，除了她知情之外，便不大可能有第二种解释。

事实上，系密特对于哥哥是否知情也不敢完全肯定。哥哥城府很深，就算他知道什么事情，表面上也丝毫不会显露出来的。

虽然心中充满各种疑虑，但是对于能够平平安安地穿越莽莽的北部森林，系密特还是感到大大地松了一口气。

走出北部森林之后，他们所面临的威胁便不再是那些魔族，而是跟在车队旁边的掠夺者们。

最近这段时间掠夺者的数量越来越多，不过，看他们那面黄肌瘦的样子，显然已经很久没什么收获了。

和其他家族长长的车队比较起来，塔特尼斯家族的这十几辆马车显得并不怎么样。而因为保护的是豪门贵族，笛鲁埃也名正言顺地将重型军用弩亮了出来。那些掠夺者对这些致命的家伙毕竟心有余悸，再看看那些马车不像是油水很足的样子，因此也就讪讪离去了。

不过，系密特看着眼前这些掠夺者，心中却另有一番滋味。一个多月以前，他看到的掠夺者中还有一些老人、妇女和孩子，现在，除了那些年轻人和原本身体强壮的中年人存活下来以外，其他人已经看不见了。

正当系密特为那些不幸者的命运而暗自哀悼的时候，突然间，笛鲁埃驾着那辆轻便马车赶了上来。

现在这辆马车，简直已经成为这家伙的专用物品了。

"我说，亲爱的小少爷，看样子今天的状况不太对头啊。后面跟着的人越来越多，有的还拿着家伙。另外，还有些身强力壮的人物混在人群里面。"笛鲁埃压低了声音说道。

系密特回转头看了一眼，情况确实如笛鲁埃说的那样。

"你的意思是，他们打算动手？"系密特同样压低声音问道。

"依我看来，是有人要挑动他们动手。看样子，这次行动有人暗中主持。"笛鲁埃悄声说道。

"有这种事情发生？"系密特问道。

"这种事很多！任何地方都有黑势力在暗中控制，那些家伙抢来的东西，就是卖给这些暗中控制一切的王八蛋的。

"我们这一行虽然装的货色并不是很多，但是却很值钱。干这行都是明眼人，很容易就看得出来。我们准是被什么人瞄上了。"笛鲁埃压低声音，详详细细地解释道。

"那我们应该怎么办？"系密特并不擅长处理这种事情，他更不愿意将那些奄奄一息的掠夺者吊挂在树枝上面。

"你能不能劝你哥哥做做好事，干脆把干粮分给那些人一点。反正你们的干粮有不少多余的。对于那些掠夺者来说，干粮可比车上的货物更吸引人。"笛鲁埃悄声说出了自己的想法。

系密特这才知道，为什么笛鲁埃不直接去找自己的哥哥，以哥哥的为人，未必会答应这样做。

不过，这确实是一个两全其美的方法。

"万一那些暗中布置的人进行煽动，怎么办？"系密特将他担忧的事情说了出来。

笛鲁埃晃了晃手中的重弩，笑着说道："这么明显的目标，我正好用来让兄弟们练练射击。"

看着笛鲁埃胸有成竹的笑容，系密特点了点头，然后催马向哥哥的那辆马车驶去。

出乎系密特意料的是，这一次哥哥居然很好说话。

一听完他所说的事情，塔特尼斯伯爵就点了点头。朝马车外面看了一眼，又思索了片刻之后，他便吩咐车夫将马车停了下来。

马车停下来之后，塔特尼斯伯爵走了出来，他吩咐仆人们将干粮集中在一起。

那些硬邦邦的、面盆大小的厚烤饼，和一米多长小腿粗细的面包一起，被整整齐齐地摆放了出来。

看到这些食物，周围大多数掠夺者都露出了垂涎欲滴的神情。有些人甚至摆好架势，打算扑上来抢夺。

塔特尼斯伯爵吩咐仆人们拖了一个酒桶过来。他一只脚蹬着酒桶，用尽可能温文尔雅的声音喊道："大家一定饿了吧？有谁知道现在这个季节，种植哪种作物能最快赚钱？有谁能回答出来，我赏他一块面包、一杯酒。"

那些面黄肌瘦的掠夺者面面相觑。他们不知道这位贵族老爷葫芦里卖的到底是什么药。

不过，还是有人经不住食物的诱惑，在人群中高声叫喊起来："这位老爷，我如果回答上来，你真的会给我面包吃，给我酒喝？"

塔特尼斯伯爵扬起下巴，肯定地说道："当然！我用不着消遣你们这些人。如果你知道答案的话，站到前面来。"

刚才喊话的那个人喜滋滋地挤过人群，站在了塔特尼斯伯爵面前。他点头哈腰，极尽恭维能事。

"老爷，我原本就是一个庄稼汉，我种的田可好了！回答您的问题，对我来说是轻而易举。您不是问现在这个季节，种什么东西能最快赚钱吗？

"说快的话，种大麦顶多三个月就可以收获。大麦用来喂马和做粗面包都可以，能卖一个不错的价钱。"那个人低头弯腰，必恭必敬地回答道。

"看得出，你是个出色的农夫。霍博尔，将属于他的奖赏给他。"塔特尼斯伯爵转过头来吩咐道。

那个农夫喜滋滋地走到那个正掰下一块烤饼的仆人身边。

当掠夺者们看到浅黄色的、泛着厚厚泡沫的麦酒从酒桶中缓缓流出来的时候，他们的眼神更亮了。

"好吧，那我问第二个问题。用什么木头做成让马背着耕田的支架最好？"塔特尼斯伯爵再次问道。

"呼啦"一声，一下子站出来十几个人。他们对塔特尼斯伯爵歌功颂德一阵之后，各自说出了自己的答案。

不过，这一次的答案并不统一。

最终这些人围绕着用杉木还是槐木更好而激烈地争论起来，

每一个人都为了他们的奖品而坚持着自己的观点。

"好了，你们都可以去领取一份奖品。你们的答案都很有道理。"

看着那些掠夺者狼吞虎咽地将面包和烤饼吃下去，然后捧着麦酒在那里吱溜吱溜地喝得起劲，塔特尼斯伯爵再一次转过身来问道："有谁知道波尔玫的铁矿石和罗尔的铁矿石有什么区别？用它们打制出来的铁器有什么不同？"

那些掠夺者每个人都希望能够回答得出这位慷慨大方的贵族老爷的问题。那一块小小的面包和烤饼，在他们看来，简直就是父神最高的恩赐；而那杯麦酒，则完全已经超出恩赐的范畴了，那简直是一种奢侈的享受。

但是对于这个问题，掠夺者们一时间全都愣住了。这可不是简单的问题。谁那么有空，将所有的矿石都试用一遍？

"老爷，我如果回答得出这个问题，是不是能给我双份的奖励？"一个骨瘦如柴的大汉喊道。不过看他的身坯，这个人原本肯定是个壮汉。

"可以。这个问题的难度确实大了一些，我看三倍奖赏都是应该的。"塔特尼斯伯爵笑着说道。

他高兴的原因，并不是因为有人能回答得出他的问题，而是因为他的猜测成功了。

当系密特向他提起发放食物给那些掠夺者的时候，有那么一刹那，他并不是很高兴。在他看来，施舍食物给这些掠夺者，并不能将他们从困境中拯救出来，反而会让这些人更加贪婪。

但是在下一瞬间他突然想到，自己身边缺少合适的仆人，这实在很不体面。到了京城，哪个豪门家族不是仆人成群？自己身边只有这几个仆人，未免显得寒酸了一点。

再说，到了京城，自己总得买些土地，总得有所经营。如果在蒙森特郡，这相当容易，凭着塔特尼斯家族的名号，工人们会抢着为自己服务。但是在京城，这一套根本就行不通。在京城想要找一个有本事、有能耐，还对自己忠心耿耿的好工人，是相当困难的。

而现在，面前有这么多不惜牺牲性命去抢夺一块面包的平民，这些人里面，也许有不少可以为自己服务的人。到了京城，只要自己稍微做些手脚，就可以让这些人签下终身为自己服务的契约。用几块面包换来一群有用而忠实的工人，实在是没有比这更合算的交易了。

正因如此，听到有人能回答他提出的难题，塔特尼斯伯爵别提有多高兴了。

用三块面包换来的工人，要比那些只值一块面包的家伙有用得多。他们的价值，可不只有三倍的差距。

"大人，波尔玫的铁矿石炼制出来的钢铁韧度很大，但是淬火困难，很容易打造出次品；罗尔的铁矿石供应充足，而且炼制容易，打造起来相当顺手，但无论是质地还是柔韧性，都比不上波尔玫的铁矿石打制的铁器。

"因此，波尔玫的铁矿石适合打造那些最花功夫、但价值最高的兵器，而罗尔的铁矿石可以用来打造一些其他东西。

"我以前经常用罗尔的铁矿石炼成的钢铁来铸造铁器的骨架，用波尔玫的钢铁打造轴或者开刃的部位。"

那个大汉仔仔细细、原原本本地将他所知道的一切都说了出来。

"看来你是个出色的铁匠。我正好需要一些有本事的工人，你愿意为我服务吗？除了食物之外，我还会给你丰厚的报酬。"

塔特尼斯伯爵问道。

　　那个铁匠喜出望外，他甚至忘记了去领他的奖品。

　　对于这从天而降、能够令他脱离苦海的良机，这个铁匠怎么可能轻易放弃！

　　当他从极度兴奋失神的状态清醒过来之后，第一个反应便是跪倒在塔特尼斯伯爵的脚下，捧着他的脚，不停地亲吻着。

　　塔特尼斯伯爵欣然享受着这最为隆重的礼节，虽然对于那个铁匠用蓬乱肮脏的头发在他那干净整洁的裤子上蹭来蹭去，颇有些不自在。

　　他甚至极为担心，跳蚤和臭虫会因为这无比隆重的礼节而传染到自己身上。

　　但是，能够享受这只有教宗大人和国王陛下才能够享受的隆重礼节的机会，并不是很多。

　　据塔特尼斯伯爵所知，丹摩尔曾经有位狂妄自大的贵族，让自己的仆人和农庄里的佃户向他施行这种隆重的礼节。但是他的这种行为，最终被国王陛下和教廷双双认定是极大的亵渎，那个贵族为此付出了沉重的代价。

　　但是塔特尼斯伯爵却并不害怕被人告发，他甚至很希望有人告发自己，因为他的行为从表面上看来，和传说中的圣人没有什么两样。塔特尼斯伯爵甚至很怀疑，那些圣人是不是和自己打着同样的主意。

　　至少有一点可以肯定，那就是这种"圣人"名声一旦传扬出去，必定会给自己的前途带来绝佳的影响。

　　铁匠的好归宿使得其他掠夺者们也跃跃欲试。

　　很快，便又有一个人站了出来，必恭必敬地说道："伯爵大人，请您收下我吧！我虽然谈不上有什么本事，但是我原来在夏农的酒厂里担任调酒师。您知道，我们这个工作，可不是什么人都能做的。"

塔特尼斯伯爵听到那个人所说的话，心头一动。

他正缺少一个能够在上流社会的社交圈里对自己有所帮助的人。而对酒的鉴赏，在上流社交圈里有着极其重要的地位。

一个擅长酒类鉴定的专家，无论他来自于哪个穷乡僻壤，也绝对没有人会认为他是个土包子；相反的，在这种事情上有所专长的人物，全都被当做雅士，受到了吹捧。

但是懂得酒类鉴赏的人，除了那些真正的豪门世家的子弟外，便只可能由那些历史悠久的酒厂训练得出来。而这两种人都不容易找到。

"霍博尔，去将我马车柜子里放着的那瓶酒取一杯来。我想看看这位先生是不是如他所说，是位高超的调酒师傅。"

被塔特尼斯伯爵点名的那个仆人，连忙向马车奔去。

他回来的时候，手中托着一个白瓷碟子，碟子里面浅浅地盛放着一点鲜红色葡萄酒。

那个浑身邋遢的人，看到碟子中的葡萄酒，神情立刻变得严肃起来，显然他是一个货真价实的品酒专家。

"老爷，我好几天没吃东西，舌头已经失去了感觉，因此不敢胡乱尝试。不过我的鼻子还没完全失去作用，我的经验也能弥补失去味觉的损失。

"依我看来，这瓶葡萄酒是蒙森特郡出产的玫钦酒。这种酒的风味相当独特，不过真正喜欢喝酒的人，并不饮用这种葡萄酒。因为它的口味虽然不错，但是香味便差得多了，而且回味也太淡。"那个调酒师说道。

"不错，一点都没错！我雇佣你了，去领面包和麦酒吧。我很希望你的舌头能尽快恢复原来的灵敏。"塔特尼斯伯爵微笑着说道。

调酒师自然也是千恩万谢。不过和那个铁匠比起来，调酒师毕竟要高雅得多，他还不至于跪在伯爵脚下亲吻他的皮鞋。

看到又有一个幸运的人找到了安稳的靠山，掠夺者们立刻骚动了起来，毛遂自荐的人纷纷站了出来。

正如塔特尼斯伯爵预料的那样，这些面黄肌瘦的人中，确实隐藏着不少人才。

没过多少时间，已经有二三十个人在他身侧排成一排。他们中有精通香料炼制的工匠，有擅长织造的裁缝，有手艺灵巧的制造工人，甚至还有一位药剂师。

他们中的一些人因为逃出来的时候极为匆忙，所以什么东西都没有携带。也有一些人原本有些身家，但他们同样被人抢劫一空，最终不得不沦落为掠夺者中的一员。对于这些人来说，塔特尼斯伯爵无疑是救苦救难的仁慈天使。

看到有用的人才已经被挖掘得差不多了，剩下来的大多是些庄稼汉，对自己来说用处不大，塔特尼斯伯爵准备返回马车里去了。

不过，他突然意识到，现在正是增加自己政治筹码的大好机会。他完全可以将这些平民带在身边，再提供一些仅够他们存活的食物，然后将这些人带到京城。这些无依无靠的家伙，必定会成为社会动荡的隐患。而对他们有恩的自己，将会成为惟一一个能够说服他们的人。

这样一来，就算那位钦差大人，或者其他原本被自己当做是有力靠山的人物，想要过河拆桥，对自己不利，自己也有办法应付。

更何况，这一路之上，还可以让这些平民充当廉价的保镖，同时他们也将是最优秀的宣传者，他们可以将自己的好名声，宣扬到所经过的每一个角落。

而这一切，仅仅需要一些能够让他们餬口，并且有力气跟在马车后面前进的粗粮。

想到这里，塔特尼斯伯爵故作慷慨地宣布：所有的平民，只要能够自行跟随他们的马车，就可以和车队一起前进。虽然，他没有能力提供太多食物，但是让每一个人都能吃上一块烤饼，他还是可以做到的。

听到塔特尼斯伯爵宣布的事情，那些面黄肌瘦的平民立刻高声欢呼起来。

这震耳欲聋的欢呼声让塔特尼斯伯爵心中颇为得意，他高抬着下巴，昂着头，志得意满地回到马车上。

仆人们一边维持着秩序，一边将食物分发下去。

那些混杂在掠夺者中的心怀叵测的家伙，看到情况变成现在这副模样，也只得趁乱离开了队伍。

看着眼前雀跃的人群，听着那震耳欲聋的欢呼声，笛鲁埃慢慢驾着马车来到系密特身边，轻声说道："你们这个家族很快就会兴旺发达的，我敢肯定。"

系密特惊奇地问道："为什么这样说？"

"我还从来没见过像你哥哥这么精明的家伙，也从来没见过如此彻底的伪君子。不过像他这样的家伙，很容易发达。"笛鲁埃说道。他的语气极为肯定。

系密特对于笛鲁埃所说的一切不置可否，他自顾自地驾着马车在四周转悠。

塔特尼斯家族的车队重新启程。这一次，在车队的旁边，

跟着长长一串人群。

大多数人将一只手搭在马车旁边的护栏上，以便让马车拽着他们奔跑。

那些身体虚弱、跟不上马车的人，则用绝望的目光望着远去的队伍。不过他们中的大多数人，立刻继续跟了上去。因为那行驶在前面的马车，对于这些人来说，无疑是生存下去的惟一希望。

大多数人都坚信，只要他们紧紧跟在马车后面，就肯定能够得到平安。那位仁慈善良的老爷肯定会收留他们，让他们重新拥有一个温暖的家庭。

大道上，拼命往前赶的人越来越多，每个人都在为了那一线生存的希望而拼命追赶。

夜幕降临的时候，系密特终于看到了一座规模颇大的城镇。

城镇外围停满了马车，马车边上都有雇佣兵守护着。

塔特尼斯家族的车队在一块空旷的土地上停了下来，仆人们熟练地搭起了帐篷。他们知道伯爵大人是绝对不会住在旅店中的，连他们都对旅店一点兴趣也没有。

那个叫霍博尔的仆人管理着一切，塔特尼斯伯爵已经任命他为新的总管。霍博尔很清楚，这个任命只是暂时的。到了京城，伯爵大人肯定会让某个贵族推荐来的年轻人取代自己的位置。

将一切布置妥当以后，霍博尔便从塔特尼斯伯爵那里领取了几个金币，他要到前面的小镇上购买一些食物和饲料。

多了那些跟在马车旁边的平民，所需要准备的食物要多得多了。霍博尔驾着一辆马车，让两个仆人跟着自己一起往小镇

赶去。

②

在空地上停着的马车旁边，五六座帐篷很快便搭建好了。

仆人们的手艺是在北部森林训练出来的。在森林中打猎常需要搭建帐篷，现在那些仆人已经是这方面的专家了。

中间那顶最大的帐篷，是塔特尼斯伯爵和伯爵夫人住的地方。旁边的一座是老夫人的寝帐，其他的帐篷则是仆人们睡觉的地方。

至于系密特的帐篷，全是由他自己亲手布置，从来不要其他人帮忙。

佣兵们晚上从来不睡帐篷，他们自己带着皮质的睡袋。

只是那些刚刚加入的仆人比较难以安置。他们个个衣衫褴褛，蓬头垢面。有的人身上布满了伤口，伤口上甚至已经生出了蛆虫。

不过，幸好这些人之中有一位药剂师。虽然他并不是医生，但是对于怎样治病，多少有所了解。塔特尼斯伯爵让他暂时成为了这群新来仆人的首领。

那个药剂师开出了一连串的处方，那些处方也被霍博尔带在了身边，他要去镇上把需要的药品买回来。

塔特尼斯全家聚在中间那座帐篷里面，享用着他们那丰盛的晚餐。

虽然晚餐仅仅是一份蜜汁火腿、两片奶酪，和一杯让那个调酒师说起来真正擅长喝酒的人绝对不喝的葡萄酒，但是和外面那些喝着廉价的麦酒、啃着难以下咽的烤饼和粗面包的人比起来，这已经是绝顶的享受了。

正当他们享用着美味晚餐的时候，突然，有个人匆匆忙忙地闯了进来。系密特抬头一看，正是霍博尔带走的那两个仆人

中的一个。

他额头上留着鲜血，左边的脸孔肿起了一大块，黑紫的瘀肿一直延伸到眼角。鼻子也被打破了，鼻血流淌下来，甚至将胸口都沾湿了。

"伯爵大人，霍博尔和希卡流被镇上的人扣下来了！您快去救他们啊，如果去晚了，他们可能就没命了！"那个仆人哭喊道。

还没等塔特尼斯伯爵说话，帐帘一撩，笛鲁埃走了进来。

"别慌，你把事情说清楚。"塔特尼斯伯爵平静地说道。

对于霍博尔的生死，他并不怎么放在心上，因此到底要不要去救他，怎么救，就要看事情具体是怎么样的，才能做出决定。

"霍博尔带着我们到镇上去买食物和药品。一开始的时候还挺顺利，可等到购买食物的时候，那位面包店的老板，却怎么都不肯把粗面包卖给我们。

"他说镇上禁止外来人员购买大批食物，如果想买这些粗面包的话，得到镇上的市政官署去办理许可证。

"霍博尔便带着我们到其他的面包房去，打算看看有没有其他商店肯卖给我们，没想到，所有的面包房说的都是一样的。

"霍博尔只得带着我们到前面的一个村庄去采购。那里倒是有我们需要的东西。可当我们买了东西赶马车往回走，又路过镇上的时候，几个官员将我们拦截了下来。

"他们看到我们车上满载着食物，二话不说就把我们揪下马车拼命殴打。我运气比较好，逃了出来，可霍博尔他俩被抓走了……"那个仆人诉说着。眼泪顺着脸颊流淌下来。

塔特尼斯伯爵听到这件事情，沉吟了半晌，转过脸来向笛鲁埃问道："依你看，这是怎么回事？"

"看起来，这个镇子已经被某些人控制住了，他们用粗面包换那些掠夺者抢来的东西。不过，做得如此明目张胆，实在是过于嚣张了。

"干这一行，至少要遵循几个最基本的规矩，特别是不能公然和有势力的人作对。

"看样子，占据这个镇子的家伙有些势力，而且手下的打手数量众多，因此不怕别人反抗。"笛鲁埃稍微思索了一下，立刻回答道。

听到这样的解释，塔特尼斯伯爵站起身来，绕着帐篷转了几圈，然后停了下来。

"笛鲁埃，让你的手下准备一下。系密特，你在暗中接应。我得亲自去镇上跑一趟。"说着，塔特尼斯伯爵走出帐篷。

系密特和笛鲁埃连忙紧随其后。

当笛鲁埃走过塔特尼斯伯爵马车旁边的时候，伯爵突然压低声音说道："笛鲁埃先生，你敢不敢动手杀人？"

笛鲁埃好像早有预料一般，毫不在意地微笑了一下："伯爵大人，您到底是看上了那些赃物，还是仅仅要造就您的名声？"

"我是在为国王陛下尽职。"塔特尼斯伯爵不以为然地说道。

听到塔特尼斯伯爵如此回答，笛鲁埃什么也没说，转身走开去完成自己的布置了。

"系密特，你帮我暗中察探一下，那些家伙到底有些什么倚仗。如果有麻烦的家伙存在，比如使用重弩的人，你就帮我解决掉。"塔特尼斯伯爵拍了拍弟弟的肩膀，接着说道，"亲爱的系密特，现在我最信赖的就是你了，我相信你绝对不会让我暴露在那些危险的武器下的。"

对于哥哥所说的"最信赖的"是自己的话，系密特并不会完全当真。

不过，他确实是不想失去自己的哥哥，他更不希望，沙拉小姐年纪轻轻的便成了寡妇。

这个"暗中察探"的工作对于他来说，倒是一件新鲜事情。虽然系密特拥有历代圣堂武士的记忆，但是，圣堂武士都是光明正大和敌人进行战斗的人物，这种偷偷摸摸的工作，绝对和他们无缘。

幸好，除了圣堂武士的记忆之外，系密特的脑子里还有在奥尔麦森林中跟那些出色的猎手学到的狩猎本领。现在的工作同样也是一种狩猎，一种特殊形式的狩猎。

进行狩猎就必须要有适合狩猎的工具。那一对用来冲锋陷阵的双月刃，在这种情况下是根本用不上的。

系密特从那些佣兵所使用的装备之中，挑选了一把样子极为普通的短剑。

他之所以选择这件武器，倒不是因为它打造得有多么精巧，而仅仅是因为，它的表面附着了一层深褐色的锈斑。不能反光的锈斑，使得这把短剑成为了在黑暗中很难被发现的一件武器。

系密特将短剑佩戴在身后腰际。

这种佩戴方式，是那些生活在沙漠中的游牧民族经常采用的。系密特在自己的记忆之中找到，并且发现今天这种情况下，这样佩戴相当合适。

将一切收拾妥当之后，系密特向小镇走去。

走到小镇边缘一个没人注意到的地方时，系密特看看四下无人，便向上一纵。

在屋顶和房檐上快速行动，对于普通人来说是相当困难的一件事情，但是对于一个力武士来说则轻而易举。

市政官署是一个相当明显的建筑物。霍博尔发出的惨叫声，也为系密特指引了方向。因此，系密特很快便找到了他们。

在小镇中央的一个广场上，密密麻麻地挤满了人。他们正兴致勃勃地看着站在中间的四个人，用各种手段殴打着两个可怜的仆人。

让系密特稍感安心的是，霍博尔暂时还没有生命危险。那些尽情殴打他的流氓，显然得到过指示，他们刻意避开了那两个仆人身上的要害部位。

旁边站着的那些人则纷纷叫嚣着，好像恨不得也上前去施展一番手脚。

在广场旁边的一座五层的高楼上，很多人从窗户透出身体，兴致勃勃地看着底下殴打的场面。这些人同样兴奋地叫着，笑着，并且往下投掷着一些乱七八糟的东西。

在最上面一层，有两个中年人兴致勃勃地朝着下面观瞧，其中一个手中托着一杯葡萄酒，另一个则摆弄着一枚金币。

系密特慢慢地向那里凑了过去。

"镇长先生，依您看，我们的客人什么时候才能到？"那个摆弄金币的人问道。

"应该快了吧。不过，我希望他能在底下这两个人昏过去之前到达这里，我想，听听惨叫声对于我们和他之间的交易，会相当有帮助。"身材瘦削的镇长说道。

"那些家伙油水很足，他们马车上装着的东西相当沉重。我原本打算让那些穷鬼将他们抢光的，连人马都布置好了。

"没想到，那些家伙居然强充圣人，穷鬼们倒投靠他们了。

我只好亲自出马了。"那个玩金币的人说道。

"会不会出事？他们好像不是普通人。万一是群贵族，我们的麻烦就大了。"镇长说道。但是他的语气中却没有丝毫担忧的味道。

"那有什么？我们又不是没干过这样的事情，只要像上几次那样将一切收拾干净，不就没事了？

"我惟一担心的便是有人逃出去。虽然温格已经将路口全都堵住了，但是，那些家伙手里有重弩，真打起来恐怕不太妙。"玩金币的人说道。

"温格？你有没有告诉他那些人有重弩的事情？"镇长笑着问道。

"到时候他会知道的。"那个玩金币的人同样笑了起来。

"你做得不错。温格这家伙实在是太嚣张了，让他吃点苦头也好。"镇长连连点头说道。

听到这两个人的对话，系密特立刻感到大事不妙，他绝对没想到这些人如此狂妄大胆。

系密特不知道笛鲁埃是否布置好了站岗放哨的人马，但即便是有所准备，面对这两个人早已经安排好的阵势，笛鲁埃恐怕未必阻挡得住。

车队中有母亲和沙拉小姐这两个最关心自己、最疼爱自己的人，系密特无论如何都要保护她们俩的安全。

事到如今，系密特也顾不上手段是否光明正大了，亲人的安危，永远是放在第一位考虑的事情。

虽然在圣堂武士的记忆中，并没有如何处理现在这个局面的办法存在，但是，系密特记得，当初在奥尔麦，他曾经听汉摩伯爵讲起过在北部冰原上猎杀野狼的故事。

②

野狼是一种非常凶残的动物，而且它们成群结队的时候，力量极为强大，连北方冰原上最为强悍的黑熊，都会成为它们猎杀的对象。

比黑熊都要弱小很多的人类，在野狼面前就更加弱小了。

但是野狼有一个弱点：如果它们的首领死去，它们便会慌乱起来，那时候，对付它们就容易多了。

想到这里，系密特从屋檐边上探出身子。

那两个正在放肆谈笑的人，看到突然有一个人影从屋檐上冒了出来，顿时吓了一跳。

但是还没等他们反应过来，系密特已经一把抓住了他们的衣领。紧接着，伴随着一阵惊叫之声，两个庞大的身影从窗口掉落下来。

当这两个人摔落到地上的时候，惊叫声戛然而止。

底下所有的人都惊诧地看着房顶上。他们还没搞清楚到底发生了什么事，等待着他们的，是飞落下来的瓦片。

这些瓦片是如此致命，无论是头部还是肩膀被瓦片削中，那个不幸的人都会立刻倒在一片血泊之中。

系密特拥有着强大的力量，那是为了对抗那些生命力无比顽强的魔族士兵，以及那些高高在上的、除了弩炮根本没什么能伤害得到的魔族飞船，而祈求来的力量。

用这种强大力量来对付普通人，有谁能够禁受得住。

这意外的变故，使得底下所有的人都呆若木鸡，一时间广场上一片平静。

但是平静立刻又被慌乱所淹没。

摸不着头脑的人们，慌慌张张地四处逃窜。大多数人逃进了附近的房子里面，也有一些人向镇外逃去。

名利狩猎

人类逃避危险的天性，在这里得到了最有力的证明。

刹那间，广场上除了横七竖八躺着的几具尸体，便只剩下那两个还在痛苦呻吟着的仆人。

系密特虽然很想下去帮助那两个仆人，但是母亲和沙拉小姐的安危牵动着他的心弦。他从一个屋顶跳到另一个屋顶，飞快地向镇子外面奔去。

当他站在小镇边缘一座楼房的屋顶上时，正好看到自己的哥哥指挥着笛鲁埃和那些雇佣兵，将正要逃出小镇的匪徒阻挡在了路口。

那些平民紧跟在佣兵们身后，他们的手中或者拿着弯刀，或者拿着木棍。

看那副架势，哥哥已经控制住了局面。

狭窄的街道上躺着五六具匪徒的尸体，尸体上钉着一支支弩箭。那些活着的匪徒则一个个满怀恐惧，抱着脑袋蹲在地上。他们已经没有了刚才那副狂妄嚣张的模样，一个个畏畏缩缩，神情中充满了恐惧和慌张。

系密特顾不上和哥哥打声招呼。既然笛鲁埃已经让佣兵们将弩弓拿在手中，说明他早有准备。他得赶紧去对付刚才那两个人所说的已经准备就绪的伏兵。

回头看了哥哥和佣兵们一眼，系密特一纵身，消失在夜空的一片黑暗之中。

虽然夜色黯淡，但系密特并不在乎。他拥有着常人所不具有的感知能力。这种感知，是当初那个垂死的魔族飞船所赋予他的特殊能力。

系密特可以在漆黑一片中看见东西。在他眼里，黑暗中无论是人还是树木都清晰可见，就像是在太阳映照之下一样。

笛鲁埃选择的宿营地周围空旷一片，只是零零星星生长着几株小树。在不远处有一座丘陵，丘陵的后边是一片小树林。那两个人所说的伏兵，显然就躲藏在树林之中。

系密特清楚地看到，一些人正绕着树林，从两边向他们的宿营地包围过来。

宿营地中，虽然仍有五六个佣兵在小心守护着，而且他们的手中也拿着重型军用弩，但是从人数上来看，他们远不是树林中那些匪徒的对手。而那些今天刚投靠过来的平民，不知道因为什么原因，都被哥哥一起带走，围攻小镇去了。很显然，宿营地防备空虚。

看到事态紧急，系密特顾不得关照那些佣兵注意防守，他闪电般地向那片树林奔了过去。

漆黑的夜色，茂密的树林，所有这一切，对于系密特来说都极为有利。他那双能够看透黑暗的眼睛，就是最有力的武器。

更何况，在奥尔麦时，系密特便和森林结下了不解之缘，森林就好像是他的第二故乡。游走在森林之中，系密特就好像从客厅踱步到卧室，又从卧室进入厨房那样自如。

惊叫声、呼喊声在他身后纷纷响起。

树林里的匪徒们乱成一团，因为他们的伙伴，一个接一个，被来自于黑暗中的利刃夺走了性命。

每听到一声惨叫，匪徒们便更慌乱一分。

没有什么比看不见的敌人更加可怕。即便是那些强悍得让人一想到就头皮发麻的魔族，也至少不会夺走人们抵抗的勇气。

在奥尔麦的森林之中，面对着突如其来的魔族，人们至少还懂得如何拿起武器，进行抵抗。但是在这一片漆黑之中，在这时而传来的惨叫声中，每一个匪徒所能想到的，就只是要尽

快地逃离这片死亡森林。

他们毫无秩序地四处逃窜，用手中的武器向任何接近他们的人挥砍，射击着。

咻咻的弓弩射击声此起彼伏，随之而起的，往往是同时发出的两声惨叫。

那些幸运地逃出森林的匪徒，向远处的小镇亡命奔逃。他们根本不知道，那里已经不是他们安全的隐蔽所。

也有一些脑子比较灵活的家伙，从另外一个方向逃了出去，他们将会去寻求新的庇护。反正，在这个混乱的时代，到处都有他们可以容身的所在。

树林中很快平静了下来。

系密特从树林中走了出来，他的目标是远处的宿营地。

宿营地已经不再太平，其他车队的雇佣兵们也纷纷紧张得拔出了武器。他们不知道谁才是真正的敌人，因此，他们将每一个可疑人物，全都当成了敌人来看待。

佣兵们互相瞪视着，车主们则死死地守在车队旁边。一支支弩箭都向着外面，持箭人的手指就搁在扳机之上。

当系密特的身影出现在众人的视线之内的时候，十几支弩箭同时瞄准了他。

幸好系密特矮小的身材，消除了众人的疑虑。

和其他的车队比起来，系密特他们的车队反倒最为平静。他们车队的雇佣兵们似乎也对正在发生的一切都无动于衷。

因为那几个佣兵早就知道，塔特尼斯伯爵要笛鲁埃吩咐他们做好准备，看来，今天晚上必定会有一场大的风波。

除此之外，另一个让佣兵们十分放心的原因就是，在他们的队伍中，有一个连诅咒巫师都能轻易消灭的强大人物存在。

虽然佣兵们从来不讨论这个充满神秘感的人物，他们也从来没有亲眼看到，他是如何杀死那些魔族的，但是，对于系密特的身份，佣兵们早已经猜测得八九不离十了，只是彼此心照不宣而已。

队伍中拥有如此强大的人物，当然能让他们气定神闲。除非对方阵营之中也有圣堂武士存在，要不然，根本就不可能出现他们控制不住的局面。

这几个手拿重弩的佣兵心里十分清楚，与其说他们是在保护那两位贵妇人的安全，还不如说是在给她们心灵上的安慰。

因此，当他们听到森林里面传出阵阵骚动的声音，和紧接而起的惨叫声的时候，他们已经猜测到那是谁的杰作。

系密特回到宿营地时，佣兵们很平静地迎接着他的归来，好像根本就没有看到他身上沾满了血迹。

"系密特，是你回来了吗？"帐篷中传来母亲的声音。

门帘一挑，沙拉小姐从帐篷里走了出来，在她身后跟着母亲大人。她们俩同样都对系密特满身的血污视而不见。

"快去洗个澡吧。"母亲指了指旁边一个帐篷，对系密特说道，"衣服已经放在里面了。"

旁边一位佣兵，相当默契地从系密特的手中接过短剑。剑柄上那厚厚的血迹，令他感到颇不舒服。

系密特顺从地钻进帐篷。

重新出现在大家面前的时候，系密特又恢复到那个干干净净的、洋娃娃一般的贵族少爷的模样。

虽然已经习惯了系密特的这副打扮，但是佣兵们仍然对眼前这种变化大为吃惊。

那把滑溜溜的、沾满了血迹的短剑，还在警告着他们，就

是眼前这个洋娃娃般的少年，夺走了树林中那些匪徒的性命。

小镇上突然骚动起来，但很快又平静了下来。

一切都恢复平静之后，过了将近一个小时，仆人们纷纷回到了营地之中。

但是，塔特尼斯伯爵却始终没有回来。

没过多久，小镇上再一次沸腾起来。火光映照着整片天空，使很多人以为，小镇着起了大火。

前面的车队，纷纷派出了佣兵去打探情况。

一时之间，宿营地里也开始骚动了起来。惟有塔特尼斯家族的车队，却仍旧是毫无动静。

不一会儿，小镇上传来一阵阵极有节奏的呼喊声，好像是愤怒的吼叫声，又好像是发自肺腑的欢呼声。那声音如同起伏的波涛一般，一会儿汹涌澎湃，一会儿又风平浪静。

忽起忽伏的喧闹声，一直持续到深夜。

但是那映照天空的火光，直到黎明时分也没有熄灭。

当第二天一早，车队驶进小镇的时候，系密特看到，整个小镇，已经完全变成了另一副模样。

小镇上那些面黄肌瘦的平民，现在都穿着光鲜的衣裳，他们那肮脏蓬乱的头发也都已经修剪整齐了。而且，每一个人都洗过了澡，显得精神多了。

当马车驶过广场的时候，只见广场上支起了几十个木架，每个木架上都悬挂着五六具尸体。更多的囚徒则被锁链锁成一串，跪在广场的一角等待着审判。

在这些囚徒的四周，站立着无数面黄肌瘦的平民。他们一个个都对那些囚徒怒目而视。

在广场的另一角，一字排开着十几张桌案。系密特的哥哥宛如一位大法官一般，趾高气扬地坐在正中间的位置。

6 进 京

　　辞去蒙森特郡的一切职务之后，塔特尼斯伯爵第一次恢复了往日的权柄和风光。

　　更令他欣喜的是，他终于找到了一条迅速接近上层社交圈，迅速让京城的豪门贵族接受他的办法。

　　同时，他也找到了一条迅速聚敛财富的途径。

　　在小镇上他住的那座建筑物的地下室中，塔特尼斯伯爵发现了成箱的金币银圆，除此之外还有一些金银珠宝和古玩玉器。

　　在那些金银珠宝之中，塔特尼斯伯爵发现了一些刻着纹章的戒指和项链。

　　为了能够出人头地，塔特尼斯伯爵曾经花费大量的精力去研究过纹章学。能够通过纹章一眼认出某个贵族家族的身份和渊源，这在上流社交圈里，是一种相当有用的本领。

　　当年的努力没有白费，塔特尼斯伯爵找出了两个历史久远、名声显赫的大家族的纹章。其中的一个家族，无论对长老院还是对军队，都有着极大的影响力。

　　如果能够凭借这几枚纹章而得到那个家族的信赖，那就等于在京城中拥有了一个坚强的靠山。

塔特尼斯伯爵小心翼翼地将这些珠宝古玩收藏了起来。

他甚至郑重其事地请来了当地的巡回法官和公证署官员，请他们将这些珠宝古玩彻底查封，并用铅印封住。

小镇所属郡省的郡守知道事情不妙，他很担心塔特尼斯伯爵到了京城之后控告他玩忽职守，使得他管辖的郡内出现了行为猖狂的匪徒。

因此，郡守大人亲自到了小镇，和塔特尼斯伯爵密谈了整整一夜。这一夜密谈的结果便是，地下室中又增加了两箱金币。而塔特尼斯伯爵则答应那位郡守，将平定匪徒的功劳的一部分算在郡守的名下。

事实上，塔特尼斯伯爵并不十分看重这份功劳，也不太在乎那两箱金币，他倒是对郡守送给他的那几块肥沃的土地非常感兴趣。

这几块土地，是那些急于逃亡的庄园主廉价出售，郡守趁机据为己有的。其中的一块是世袭领地，另外六块是国有土地。但是郡守早已做过手脚，那六块国有土地被他以附属领地的名义，划归在那块世袭领地名下。

这几块土地加在一起，相当于自己在蒙森特世袭领地的三分之一。如果再算上自己的弟弟系密特所拥有的那块奇斯拉特山区中的领地，他们家族拥有的领地已经和一个侯爵所能得到的世袭领地差不了多少了。

塔特尼斯伯爵很清楚，国王陛下对于一个侯爵的虚衔，实际上并不是很在乎。毕竟，侯爵的名头不像公爵那样举足轻重，也不足以影响丹摩尔的政治格局。国王陛下真正心疼的，是他要赏赐给每一位侯爵的领地。多一位侯爵，他的国库中就会少一份税收。

　　因此，如果自己手中原本就有足够的土地，国王陛下根本不需要再另外赏赐什么的话，以当今国王的性格，只要条件允许，他是会给予自己一个侯爵称号的。

　　因为，这位至尊的陛下向来以慷慨大方而闻名。

　　对于塔特尼斯伯爵来说，他的政治野心也仅仅到能够拥有侯爵头衔为止了。让塔特尼斯家族成为丹摩尔赫赫有名、举足轻重的公爵家族，这种念头他连想都没有想过。

　　因为无论是多么慷慨的国王，对于公爵的封号都是极为敏感和谨慎的。比如这次庆功典礼上，以葛勒特侯爵那样崇高的功勋，国王陛下宁愿忍痛割爱，将一座"金山"赏赐给这位绝顶功臣，也不愿意让丹摩尔增加一个公爵。

　　在小镇停留了整整三天之后，塔特尼斯家族的车队再次上路了。

　　为了掩人耳目，虽然行李中多了几箱金银珠宝，但塔特尼斯伯爵并没有增加车辆的数目，他只是将车上那些相对不是很值钱的物品卸了下来。这些不值钱的东西，都被替换成了整箱的金币和银圆。反正只要有钱，到了京城什么东西都可以买得到。

　　更何况，大把花钱显示自己的豪富，同样也是迅速将自己推向上流社交圈的一种极好的方法。

　　这些事情，除了笛鲁埃和他手下的佣兵之外，没有其他人知道。

　　塔特尼斯伯爵现在越来越喜欢这个举止粗鲁的佣兵头领了。在他看来，笛鲁埃确实是一个既有本事又识时务的家伙。

　　塔特尼斯伯爵甚至曾经考虑过长期雇用这些懂得守口如瓶的雇佣兵。但是，考虑到这些人粗鲁的样子可能会损坏自己的形象，他最终还是放弃了这个想法。

2

至于那些原本住在小镇上的人，塔特尼斯伯爵则很担心他们会泄漏秘密。因此，在这三天之中，他不停地煽动着那些跟随他车队的一无所有的平民。他让平民们认为，他们所遭遇到的不幸，都是这座小镇上的人们所"赐予"的。

那些一无所有的平民，原本也都是些安分守己的老百姓，但是痛苦的经历，让他们成为了不惜铤而走险的掠夺者。现在塔特尼斯伯爵给了他们发泄的机会，这些人自然将满腔的怨恨，都倾泻到了这个小镇的居民身上。

更何况塔特尼斯伯爵有意让他们认为，这座小镇是匪徒的巢穴，是恶魔居住的地方，这里每一个人的内心深处都充满了邪恶。

于是，短短三天之中，小镇上的男女老少大多数被那些愤怒的平民绞死，他们的尸体还被吊挂在中心广场的木架上，整个小镇几乎成为了一座大坟场。

系密特走在大街上，看着这一切，他心里很不是滋味。

原本繁华喧闹的小镇，现在变得满目疮痍。

街道两旁的房子，门窗全部都被拆毁，它们成了平民们的第一个攻击目标。

房屋里已经没有什么居民，即便有，也都蜷缩在房子的一角簌簌发抖。等待着他们的只有死亡。

系密特亲眼看到，那位一天前为所有平民理发的理发店老板，原本以为能够因为他周到的服务而免于一死，但是最终，他的尸体被高高悬挂在理发店的屋檐底下。

系密特默默地看着这一切，他看到的是满眼的疯狂。所有的人都疯了，疯得很厉害。

但是，系密特很清楚，让这些平民陷入疯狂的那个人并没有疯，他的脑子相当清醒。

系密特并不知道具体情况，因为哥哥不许任何人，甚至是沙拉小姐随意外出。他让车队在野地中宿营了整整三天，而他自己却住在小镇上，进行着他的秘密勾当。

但是系密特完全能够猜测得到，哥哥在暗中到底做了些什么事情。

他光明正大地洗劫了一座小镇。而这种行为不但没有让他背上强盗的罪名，甚至还为他笼上了一层圣人的光环。

那些吊挂在中心广场上的死者，则背上了所有的罪名。无论他们中谁是有罪的，谁又是清白的，在这个疯狂的世界中，他们同样都无法生存。

当车队重新向前行驶的时候，当车轮重新滚动起来之后，熊熊的大火在他们身后燃起，大火吞没了那座小镇。

往日的繁华和喧闹，瞬间消失在一团滚滚的浓烟之中……

往后的路途变得太平起来。至少当塔特尼斯家族的车队通过的时候，路上便安静很多。

小镇上所发生的一切，在很短的时间里，便在沿途的那些城镇中间传播开来。现在，几乎所有城镇的人都知道，在这条大道上，正行进着一支千万不能去招惹的车队。

这支车队的特征极为明显：在它的两侧和身后，总是有长长的人群跟随着，而且每经过一个城镇，跟随着的人群便会增加一成。

一路行来，跟随车队的平民越来越多，塔特尼斯伯爵的声望也越来越高。

自从发生了小镇那场风波和其后他与郡守的那次密谈之后，塔特尼斯伯爵再也不用为食物而犯愁了。那位郡守答应，平民们所有的食物都由他提供。

反正是给一无所有的平民们吃，用粗糙的大麦做成难以下咽的面包，就可以凑合了。

面包和烤饼中，甚至连一滴油都不放。但是对于那些平民来说，这些面包和烤饼无异于美味佳肴。他们甚至为那越来越大的面包，以及那稀薄的、仅仅漂浮着几点油花的菜汤，而对塔特尼斯伯爵感恩戴德。

每天早晨，人们都能听到震耳欲聋的欢呼和赞美声。

当然，平民的队伍中，有增加进来的新人，也有掉了队的身体比较虚弱的人。能够坚持到最后的，是身体最为强壮的一帮人。他们每天能吃到充足的食物，整天跟在马车旁边奔跑。

因此，当塔特尼斯家族的车队快要到达京城的时候，跟在车队旁边的，竟然是一群肌肉结实、身材高大的人。

当然，塔特尼斯伯爵没有忘记，每到一地，他都要在那些平民之中挑选他需要的奴仆。而平民们，也全都将能够成为塔特尼斯家族的仆人，当做是仁慈父神的恩赐。

正是因为如此，塔特尼斯家族仆人的数量迅速增加。而且，这些仆人的素质之高，即便那些京城豪门世家的仆人，也无法与他们相提并论。

这些让塔特尼斯伯爵满意的仆人，拥挤着乘坐在后面的平板车上。他们用不着跟旁边的人一起奔跑，因此经过一个多月的旅行之后，他们渐渐恢复了往日的容貌。

虽然从他们明显憔悴的神情中，仍能看得出他们所经历的苦难和风霜，但是至少，已经没有人再将他们当做是乞丐般的

掠夺者了。

塔特尼斯伯爵对于这些仆人相当重视，他将他们看成是自己的一笔财富。和仆人们签订的契约文书，也被他小心翼翼地锁在了保险箱里面。

现在他惟一犹豫不决的就是，该如何处置那些没有成为他仆人的、跟在马车旁边的平民。

一个月的长途跋涉，将这些人锻炼得如此精干强壮，这确实是他始料未及的一件事情。

这些人能够成为最出色的劳动力，他们将比普通庄稼汉更能卖力地为自己干活。而且，只要稍加训练，他们就可以成为一支保卫自己安全的私人军队。

塔特尼斯伯爵自信，这些人对自己绝对是忠心耿耿。

明目张胆地拥有私人军队，可能会引起很多人的猜忌，甚至可能惹来杀身之祸。但是，在小镇上遭遇到的一切，使他很希望能够拥有自己的武装。在这混乱的年代中拥有自己的武装，无疑是惟一能够保证自己地位和威严的手段。

京城近在眼前，一路上来来往往的车辆越来越多。周围已经没有了闲置的空地，到处是绿油油的农田。

随着气候越来越温暖，农田之中的植物也迅速而旺盛地生长着。农作物的叶子，已经不再是那种新发芽时的嫩绿色，而变成了油光滑亮的深绿色。

塔特尼斯伯爵慢慢地从马车上走了下来，看着眼前的这一大片农田。

作为出生于蒙森特郡的人，他对土地有着一种执著的热情。他喜欢土地，喜欢土地的绿色，喜欢土地上生长出来的那些农作物。

在塔特尼斯伯爵看来，自己的父亲和弟弟根本就不能算是蒙森特人，因为他们完全没有蒙森特人那种对于土地的深厚情感。

但是仅有土地是绝对没用的。土地必须要由人来耕作，荒芜的土地是没有价值的。真正对于土地有着深厚情感的人，一定会为土地准备最优秀的耕作者。

想到这里，塔特尼斯伯爵登上了车夫的坐位，笔直地站在上面。然后他转过身体，面朝着那些跟随车队一起前进的平民们。

"都站到前面来。"塔特尼斯伯爵高喊道，"我有话要对你们说。"

看到人们将马车团团围拢起来之后，塔特尼斯伯爵继续高声喊道："我们就要到达目的地了，京城将是这次旅行的最后一站。我的家族将定居在这里。而你们，这些无家可归的人，将何去何从？"

听完塔特尼斯伯爵的这番话，人群立刻骚动起来。

不知道是谁先开始，平民们一片接着一片跪倒在地，他们用最动听的言词祈求着伯爵大人能够收留他们。

那祈求声和赞美声，甚至能够感化高高在上的神灵。

看到这番景象，塔特尼斯伯爵颇为得意。更何况他已经看到拥挤的人群将大道堵住了，来来往往的马车根本不能通行。而这些马车之中，有几辆极为豪华，显然不是普通人能够拥有的。

塔特尼斯伯爵有意让堵塞继续下去，因为这将是他出现在京城的第一次轰动。而这些被堵住的马车，以及马车上面坐着的大人物，将是这场轰动最有力的见证者。

"我知道你们的苦处。仁慈的父神吩咐我，将你们从死亡的边缘带离出来。虽然他并没有告诉我如何安置你们，但是将你们弃之不顾的话，我必然难以向指引我将你们带到这里的父神交代。

"但是，我的财富并不是无限的。而且我是千里迢迢从家乡赶到京城的，要在这个陌生的地方生存并且繁荣绵延下来，并不是件容易的事情。

"更何况，我在这里并没有土地。我的土地在蒙森特，一个受到魔族侵袭的地方。

"所以说，各位，如果你们能够找到一个得以生存的去处的话，那么就让我们在这里分手吧。我祝福你们能够得到幸福和安宁。

"如果你们实在没有地方可去，我也会尽力收留你们。但是生活可能是极为艰辛的，你们必须为生存而辛勤工作。我会尽力让你们每一个人都有份工作，但是这并不容易做到。"

塔特尼斯伯爵说完这番话之后，等待着跪倒在地的平民们的反应。

正如他预料的那样，平民们争先恐后地赌咒发誓，一定要用勤奋的工作来报答伯爵大人的恩情。

塔特尼斯伯爵从马车上走下来，回到了自己的车厢中。

他脸上得意的神情更加浓重了，甚至连妻子那冷漠地看着自己的眼神，都不能影响他的好心情。

"漂亮的演说。你为那些可怜的人制造了虚幻的希望。那些可怜人将为这虚幻的希望而拼命工作，而他们的汗水将为你带来财富。

"恐怕你不会为他们每一个人都安排工作吧？充足的工作会

让他们看清你的本来面目。只有工作不足，才能够显示出你对他们的恩赐。

"而且，你也可以顺理成章地夺走他们辛勤工作的成果，而所有这一切都被掩盖在父神的仁慈之心的名义之下。你那颗贪婪的心，将会被镀上一层圣洁的光芒，让人根本看不见它原来的颜色。"沙拉小姐冷冷地说道。她的语调中充满了鄙夷和蔑视。

"沙拉，不要总把我想像得那样卑劣。我将那些人从死亡的边缘带了出来，这总是事实吧！就算这一切是源于我的贪婪和私心，但是你不可否认，是我拯救了他们。

"如果这不算是圣人的行为，那么你倒是告诉我，真正心地善良的人，为什么不想办法拯救这些平民呢？"塔特尼斯微笑着反问道。

沙拉小姐一时间语塞了。

虽然她相当不齿丈夫那惟利是图的行径，但是她不得不承认，这个惟利是图的小人，的确拯救了不少人的性命。

她转过头去，再也不搭理塔特尼斯伯爵。

马车继续行驶起来。塔特尼斯伯爵从窗口探出身体，微笑着，不停地向旁边那些受到他打扰，延误了行程的马车主人道歉。

只不过，除了几辆马车的主人对这番道歉回以宽慰的微笑之外，其他人大多怒目而视。更有两辆马车的主人，一看到塔特尼斯伯爵，便立刻将窗帘拉上。

事实上，塔特尼斯伯爵一边打着招呼，一边密切地注视着那些马车侧面的徽章。

他要确定，到底有哪些贵族家族看到了刚才那番表演。

他更要确定，哪些家族，到了京城之后他必须尽快拜见，至少要在他们对自己还有深刻印象的时候，和他们联络感情。

马车向前方驶去。

快要到达城门口的时候，塔特尼斯伯爵让车队停了下来。他吩咐总管霍博尔骑着一匹快马，拿着他的名片，到葛勒特侯爵在京城的宅邸去通报一番。

塔特尼斯伯爵在计划离开蒙森特郡之前，就已经和葛勒特侯爵商量过，请葛勒特侯爵替他在京城中买一处房产。葛勒特侯爵当时就欣然修书一封，那封信是写给他的长子——国王陛下的侍卫队长埃德罗伯爵的。

按照塔特尼斯伯爵的推算，这封信现在应该已经到了侍卫队长大人的手中。

不过对于这件事情，他并不敢保证，毕竟这一路上实在有太多变数。隐藏在森林中的魔族，等待在路途中的掠夺者，盘踞在小镇中的匪徒……所有这一切，都有可能使那封书信半途丢失成延误。

正因如此，塔特尼斯伯爵早已经做好了在旅店中度过最初这段日子的打算。

幸好，没等多长时间霍博尔就回来了，在他的身后还跟着三辆马车。

第一辆马车颇为豪华。雪白的车厢四周，镶嵌着金色的花纹边条；那四匹拉车的骏马身上，同样点缀着镀金饰品；车辕上镀着一层光滑明亮的黄金；马车前沿那高翘而起的架子上，装饰着王冠图案。

毫无疑问，这是一辆王家马车。

正当塔特尼斯伯爵疑惑着到底是哪位王室人员居然屈尊降贵来迎接他时，马车已经在他面前停了下来，从里面走出一位英俊挺拔的年轻军人。

这个军人和塔特尼斯伯爵差不多年纪，嘴唇边蓄着一排整齐的胡髭。他的神情和容貌，和葛勒特侯爵极为相像。有所不同的是，这个年轻人比葛勒特侯爵少了一分威严，多了几许秀气。

塔特尼斯伯爵猜想，这位先生恐怕就是埃德罗伯爵。

他正要上前和这位侍卫队长大人攀谈两句的时候，只听耳边传来一声极为熟悉的惊叫声。

随着这声惊叫，从第二辆马车上飞快地跳下一个年轻女子，身后跟着一位比她年长几岁、身材修长的先生。

塔特尼斯伯爵惊讶地看着这对夫妻。虽然已经几年没见了，但是他绝对不会认不出自己的姑姑和姑丈。

"沙拉，我好想念妳！"玲娣姑姑一下马车就惊叫道。

"玲娣，我也是一样！每当我想起你们就住在奥尔麦那个危险的地方，我的心都碎了！幸好后来系密特回到了家中，他带来了平安的消息。"

沙拉小姐的话，显然提醒了玲娣。

玲娣气鼓鼓地叉着腰问道："系密特呢？这个可恶的小东西，害得我为他担了多少心！他不辞而别以后，我每天都在为他祈祷，祈祷他能平平安安回到蒙森特……不过我早就决定，见到他后，我要先狠狠揍他一顿！这一次他任何花言巧语都别想起作用，我饶不了他。"

系密特早就预感到情况不妙。他并不怕姑姑打他，姑姑的力气一向不大。他只是觉得确实很不好意思和姑姑见面。当初

名利狩猎

不告而别，完全没有考虑到姑姑的心情，那种行为确实让现在的系密特感到非常尴尬。

他不知道自己应该如何向姑姑道歉。如果在以前，他必定会准备一套花言巧语应付过去，但是拥有了圣堂武士的记忆之后，他越来越感觉和理解到姑姑对自己的真诚和关爱。用欺骗来对待这片真诚，让系密特感到无地自容。

"系密特，快过来！你是躲不过的。"沙拉小姐拉着玲娣向后面走去。

"系密特，快出来！你打算躲到什么时候？还是在盘算着要说些什么花言巧语？"玲娣也在一边高声叫喊着。

看到夫人们急于要对小系密特进行惩罚，那几位站在旁边的先生，丝毫没有劝阻的意思。

佣兵们则挤到前面来看热闹，每个人多多少少都有些幸灾乐祸的心情在里面。

"塔特尼斯伯爵，我已经接到了父亲大人的来信，您要我办的事情我也知道了。只是，现在京城中迁来了很多贵族，适合居住的宅邸很难找到。我通过在王宫中办事的便利，为阁下找到了一坐位于京城郊外的宅邸。

"那里原本是为宫廷提供石料的采石场。运河开通之后，从南方运来的高级石料可以轻而易举地运到每一个工地，从郊外采石场采集石块，显得不再必要。而且论质地，郊外的石料也远远比不上南方的石材，因此采石场被废弃了。

"采石场旁边建造着一座宅邸。那原本是负责监工的宫廷管事居住的地方，现在这座宅邸空闲了下来。阁下，您和您的家人可以去那里居住。"埃德罗伯爵详详细细地说道。

"很感谢您为我们找到了居住的地方……"塔特尼斯伯爵用

他所能够想到的赞美和恭敬的语气，来表达着自己心中的感激之情。

埃德罗伯爵听到这番话感觉有些愧疚。事实上，他并没有花费太多心思为这位素昧平生的伯爵大人办事。

那座宅邸是他随便找来的。他曾经到实地去查看过，那里实在是一个很烂的地方。京城中那么多新迁来的家族，没有任何一位对那块烂地方感兴趣。

埃德罗伯爵惴惴不安地说道："伯爵大人，您的感谢让我领受不起……因为时间匆忙，我只能找到那座宅邸，那里并不适合永久居住。过段时间，我一定帮您找到合适的宅邸。您放心，这件事就包在我身上。"

埃德罗伯爵的这番话让塔特尼斯伯爵猜测到，那座采石场的宅邸肯定相当差劲。不过，当他跟随着埃德罗伯爵真正来到那座宅邸的时候，他还是一愣，甚至连那些跟随其后的平民都感到极为意外。

那是一片被挖掘得坑坑洼洼的采石场。一座光秃秃的、到处是岩洞的小山，就位于那座宅邸后面。一条随意开凿出来的简陋台阶，通向一片宽敞的白石平台。平台正中央，建造着一座两层楼的建筑物。这座建筑物，甚至连门窗都没有装配齐全。

塔特尼斯伯爵心中暗想，这真的是一个烂地方，但他脸上仍挂着一丝微笑。

埃德罗伯爵不好意思地跟在塔特尼斯伯爵身后，在他们身边陪伴着的是博罗伯爵。

夫人们并没有跟随他们到这个到处是碎石块的地方来。

一来，没有这个必要，道路也实在太难走；二来，两位夫人还要在马车中狠狠修理那个让她们担心、痛恨的调皮少年。

"肯普森、米夏，你们算一算，将这个地方修整一下，让我们能够居住，需要花费多少时间？"塔特尼斯伯爵转过身来，朝着两个仆人高声问道。

他问到的那两个人是新来的仆人，他们原本都是建筑师。

那个叫肯普森的是位中年汉子，他擅长建造桥梁和教堂；那个叫米夏的年轻人原本是个石匠，不过他也建造过一些普通的房屋。

"老爷，让这座房子可以居住，只要配上门窗便可以了。我们可以再将台阶和道路平整一番。如果这里所有的人一起动手的话，大概三天时间便可以全部搞定。

"如果您能够给我一星期时间的话，我还可以将这里弄得更美观些。"中年建筑师肯普森略微盘算了一下，回答道。

"老爷，您是不是急于住进来？"年轻人米夏并没有对肯普森随声附和，他向塔特尼斯伯爵问道。

"嗯？"塔特尼斯伯爵转过头来看着米夏，"你是不是想提点什么建议？"

"是的，老爷。这座宅邸初看确实不怎么样，老爷您住在这里，实在是太不合适了。

"但是，这里本身就是一座采石场，这些石块无疑就是最好的建筑材料；这座平台本身也很宽阔平整，用来做地基实在是太完美了。

"还有后面这座石山。您别看它样子很难看，但是这座石山质地很均匀，几乎没有杂色岩层，这也为我们的修整提供了很好的基础。

"如果我们像平常那样，将岩石敲成一个人能背得动的小块，然后再堆砌起来建造房屋，恐怕工程极为浩大。

"但是我们可以开采一大块，然后打磨平滑，并且直接用它来建造房屋。这样做虽然看上去工程更加浩大，但是只要搭建好支架、轮盘，要比第一种方法节省很多时间。而且岩石的打磨和清洗可以在开采下来就同时进行，那可以节省很多时间。"米夏解释得极为详细。

塔特尼斯伯爵一边听着，一边点头。

"你估计，几天能完成整项工程？"塔特尼斯伯爵问道。

"给我半个月时间，和我所需要的人手。"米夏相当肯定地说道。

"你在开玩笑。"站在旁边的肯普森厉声说道，"我从来没有听说过，半个月能盖起一座像样的建筑物！眼前这座东西，至少要两个月才能建造起来。"

"肯普森，你用不着冲动。反正我不急着住进来，就让米夏试试他的想法吧。"塔特尼斯伯爵转过身来，看着那个年轻的石匠说道，"我给你半个月时间，人手随便你调用。如果缺钱，只要数额不太大，你可以直接向霍博尔调用。"

说完这番话，塔特尼斯伯爵转身向身边的埃德罗伯爵微笑着说道："伯爵大人，我初到京城，还不太熟悉附近的环境，您能不能为我介绍一家旅店？看来我需要在旅店中暂时居住一段时间。"

"雪夫特，你可以和我们住在一起。我们住在红鹳旅店，那里相当不错。而且我可以为你介绍很多朋友，他们都是刚刚迁到京城来的。"博罗伯爵在一旁插嘴道。

"是的，红鹳旅店是个相当不错的地方。如果伯爵大人您运气好的话，甚至有可能在那里遇见国王陛下和丘耐公爵。红鹳旅店中有一个在京城很著名的沙龙，国王陛下和丘耐公爵是那

里的常客。"埃德罗伯爵介绍道。

埃德罗伯爵的推荐，让塔特尼斯伯爵颇为心动。没有什么比能够接近国王陛下更令他感兴趣的了。

"哦，我现在担心，那个红鹳旅店是不是还有空余的房间了。我想，我们还是尽快出发，免得被别人捷足先登了吧！"

塔特尼斯伯爵和另外两位先生说说笑笑，向马车走去。

靠近马车的时候，他们听到马车上传来了系密特的惨叫声和求饶声。

这惨叫声和求饶声显得那么不真实，塔特尼斯伯爵绝对可以肯定，自己的弟弟又在演戏。小家伙骗自己妻子和姑姑的本领极为高明。他这一套从小便极为有效，家中的那些女人好像永远都会上当。

"他们玩得很高兴，我们是不是乘坐另外一辆车比较好？"博罗伯爵微笑着说道。他同样也听出来，系密特的惨叫声中，实在是没有多少真实内容。

在奥尔麦的时候，他就领教过系密特的这套功夫了。只不过他不排斥这套功夫，因为这样做至少能让自己的妻子得到心灵上的安慰。

"坐我那辆马车吧，我们交谈起来也方便一点。"埃德罗伯爵高兴地提议道。

塔特尼斯伯爵欣然接受。他原本就很想乘坐一下那辆王室专用马车，体验一下王室成员的享受。

在马车上，系密特正受到来自姑姑和沙拉小姐两方面的夹击。两个女人各自拧住系密特的一只耳朵，让他发誓：再也不撒谎，再也不调皮捣蛋，再也不四处乱跑，再也不……

反正系密特已经不记得，和这两位女士签署了多少"不平等条约”了。

2

只要他稍有犹豫，两只手便会一起拧转，系密特便不得不装出一副痛苦的样子。他还得不时地发出惨叫声，以满足这两位女士的虚荣心。

对于这种表演，系密特早已相当习惯了。当年这是他用来博取同情、换来宽恕的绝招，而现在，则只是为了安慰饱受惊吓，为自己担惊受怕的亲人。

对于那种程度的责罚，系密特根本就不会在乎。他的耳朵可以轻而易举地被拉到一尺多长，这是那垂死的魔族赋予他的第二种特殊本领。

当马车驶进城里的时候，玲娣姑姑和沙拉小姐总算是放过了系密特，至少她们放开了系密特的耳朵。

不过系密特敢肯定，玲娣姑姑这次是绝对不会轻易放过他的，更何况，这一次有沙拉小姐在一边帮腔。这两个女人凑在一起，自己恐怕还会有很多“麻烦”，现在，她们只不过是暂时放过自己而已。

暂时得到解脱的系密特把脸凑在马车窗口，欣赏着外面的景色。

京城和系密特的故乡勃尔日确实不同。和勃尔日相比，京城拜尔克要庞大和繁华得多。那高高的城墙，高度至少是勃尔日城墙的两倍。墙的厚度更是不能相提并论，系密特甚至感到，京城的城门洞简直就是一条隧道。

走在最前面的那辆马车是丹摩尔王家所有，上面刻着王家的标记，因此卫兵根本不核查身份，就让马车径直通过了。

进入京城之后，让系密特感到震惊的是，这里的马路，全

都是能够并行通过十几辆马车的宽阔大道。

道路两旁的建筑物简直是美轮美奂。有雄伟壮丽的教堂，有恢弘庞大的宫殿，更有无数装饰豪华的楼宇……

如果说，勃尔日是建造在维琴河边的一座用砖瓦砌成的城市的话，那么，京城拜尔克就是一座用大理石和青铜垒造起来的大都市。

让系密特感到惊讶的还有，京城到处是巨型广场，这也是勃尔日所没有的。

这些广场有些能够通行马车，也有一些只供行人行走。

那些供行人行走和观赏的广场，建造得特别奢华讲究。广场的地面全都是用大理石铺成的，中央往往还建造着巨大的喷泉。许多张青铜条编织而成的长凳，围成一圈，整整齐齐地摆放在广场四周。

除了建筑物和广场之外，最能够显示出京城气派的，便是那数不清的雕塑。这些雕塑大多数是用石块雕琢而成的，也有一部分用青铜铸造。

丹摩尔是一个崇尚骏马的国家，马匹的形象随处可见，因此，骑在马上威风凛凛的英雄人物，最常成为雕像的主题。

除此之外，便是那些有关宗教内容的雕像。从创世父神，到为人们带来福音的先知，几乎系密特知道的所有宗教形象，都能在丹摩尔的雕塑中找到。

宽阔的街道，同样也突显出京城的庞大。

整个勃尔日城，大小只不过相当于这里的几个街区。而勃尔日城最繁华的中央大道，规模也仅仅和京城中主干道旁边的街道差不多。

在勃尔日城最雄伟壮丽、最令人赞叹的建筑物便是大教堂，但是那座大教堂如果摆放在这里，旁边的高大楼宇立刻会让它失去了光彩和颜色。

如果将京城比喻成一座恢弘壮丽的宫殿的话，那么勃尔日城就只是建造在山间郊外的别墅庄园。

这两座城市之间的区别，就是如此之大。

系密特一路看着窗外的景色。他这才理解，为什么哥哥一直对自己的言行举止感到自卑，为什么他那么急于找一个京城的礼仪老师，学习京城里一切流行的东西。

和京城比起来，勃尔日确实是太不起眼了。

马车前进了大约半个小时，终于拐进了一条繁华的商业街道。

和勃尔日那位于城门附近的、拥挤的商业街完全不同，这条街道非常干净整洁。道路的沿街台阶之上，每隔十来米距离，便种植着一株树木。

那些商店也显得含蓄而优雅。橱窗并不是将商品简单陈列出来的架子，它被布置得极富艺术气息。

商店的招牌也相当精美雅致，绝对不像在勃尔日城，仅仅是一块写着商店名字的木板。

沿着商业街前行没有多远，马车便停了下来。

从马车上下来，系密特并没有看到有什么旅店。眼前只有一座精巧别致的花坛，花坛后面是一片雪松树林。

在花坛正中央，有一条用黑色大理石砌成的小路，上面铺着红色的地毯。地毯上每隔五六米的距离，便有用金线绣成的"红鹳"两个字。

姑丈就像是主人一般在前面引路。

绕过花坛，穿过长长的雪松树林，一片平整宽阔的草地就

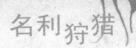

显露在眼前。那碧油油的草坪，就像是地上铺着的一条绿色天鹅绒地毯一般。

在草坪的正中央，矗立着一座极为宽敞的六层木质建筑。

那座建筑物的样子，既像是一块巨大的蛋糕，又像是整整齐齐叠在一起的六张盘子。

"这里还不错吧？"博罗伯爵笑着说道。

"那个有名的沙龙在哪里？"塔特尼斯伯爵立刻询问起他最关心的事情。

"沙龙已经很久没开了。自从通往北方的道路被截断之后，波尔玫的铁矿石便运不出来，大师们已经很久没有打造出像样的珍品级别的武器了。"埃德罗伯爵解释道。

"原来是武器鉴赏的沙龙！不过据我所知，最好的武器，便是那些圣堂武士使用的武器，而圣堂武士的武器是由他们自己打造的。难道您刚才所说的大师，就是圣堂武士大师？"塔特尼斯伯爵问道。他的语气之中充满了惊奇。

"不不不，圣堂武士绝对不会参与这种事情。而且，圣堂武士的武器实在太重，不适合拿到沙龙里来供大家鉴赏。那些弯刀看上去轻飘飘的，但是真实的重量，比一对铁剑还要沉重许多。我们这些普通人，是无法使得动那样沉重的武器的。在沙龙上展出的武器，是京城里面那些高明工匠精心打造出来的兵器。"埃德罗伯爵说道。

"陛下崇尚武技？"塔特尼斯伯爵急忙问道。他要弄清楚国王陛下的喜好。

"不，陛下对于兵器本身并不感兴趣，他在意的是武器的造型。"埃德罗伯爵身为侍卫队长，显然对国王陛下的喜好颇为了解。

塔特尼斯伯爵若有所思地点了点头。

一行人向那座装饰豪华的高级旅店走去。

这座旅店的每一层都布置得美轮美奂。门廊和客厅之中摆放着一盆盆鲜花，地板和墙壁全都用油漆刷成了一片洁白。虽然既没有镶嵌珐琅贴花，也没有金漆，但是那优雅的造型和上面精心雕琢的花纹，使得这座建筑物别有一番韵味。

旅店一楼的客厅则布置得金碧辉煌。屋顶和四周的墙壁上，都绘着巨幅的壁画。

这座旅店的主人并没有花费多余的心思在其他布置和陈列上面，那五面巨幅壁画，便是这座大厅最吸引人的亮点。

大厅之中放置着很多座椅，这些座椅围成一个个小圆圈。而大厅中的客人，个个衣着华贵，气宇非凡，显然都是一些有身家的人物。其中甚至有一些穿着奇装异服的外国人，他们成了大厅中最显眼的客人。

"雪夫特，你们先休息一会儿，让我这个算是半个主人的人为你们服务吧。我很快就可以安排好你们的房间。"博罗伯爵微笑着说道。

说完这些，他径直向柜台走去。

众人坐下来。塔特尼斯伯爵自然和埃德罗伯爵坐在一起，他们非常起劲地交谈着。

至于系密特，则仍然被玲娣姑姑和沙拉小姐夹在中间。

不一会儿，博罗伯爵带着一个穿着得体的旅店伙计走了过来。那个伙计必恭必敬地站在一边。

"真是太遗憾了！我原本打算让你们住在我们旁边的，即便不能如愿以偿，住在同一侧也好。但是刚才柜台说，南楼的房间都已经住满了，我只好为你们定下了东楼的房间。东楼的风景是最好的，只是光线不是特别理想。"博罗伯爵在塔特尼斯伯爵身边坐了下来说道。

"哦，我喜欢住在东侧，那样早晨就可以看到太阳升起。"塔特尼斯伯爵高兴地说道。

系密特很清楚，哥哥这话言不由衷。哥哥所推崇的，一向是那种所谓的经典贵族生活：不到深夜，绝对不会休息；太阳没有升到头顶，也绝对不会从床上爬起来。

反正在系密特的记忆之中，从来没有见过哥哥欣赏日出。

"塔特尼斯伯爵，我必须告辞了，晚上我还要值班。有机会的话，我再来拜访阁下。"埃德罗伯爵站起身来告辞离去。

"是啊，大家一路上肯定辛苦了。玲娣，让雪夫特和沙拉好好休息一下吧。"博罗伯爵建议道。

"我不反对大家回去休息，但是系密特不能离开！我要把他带到房间里好好审问一番。"玲娣固执地说道。

"我也不累。玲娣，我们一起来审问系密特，他老是不肯说实话。"沙拉小姐也在一旁帮腔道。

看到这两个女人兴致勃勃的样子，博罗伯爵和塔特尼斯伯爵相视而笑。

"文思顿，我们还是找个地方好好聊聊吧，我想知道一些京城中的最新情况。"塔特尼斯伯爵一本正经地说道。

"你们谈吧。我有些累，先回房间休息去了。"始终静静地坐在旁边，已经被人们淡忘了的系密特的母亲淡淡地说道。

说着，她缓缓站起身来。旁边那位伙计连忙走上前来，必恭必敬地引领着她向东楼走去。

玲娣和沙拉站在原地，用冷冷的目光看着系密特母亲远去的背影。

等到商议停当，系密特便被两个女人拖着往楼上走去。

玲娣姑姑的房间在旅店南侧二楼上，那是一个布置得秀丽典雅的房间。

天蓝色的墙壁和白色的天花板，使得房间显得格外清新雅致；一张宽大的床上，铺着明黄色的床单；房间正中央横放着一座屏风，将整个房间一分为二。

在靠近窗户的那一侧，摆放着一排沙发。玲娣姑姑拖着系密特和沙拉走到窗前，在沙发上坐了下来。

"系密特，你快点将离开我们之后的一切事情，详详细细地告诉我。"玲娣焦急地问道。

"玲娣，系密特现在很平安，你应该可以放心了。他离开你们之后的经历，并不是那么重要。我惟一关心的是，他是如何成为圣堂武士的。"沙拉小姐用手揪了揪系密特的耳朵说道。

听到沙拉小姐的话，玲娣瞪大了眼睛看着系密特。

"你成了圣堂武士？就在这次旅程之中，你接受了圣堂武士的传承？我记得你答应过我，永远不去想这些可怕的事情！"玲娣姑姑用力拧着系密特的脸颊，狠狠地说道。

看到系密特平平安安地待在自己身边，玲娣心中的忧愁和担心早已经烟消云散了。但是一想到他当初不告而别，玲娣心中禁不住仍有那么一丝微微的恼怒。

玲娣早就知道，小系密特对他所做的承诺很少会去遵守，他所做的保证和承诺，都只是为了减轻罪责而信口说的花言巧语。但是看到小系密特一次又一次地违反承诺，玲娣仍然感到有些怒不可遏。

到了此时此刻，系密特知道，想隐瞒下去是不可能的了。

当初在勃尔日的时候，他并没有将一路上的经历对沙拉小

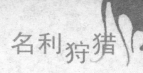

名利狩猎

姐详细叙述清楚。但现在如果不将实情说个明白，两位女士是绝对不会轻易放过他的。

系密特只得垂头丧气地将他和玲娣姑姑分手之后的经历，详详细细地告诉了那两位缺乏耐心、经常打断他叙述、还不时咬牙切齿评论一番、充满悲伤和愤怒的女士。

当然，他的耳朵也一直被两位女士揪在手里。只要她们愿意，便会用力拧动或者向两边扭转。

不过当他说到，他九死一生终于成功地完成了圣堂武士传承仪式的时候，玲娣姑姑突然抱住他放声痛哭起来。

在这一瞬间，系密特感到无比温馨……

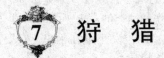

7 狩 猎

京城的生活对于系密特来说是新奇的，也是美好的。

最令他高兴的事情便是，他最喜欢的玲娣姑姑，现在也在他的身边。

除了姑姑和姑丈以外，撒丁·莫莱而伯爵也住在京城。这令系密特更加兴奋，因为莫莱而伯爵是他认识的人中，除了教父比利马士先生以外，第二有趣的人。

在京城的大多数时间，系密特都跟在姑丈和莫莱而伯爵身边。

最初的几天，莫莱而伯爵担当向导，陪小系密特逛遍了整个京城。和家乡勃尔日比起来，京城确实大多了，而且也热闹多了。系密特很快便知道，两位先生为什么一直不愿意带着他们的妻子一起逛街。

这里的商业街实在是太繁荣了。不仅商品琳琅满目，而且件件都是不可多得的精品，没有哪个女人能受得了这些诱惑。按照莫莱而伯爵的话说，在这个繁华的城市中带着妻子逛街，绝对是考验自己的财富和耐性的绝好方法。

而对于这两位成年男人来说，那些恢弘壮丽的建筑，那些

气势磅礴的广场，才是让他们流连忘返的地方。

每当到了这种地方，博罗伯爵和莫莱而伯爵总要引经据典高谈阔论一番，好像从五世时代到十二世时代的所有建筑风格，都藏在他们的记忆中一般。

有的时候，博罗伯爵还会带上画具和画板，他要将这些建筑物全都用笔和颜料记录在画板上。

姑丈画画的时候，往往就是系密特感到最乏味的时候。

塔特尼斯家族的子孙，在诗歌方面都有着极为出色的天赋，但是对于绘画，他们无疑个个都是一无所知。

系密特始终弄不懂，姑丈为什么不画那种笔调细腻精美的绘画，就像自己家祖宅的走廊上悬挂的那些画一样。对于姑丈画板上那东一块西一块的颜料，和他那模模糊糊、朦朦胧胧的绘画风格，系密特一点好感都没有。

京城里真正令系密特感兴趣的，是那些繁荣的商业街。在那里，聚集着来自五湖四海，甚至是世界各国的精美商品。店员的服务之周到，是其他地方根本无法比拟的。当然，商品价格之高，也是其他地方无法比拟的。系密特猜测，这大概就是姑姑她们从来不到外面的餐馆吃饭的原因。

也许姑丈和莫莱而伯爵并不在乎这些钱，但是那么高的花费却可以让他们的夫人心疼好几天。

系密特只要和他这两位长辈一起外出，不到天黑，是绝对不会回到红鹳旅店的。

回到旅店，便意味着该休息了。

一天的游玩，对于身为圣堂武士的系密特来说算不得什么，但是对于那两位长辈，这样的劳累足以让他们一沾着枕头就睡着了。

回到旅店中自己的房间里面，系密特好像听到隔壁传来哥哥的叹息声。

系密特很清楚，最近这段时间，哥哥的心情颇为烦躁。

虽然每天哥哥都到他认识的那些豪门世家的宅邸去拜访和问候，但是，那些豪门世家却没有谁将他放在眼里，原本许诺的官职和推荐也毫无踪影。

在房间里面，塔特尼斯伯爵无精打采地坐在沙发上，手中拨弄着那些刻有家族纹章的珠宝首饰。

"今天又没有成功，参议长大人拒绝了对你的推荐，是吗？"沙拉小姐冷冷地问道。

因为旅店房间紧缺，更因为塔特尼斯伯爵不想浪费自己手里的金币，所以，他将沙拉小姐安排在自己的房间里面。

对于这样的安排，沙拉小姐倒也无所谓，毕竟她还应该尽到妻子的职责。

不过看到丈夫撇开她和其他所有亲近的人，整天钻营着如何得到推荐和晋见国王陛下，这确实令沙拉小姐相当反感。

看到丈夫今天又碰了一鼻子灰，她心中甚至还颇感高兴。

"这没什么，我并不气馁。事实上，我早就清楚他们是什么货色。虽然当初说得好听，但实际上都是些空头支票。

"参议长大人想要让他的儿子在这次胜利中得到一份功劳；那位钦差大人则想要打击那些武夫。他们原本就只是想要利用我！至于其他人，则将我当做是有钱的土财主，他们盯着的是我手中黄澄澄的金币。

"所有这一切，我全都知道。但是，亲爱的沙拉，你以为我是傻瓜吗？我知道，对于我来说，现在最重要的，是让自己看起来和真正的京城贵族没有什么两样。我必须要尽快学会他们的生活习惯和举止谈吐！拜访那些豪门世家，接触到他们的日常生活，对我的将来会有相当大的帮助。

"至于那些在意我钱财的家伙，我现在只是给他们品尝一点小小的甜头，但是真正想要叫我下血本，那是绝对不可能的！和他们混熟之后，至少也能顺便结识不少贵族家族。而那些浪荡公子可是京城中的时尚先锋，和他们在一起，很容易遇上那些达官显贵的公子少爷。

"再说，我手上还有这些珠宝，他们所属的家族确实对我深有好感。今天我就拜访了一家。那位老侯爵虽然嘴上没说什么，但是我看得出他对我颇为欣赏。那个遭到抢劫的少爷也对我感恩戴德。这种人，才是我真正可以相信的。不过，我并不需要他们来推荐我，他们可以成为我今后在京城站稳脚跟的强力支援。"塔特尼斯伯爵轻松地说道。

他站起身来，走到沙拉小姐身边，用手轻轻抚弄着她那微微卷曲的秀发说道："我现在就等着一个能够让我在京城引起轰动的机会。我每天都在收集各方面的消息。无论是上流的酒会，还是私人举办的沙龙，通过那些浪荡公子，我都能够成为其中的会员。

"在那种地方，稍稍有些本领，就可以成为众人瞩目的偶像。最近我从努瓦那里学到了不少辨别名酒的本领。努瓦确实是一个不可多得的人才。还有帕尔马，他调制的香精，很受那些浪荡公子的欢迎。"

听到丈夫得意洋洋地诉说着他的成就，好像这一切比战胜魔族更加意义重大，沙拉小姐颇不以为然。她冷冷说道："那么你有足够的资本了？那你为什么不让那些浪荡公子来羡慕并且享受你的生活方式，你自己就不必费力去学习他们的举止言行了，这样不是更容易让你在这个圈子里出名吗？"

沙拉小姐这番话，只不过是对于丈夫的冷嘲热讽，没想到，塔特尼斯伯爵对于这番冷嘲热讽，居然表现出极大的兴趣。

塔特尼斯伯爵绝对清楚沙拉小姐这番话的本意，但是，她提到的，确实是个他根本没有想到的好主意。

事实上，他确实越来越感到那些浪荡公子是些愚蠢无知的废物，是一群只懂得在牌桌上消磨时光的蛆虫。想要牵着他们的鼻子走并且不让他们察觉，这并不困难。

塔特尼斯伯爵开始盘算，应该如何将那些浪荡公子控制在自己手中，应该如何让那些蠢蛋对自己的生活方式羡慕不已。

最令塔特尼斯伯爵伤脑筋的便是，什么样的生活在那些浪荡公子的眼中是天堂般的享受？

这些浪荡公子看惯了京城恢弘壮丽的建筑，看惯了华丽的宫廷和优雅的沙龙，还有什么能让他们真正羡慕呢？

当然，美酒佳人和赌注庞大的赌台，确实能吸引这些以此为生的寄生虫，但是，用这些东西吸引他们，自己的名声也将变得极为糟糕。

毕竟自己真正的目的是要在朝廷上谋取一个职位，名声对于自己来说极为重要。

塔特尼斯伯爵早已经计划好了，等他获得了国王陛下的晋见之后，便要和那些浪荡公子渐渐疏远，省得这些家伙影响自己的前程。

心中有了打算的塔特尼斯伯爵异常兴奋。因为妻子的冷嘲热讽而有所打算的他，极力想要用他的方式来回报妻子的功劳。

对于丈夫的要求，沙拉小姐并不心甘情愿。但是作为妻子，她有着她必须尽到的义务。

更何况，她也确实想拥有一个属于自己的孩子。

当然，她绝对会将自己的孩子教育成和老塔特尼斯伯爵一样的男子汉，至少也要像系密特那样真诚而纯洁。但是没必要和系密特一样顽皮捣蛋、喜欢冒险和惹是生非。

不过即便自己的孩子将来和系密特一样顽皮捣蛋，也总比成为丈夫那样的人要好得多。

沙拉小姐对于丈夫的爱抚毫无感觉。对于她来说，那只是为了尽自己身为妻子的职责，只是例行公事而已，并没有多少快感可言。

当丈夫那迅速聚集起来的激情，同样迅速地消退之后，沙拉小姐转过身去，默默地躺在床上。她现在要做的事情，便是尽可能的让她的体内孕育出小生命。

平静下来的塔特尼斯伯爵，心满意足地搂着沙拉小姐。他将这一切看做是自己的胜利，是自己渐渐打动妻子的证明。

不过兴奋过后，塔特尼斯伯爵又为自己该怎样去控制那些浪荡公子而苦苦思索。

他绞尽脑汁寻思起来，整整一晚上都没有合眼……

第二天清晨来临的时候，塔特尼斯伯爵心中终于有了主意。

对于那些浪荡公子，他再清楚不过了。那些肤浅的家伙，审美观念极为庸俗。外表描着金漆花纹的家具，要比造型优雅的雕塑更能引起他们的兴趣。

他们总是抱怨，沙龙里那嗓音优美的女高音让他们讨厌，因为那个女高音长得相当难看。

墙上挂着的那些出自于名家之手的静物绘画，也一点都引不起他们的兴趣。这些庸俗肤浅的家伙喜欢激烈刺激的场面。神灵和魔鬼之间的战争，或者身躯优美丰满的裸女，更能引起他们的注意。

2

　　这些浪荡公子中的大部分，也根本分辨不出名酒的绝美回味。往那些最劣质的葡萄酒里搀一些糖水，恐怕更合他们的胃口。

　　既然很清楚那些庸俗浪荡公子的喜好，塔特尼斯伯爵自然明白应该怎么去做。

　　首先，要迎合那些庸俗家伙的兴趣，然后，再往里搀杂一些高雅的成分，这样调配出来的生活方式，想必很快便能在京城流行起来。

　　要实现这一切，首先必须让自己的宅邸符合自己的意愿。

　　想要在这个充满了华丽雄伟的建筑物的地方一鸣惊人，那么自己的宅邸，必须是一副与众不同的样子。

　　磅礴的气势是必不可少的，因为这是京城的主旋律。那昂贵而不受重视的雕塑，倒没有多少必要。

　　塔特尼斯家族有的是种植花卉的经验，完全可以将宅邸的每一层都布置成一座花园。

　　房间里可以铺上厚厚的羊毛毡毯，倒不必在上面编织花纹，因为没有人会真正在意它们。

　　吊灯绝对是最重要的。塔特尼斯伯爵盘算着，所有的吊灯要全部自己制作。他的仆人当中，有几个铁匠和玻璃匠人，他们的手艺应该足够达到自己的要求。花冤枉钱到外面去采购，是完全没有必要的。

　　家具可以订做，不过只要没涂油漆的毛坯。上漆和装饰品的制作，同样可以让仆人们完成。那样不但能做到真正称心如意，而且还能节省很多金钱。

　　至于墙壁的布置就更加容易。高价聘请有名的画师来描绘壁画是根本没有必要的，那简直是在浪费金钱。很少有人会在意墙壁上到底画着些什么。找个三流的画师对着森林和花丛精心临摹一番，再绘上几个漂亮的女人，这种画的受欢迎程度绝对不亚于名家的手笔。而且那些三流画师工作起来，保证尽心尽力。

塔特尼斯伯爵已经计划着在所有房间都绘上各种各样的壁画，再按照内容，给这些壁画冠以动听的名称。

这必将是一座比任何宫殿都要优雅的宅邸。

每一个房间里，都得布置上先祖发明的那套维持温度的装置。

塔特尼斯伯爵已经不止一次想到，当年的先祖，实在是太浪费那优秀的头脑了。将那么多精力花费在玫瑰花上面，还不如想办法将那些管子弄得漂亮一些，放置在屋子之中。

人毕竟比玫瑰花重要得多。

塔特尼斯伯爵不得不开动脑筋来自己解决这个难题。不过他也知道，对于这些事情，他的脑子并不太好使。想要解决这些问题，还是得听听那些仆人的意见和建议，他们当中有这方面的专家。

想到这里，塔特尼斯伯爵连饭都顾不上吃，便急匆匆地赶了出去……

除了塔特尼斯伯爵破天荒地一大清早便离开房间以外，旅店中另一群早起的人，便是系密特、博罗伯爵和莫莱而伯爵。

这是他们早就养成的习惯。

对于一个高明的猎手来说，清晨无疑是收获最丰的黄金时段。更何况，前几天晚上，他们听人说起，在郊外有一座王家

魔武士

2

猎场，每到星期天便向喜好打猎的贵族开放。

这可是千载难逢的好机会。

因此，他们三个人一大清早便起身收拾打猎的用具。

早餐是昨天晚上就准备好了的。他们并不想过于麻烦旅店的厨师，没有人会愿意一大清早被人从温暖的被窝中拖出来。

马车也早已停在了旅店门口。因为是出游，所有人便都坐上了系密特的那辆轻便旅行马车。

这辆马车虽然只够坐两个人，但是系密特个子矮小，他坐在博罗伯爵的膝盖上面，倒也相当合适。

京城的城门，没有大事从来不会关闭。

从红鹳旅店到西郊猎场，按照旅店老板的说法，有一个小时的车程。但早晨路上没什么车辆，莫莱而伯爵将马车驾得飞快，他们只用了半个多小时，便来到了那片号称是"猎场"的地方。

看着眼前那修剪得整整齐齐，每隔十几米稀疏种植着几棵的树木，系密特心中颇为失望。

这里和奥尔麦那一望无际的大森林根本无法相提并论，这里充其量只能说是一片树林。

而那明显经过人工平整的草坪，更令系密特怀疑，这种地方怎么可能有动物出没？即便有，也只可能是田鼠、青蛙这类随处可见的小东西。

时间太早。天色还很黯淡，仅仅能看见些朦胧的光影，因此猎场的大门仍然紧紧地关闭着。门口旁的岗哨室里也空无一人，显然看门人还躺在被窝里睡觉。

将马车停在旁边的一块空地上，锁住车轮之后，系密特他们三个提着弓弩，坐在岗哨旁边的一道斜坡上。

他们在地上铺上一条毡毯，这道山坡无疑就成了最合适野餐的所在。将旅店老板为他们准备的食物一一取出，三个人便坐在山坡上津津有味地吃了起来。

因为和旅店老板混熟了，老板为他们准备的都是相当精致的食物。

实际上，他们三个很清楚，这些食物，十有八九是昨天晚上哪个豪华宴会上剩下来的东西。

不过，无论是系密特还是另外两位伯爵，都不在意这些。他们并不是和塔特尼斯伯爵一样的人，绝对不会认为，旅店老板这样做是看不起他们，更不会在乎那些所谓的尊严和体面。

对于三个一大清早便赶着车子到这里，现在正饥肠辘辘的人来说，现在吃什么东西都会感觉香甜。更何况，那些早餐虽然是昨晚剩下的，但确实相当美味。

正当系密特他们享用着精美早餐的时候，从远处传来一阵整齐的马蹄声。

沿着大道，一前一后，两辆马车缓缓向这边驶来。四位骑士骑着神骏的战马在马车前面开道。

从骑士身上披着的紫色披风和马背上那金色垫毯可以看得出来，他们正是守护王室成员安全的王家骑士。

这些骑士中的精英，现在并没有穿戴起那精致漂亮的全身铠甲，一身轻甲的他们反倒显得格外精神。

身为王家骑士，除了要有干净的名声，和对至尊的国王陛下的忠诚之外，还有一点是相当重要的，那便是他们的容貌也必须称得上英俊才可以。

王家骑士是王室的脸面。让他们上战场冲锋陷阵的机会并不多，因此用不着五大三粗的彪形大汉。

而且现在，王权的威严是通过牢牢地掌握长老会以及朝廷上那几个最为重要的部门而做到的。已经用不着像五世时代那样，依靠一支国王的精锐亲兵来维护王室的尊严和权力。

正是因为如此，王家骑士渐渐沦落为摆设和装饰。

不过，王家骑士之中，也并不都是金玉其外的花瓶。毕竟他们的职责是保护王室的安全，因此必须要有几位实力高超的骑士，守护在那些重要王室成员身边。

比如眼前的这四个骑士，便是身手相当了得的剑客。

系密特能够清楚地感觉到，这些骑士那强壮有力的肌肉中，蕴藏着强大的爆发力。

虽然和圣堂武士比起来，他们似乎有些不堪一击，但是在普通人当中，他们的力量和身手，都已经是相当了得了。

系密特注视着这些骑士，骑士们也注意到了系密特他们一行。不过，他们的注意力更多是集中在那些重型弓弩上面。

为首的那个骑士让马车停了下来。他骑着战马走到第一辆马车旁边，向车里面的人说了些什么。

很快，马车的窗帘被拉了下来。一个戴着银色发套、衣着光鲜的侍从探出头来，往这里看了两眼。

大概是因为看到系密特他们一行中既有大人又有孩子，不像是刺客的样子，那个侍从缩回头去，向马车里面的主人报告一番之后，马车继续缓缓地驶动起来。

马车到达不远处的猎场大门口之后停了下来，从车厢里缓缓走出了四个人。

为首的是位从头到脚都紧紧包裹在一件大披风之中的男子。从他的行动举止，系密特猜测，这个人已届中年。

在他的身后，跟着一位面貌英俊、神情开朗的年轻人。他的年纪比系密特的哥哥还要小很多，看上去顶多二十岁左右的模样。

第三个下马车的，便是刚才伸出头来看着系密特他们的那个戴发套的侍从。

最后那个从马车上走下来的人物，立刻引起了系密特的注意。那是一位样子瘦削枯干的老者，他佝偻着背脊，腿微微弯曲着，手中拄着一根拐杖。他那雪白的胡子和头发稀稀落落的，都快要掉光了。

任何人看见了他这副模样都会以为，他是那种随处可见的年迈老头。但是当系密特第一眼看到这位老者的时候，便感觉到他身上流动着某种力量。

那力量极为强大。

系密特所有的注意力都集中在了这位老者身上，根本就没有看到从后面那辆马车上下来的人。

但是博罗伯爵和莫莱而伯爵却清楚地看到，从后面的马车之中一前一后走下两位老者。

前面那位老者脸孔苍白，鼻梁挺直，头发整整齐齐地扎成一束。看得出来，他年轻的时候，肯定是个相貌英俊的男人。但是岁月沧桑，使他的脸上不可避免地爬满了皱纹。

他身后的那位老者却截然相反。他身高体阔，浑身的肌肉极为结实，全然不像是一位老者所能拥有的。这位老者脸色黝黑，显然早年曾经历过风吹雨打。他的脸上也是皱纹堆垒，那一道道深深的皱纹，就像是岩石上那因为岁月的侵蚀和风化而剥落的裂缝。

两位老者身上穿着的衣服都极为高贵华丽。后面那位高大老者的肩膀上还挂着一对勋徽，勋徽上那金色的流苏，表明他绝对不是普通人物。

2

跟在这两位老者身后在下马车的人，更证实了两位伯爵心中的猜测。

跟在他们身后的是两位圣堂武士，一位中年的力武士和一位年老的能武士。

博罗伯爵和莫莱而伯爵互相对视了一眼。

能够聘请圣堂武士担任保镖的人，即便在京城中恐怕也没有几个。而从这两位圣堂武士的年龄看来，他们很可能是两位大师。

有能力聘请圣堂武士大师担任保镖，那个全身笼罩在斗篷中的人物的身份，瞬间从他们俩的脑子里面跳了出来。

看来，今天是没有机会享受打猎的乐趣了。

如果真的是那位大人物的话，今天这座猎场，肯定不会对普通人开放。

惟一可以盼望的事情便是，这位大人物不会在这里待一整天，也许过一会儿他就感到厌倦了。

毕竟国王陛下的诸多喜好中，并不包括打猎。

正当博罗伯爵和莫莱而伯爵两个人枕着头躺在毡毯之中，期待着那些人过一会儿离开猎场的时候，那位年轻人小心翼翼地询问着旁边的佝偻老者："菲廖斯大师，刚才那几个人，是不是会威胁到陛下的安全？"

还没有等菲廖斯大师答话，旁边站着的那个侍者就满脸堆笑地说道："法恩纳利伯爵，您实在是太多虑了。这里有菲廖斯大师保驾，后面还有古丹和奥博尼两位大师，您就放心吧。"

"对那三位先生中的一个，我倒是很感兴趣。我感觉得出来，他现在正全神贯注地盯着我呢。"菲廖斯大师微笑着说道。

"有什么恶意吗？"法恩纳利伯爵担忧地问道。

"用不着担心，他只不过感应到了我的力量，因此想要仔细地观察我而已。"菲廖斯大师毫不在意地说道。

"感应到了您的力量？难道那三个人中有一个是魔法师？"原本走在前面的那位全身包裹在披风之中的国王陛下，停住脚步问道。

"好像不是，但是我不敢肯定。我只感觉到那个人的精神力强大而集中，而且还有一种与众不同的特质。他既有点像是魔法师，又有点像是圣堂武士，甚至还让我感受到一丝魔族的感觉。

"不过，从他对于精神力的运用看来，他并没有经过专门的训练，因此并不知道如何有效地控制这股强大的力量。"菲廖斯大师侃侃说道。

"既然他有如此资质，大师有没有兴趣收他为弟子？"国王陛下问道。对于自己的国家能够增加一个魔法师，没有人比他更感兴趣。

"我很希望能够这样做。不过，得等我从露意埃尔修道院回来之后才行。波索鲁最近也相当忙碌，他恐怕也没时间指点那个少年。

"更何况，对于那种强大而奇特的精神力，我还不敢确定，其中会不会隐藏着意外的危险。对于我们魔法师来说，因为修炼失误而滑入到灵魂的深渊之中的事情也发生过许多起，这并不是一件需要保密的事情。

"在露意埃尔已经关押着一个曾经是那么优秀的魔法师了，我不希望在有生之年又看到一场悲剧。"菲廖斯大师的语气中充

魔武士 2

满了忧虑。

"大师，您有几分把握让他帮助您？恐怕他未必会感谢我对他的恩典，毕竟是我将他囚禁在露意埃尔这么长的时间。"国王忧心忡忡地问道。

"只能尽力而为了。但愿我和他之间的交情还有些作用。"菲廖斯大师长叹一声说道。

他们一边说着，一边向猎场走去。

那四位骑士中的一个，早就将猎场的大门打了开来。

在不远处的地方，另外一位骑士牵着八匹神骏异常的纯种马，恭恭敬敬地站在那里。

"依维，你不擅长骑马，'希黛纳'性情温顺，你骑它吧。"国王陛下指着其中一匹毛色银白的马说道。

法恩纳利伯爵对于国王陛下的恩宠自然要谦让一番："陛下，'希黛纳'是您的爱马，我怎敢骑乘！再说陛下的安全才是最重要的，这关系到普天之下黎民苍生的存亡，您绝对不能有一点闪失！所以，还是陛下您骑这匹温顺的'希黛纳'吧。"

说到这里，法恩纳利伯爵顿了一顿，偷眼看了看至尊的国王陛下。看到陛下脸上并没有不悦的神情，他继续说道："再说，我正想恳求陛下，让我到前线去历练历练。到那时候，如果我连马都骑不好，怎么能够让部下心服口服呢？"

听到法恩纳利伯爵说的话，国王心中颇为舒服，他更为这个年轻人的志气而感到高兴。

现在这个年头，拥有远大抱负的年轻人是越来越少了。大多数贵族子弟整天只知道沉溺于享乐之中，在宴会和舞会之间消磨着他们生命中最美好的时光。

国王对此既忧愁又无奈。

名利狩猎

当初他年轻的时候，担心的是会遇到太多野心勃勃的家伙；担心臣子们势力太大，不听约束；担心豪门世家尾大不掉，成为威胁国家安全的隐患；担心军队将领拥兵自重，割据自己的江山……

现在倒好，野心勃勃的人是越来越少了。新一代的年轻人中，十有八九是贪图享乐的无能之辈，反倒是军队之中人才济济。长此以往，国家必然要发生剧烈动荡。

自从派往蒙森特颁发旨意的钦差回来向他报告了那里的情况之后，他便更强烈地感觉到了这种潜在危机。

事实上，他也早预料到会有这种事情发生。因此在那次庆功典礼上，他将那么多的土地、那么庞大的财富赏赐给那些军人，这原本就是为了平息他们心中的不满。

但是现在看来，那些军人个个贪婪成性，完全不会满足于自己的恩赐。

正如席尔瓦多所说，这些武夫的欲壑是绝对难以填满的。在他们看来，自己最好将整个北方领地割让给他们，当做酬慰他们的功劳。

军人们的狂妄，令这位至尊的国王陛下痛恨无比。但是北方的局势，也令他极为担忧。

现在朝廷上下，分成了观点截然相反的两派。

一派认为，这次魔族入侵已经被彻底压制住了。

他们的说法确实有些道理。毕竟在那个魔族纵横天下的古埃耳勒丝帝国时代，人类用来攻击魔族的武器是长枪和梭镖，用来抵挡魔族锋利爪牙的是笨重的盾牌。

而现在，最近的战役足以表明，对于魔族来说，重弩是绝对致命的武器。而人类那坚固的铠甲，也能够有效地阻挡住魔族的进攻。

②

　　和几千年前一样，魔族仍旧强壮有力，但是人类在这几千年时间中，获得了长足的进步。

　　现在的军人已经不是几千年前那种手持青铜兵器，到处挥砍厮杀的野蛮人了，他们有了更精良的装备和更成熟的战术。

　　更何况，在古埃耳勒丝帝国时代后期才出现的圣堂武士，现在已经有一万多位了，他们是对抗魔族的中坚力量。

　　而波索鲁大魔法师所创造出的那种神奇魔法，更能将魔族中最令人头痛的飞船彻底压制住。没有了能够载着它们翻山越岭的飞船，那些拥有强大攻击力、但却不懂得如何进行有效配合的魔族士兵，根本就不可怕。

　　而另外一派则认为，魔族的进攻虽然暂时受挫，但并不意味着人类已经获胜。魔族的生命力极为顽强，很难真正消灭。而且迄今为止，还不能证明魔族的智慧比人类差。

　　更何况，随着天气一点点变热，魔族的力量也会变得越来越强大。

　　和大多数冷血动物一样，闷热的夏季，是它们最具攻击力的时候，同时也是它们的繁殖季节。没有人知道，魔族的成长期有多长。如果它们具备用魔法催生成熟的能力，那么随着夏季的到来，魔族的第二波进攻很快便会来临，而这一次的攻击无疑将更加可怕。

　　虽然持第二种看法的人并不是很多，但是他们的话却有一定的道理，绝对不能置若罔闻。

　　也正因为如此，对于备战，国王一刻都没有放松过。

　　更便利而且更安全的道路正在修建当中，兵团也一个接一个开进了北方领地，圣堂更是派遣了千余位武士到达那里，他

名利狩猎

们足以抵挡住魔族的入侵。

即便如此，国王仍不敢掉以轻心。按照他的旨意，每一座城市都在全力打造着弩炮。这些弩炮的大部分将运往北方领地，剩下的一部分则用来加强这些城市自身的防御。

而今天，一向不喜欢打猎的他到这个荒无人烟的地方来，就是为了避开喧闹的宫廷，让手下几个重要大臣就对抗魔族的方案达成共识。

在这个荒无人烟的地方，任凭他们几个怎样争吵，都绝对没有人能够听到。

平日里，根本没有人到这里来打猎。那三个坐在山坡上的家伙，恐怕是刚刚从外地到京城来的。

只要派一个人守住门口，并且密切监视这三个人，就不必担心他们偷听到自己和大臣们的谈话。

国王陛下骑着马在前头领路，众位大臣一声不响，默默地跟在后面。一队人马向猎场中央更荒凉的地方走去。

在门外，博罗伯爵和莫莱而伯爵耐心地等待着。

作为出色的猎手，等待是他们早已训练出来的一种本领。

随着时间的推移，太阳渐渐升到头顶。顺着旁边的一条小路，那个看门人晃晃悠悠地过来了。

不过，当他看到那两辆停靠在猎场门口的豪华马车和那位站在门口的王家骑士时，他马上就猜测到，是什么人突然有兴致来打猎了。

当太阳开始向西方偏斜的时候，国王陛下终于带着几位大臣骑着马从猎场往门口走来。

国王的脸色颇为难看，今天又是毫无进展的一天。

宰相佛利希侯爵和帝国元帅塞根特这两个重臣，仍旧是水火不相容。

法恩纳利虽然和自己是一个心思，但是他还没有在朝廷上建立起一定的势力，根本就帮不上自己的忙。

菲廖斯大师则要去遥远的露意埃尔修道院。那是个用传送魔法无法到达的地方，一来一去至少要花费两个月时间。更何况，到了那里，大师还得说服一个疯狂固执的家伙，这可不是件容易的事。看来，短时间内，大师也帮不上自己了。

心情不好，国王陛下也不和任何人打招呼，径直钻进马车，吩咐马车独自行驶而去。

那个侍者赶紧手忙脚乱地爬上车夫的坐位。熟知这位至尊陛下性情的他，当然非常清楚，现在和国王陛下坐在一个车厢中，简直就像和一头雄狮待在一个笼子里。

那四位骑士也连忙跟随上去，毕竟他们的职责便是保护国王陛下的安全。

和他们同行的，还有那两位圣堂武士。虽然他们并没有骑马，但是他们的速度，绝对不亚于一匹骏马。

原本与国王陛下同车的法恩纳利伯爵和那位大魔法师，被甩在了这块荒凉的地方。

法恩纳利伯爵看着身躯佝偻的大魔法师说道："菲廖斯大师，您先和两位大人一起乘马车回去吧，我打算在这个猎场中来一场真正的狩猎。"

"法恩纳利伯爵，我看没有必要。你别忘了我是个魔法师，我有很多办法可以迅速回到我的实验室。我们一起走吧。"菲廖斯大师微笑着说道。

法恩纳利伯爵寻思了一会儿，仍旧摇了摇头说道："谢谢您的好意，但是我还是打算在这个地方待上一会儿再回去。如果运气好的话，也许还可以带着野兔或者其他猎物回家呢！"

菲廖斯大师朝远处望了一眼，然后点了点头说道："好吧，既然这样，我就不拒绝你的好意了。"

说着，他轻轻松松地登上马车，扬长而去。

看到所有的人都离开了，博罗伯爵和莫莱而伯爵将毡毯简单收拾了一下，便向大门口走去。

"两位先生，法恩纳利伯爵正在里面狩猎。您知道，箭矢这种东西是相当危险的，万一两位和法恩纳利伯爵相遇，并且将对方当做猎物，出了事我可担当不起。"那个守门人迎了上来，挡住了两位伯爵。

虽然他从来没有看见过这几个人，但他却一眼分辨出，他们并不是京城的居民。

京城中的贵族很少会到这里来打猎。即便来，也肯定是带着大队人马，带着鼓手和号角手，带着夫人和小姐们，浩浩荡荡地来打狐狸。其实那已经不是打猎，而更像是一场盛大的典礼了。

国王陛下和那几位大人像今天这样，不带太多随从到这里来，显然是为了谈论机密事情。

而法恩纳利伯爵之所以不肯乘坐那辆马车，十有八九是因为刚才和那辆马车上的两位大人吵翻了，现在连看都不愿意看他们两个。

正当博罗伯爵和莫莱而伯爵满心失望，准备打道回府的时候，旁边传来了法恩纳利伯爵的声音："两位先生如果不嫌弃的话，我们可以组成一队一起打猎。"

听到法恩纳利伯爵大人发话，那个看门人再也不敢说三道四。法恩纳利伯爵大人和这两个从外地来的乡下贵族完全不一样，他可是国王跟前最受宠幸的红人。

看门人灰溜溜地退到一边，再也不说话了。

系密特他们相当高兴。没有谁愿意在等了大半天之后，得到的仍是一场空。

既然国王陛下不在眼前，法恩纳利伯爵便毫不客气地骑上了那匹名叫"希黛纳"的纯种马。对于骑术尚不熟练的他，一匹训练有素的温顺母马，无疑是明智的选择。

博罗伯爵、莫莱而伯爵和系密特三个手中都握着重弩，骑着骏马跟在法恩纳利伯爵身后。

从奥尔麦森林逃出来之后，他们三个已经将使用重弩变成了一种习惯。

"你们三位是刚刚从外地到京城来的吧？三位原本的故乡在哪里，介意告诉我吗？"法恩纳利伯爵问道。

事实上，对于这个问题的答案他并不十分感兴趣。

他邀请这三个人，完全是因为刚才菲廖斯大师说起过，他们当中，有一个人拥有强大而奇特的力量。

能够引起菲廖斯大师的兴趣，甚至让他产生收徒念头的人，绝对不简单。如果这个人成为大师的弟子，那么他就是京城中最具影响的魔法师群体中的一分子。

能够在这样一个人还没有崭露头角的时候，便结识他并且和他成为朋友，对于在朝廷上还没有站稳脚跟的自己，实在是太有帮助了。

因此，法恩纳利伯爵才有意留下来，和这三位先生一起打猎。

真正猜到自己目的的的，显然只有菲廖斯大师一人。

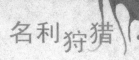

名利狩猎

刚才法恩纳利伯爵在暗中观察了半天，他几乎已经肯定，大师口中的那个拥有特殊能力的人，便是三个人中年纪最轻的系密特。

在丹摩尔，任何一个人成年之时都会到首府城市去接受统一的成人仪式。在仪式上，拥有魔法潜质的人全都会被挑选出来。由此看来，大师所说的那个人，绝对不是那两个成年人。

法恩纳利伯爵询问这三个人的家乡在哪里，真正的用意是进一步打探他们属于哪个家族。

如果可能的话，将他们整个家族一起收买也不是没有可能，反正自己正需要一些和自己一系的家族的支持。

"哦，我们各自的故乡并不是同一个地方。我的祖籍是在丘斯仑郡，博罗伯爵的领地在昆斯坦郡，小系密特则来自蒙森特。不过我们都是从奥尔麦逃出来的，那真是一场灾难。"莫莱而伯爵语气沉重地说道。

"奥尔麦！"法恩纳利伯爵惊讶地转过身来，这个答案太出乎他的预料了！在他的印象中，奥尔麦的人应该全部死光了才对，那里是魔族最早出现的地方。

"不错，我们确实都是从奥尔麦逃出来的。真是一场艰难的旅行！不仅如此，小系密特还独自一个人翻越了奇斯拉特山脉，回到了自己的故乡蒙森特郡。"莫莱而伯爵兴致勃勃地补充道。

"系密特？对了，我想起来了，在国王陛下颁发的奖赏名单上，有两个还未成年的小孩，其中一个就叫系密特。我没记错吧？"法恩纳利伯爵停住马问道。

现在他彻底相信，菲廖斯大师所说的话一点都没错了。

不仅仅这个少年，其他两个人也绝对不简单。能够从奥尔麦这个人间地狱中逃脱出来，这三个人无疑都是相当厉害的角色。

法恩纳利伯爵突然间想起，他曾经在国王陛下那里看到过的一份报告。报告是席尔瓦多侯爵上达给国王陛下的。在报告中他极力贬低蒙森特的军人，说他们恃功自傲，但是没有任何真实本领。

报告中还提到，那两位受到奖赏的少年，在庆功典礼上进行了一场剑术决斗。而那位年长两岁的、拥有见习骑士身份的少年，竟然败在比他年幼的系密特手中，而且是一招之下便遭惨败。

当初自己看到这个报告的时候，还以为是席尔瓦多侯爵在打压那些军人，这也是完全可以理解的一件事情。但是现在看来，报告中提到的那些事情并不都是谎言，至少，他没有在决斗这件事情上撒谎。

法恩纳利伯爵很后悔，自己之前没有设法好好了解这三个人的事情。

他们绝对是闲置着的人才。像这样的人物，自己根本就用不着四处奔走上下打点，只要直接向国王陛下推荐，就绝对能够获得陛下的认可。

"我对各位的经历很感兴趣。各位能否满足我那小小的好奇心，将一路上发生的事情，告诉给我知晓?"法恩纳利伯爵满脸堆笑地说道。

博罗伯爵和莫莱而伯爵对望了一眼，他们从彼此的眼神之中看到的都是肯定的回答。

和莫莱而伯爵比起来，博罗伯爵自认为不善言辞，因此，他把讲故事的权利留给了莫莱而伯爵。

骑着马，莫莱而伯爵滔滔不绝地讲了起来。当初在奥尔麦

166

发生的每一幕，再一次出现在他们三个人的脑海之中。

那是一段永生难忘的经历。

法恩纳利伯爵听得津津有味。事实上，确实没有比这更精彩的冒险故事了。

 8　时尚豪宅

　　一股新潮之风席卷了整座京城。而这场风暴的暴风眼，正是那位刚刚迁来京城的塔特尼斯伯爵。

　　现在，无论是在上流社会的沙龙，还是在平民百姓聚集的小酒馆，街头巷尾谈论最多的时髦话题，就是郊外采石场旁边的那座奇异的豪宅。

　　除了豪宅本身之外，豪宅之中那领导潮流风尚的生活方式，也是人们津津乐道的一件事情。

　　甚至已经有很多人开始赶起时髦来。在短短的一个星期里，京城中突然出现了十几座大大小小的空中花园。

　　不过这些跟风之作，无论如何都无法和郊外采石场旁那座已经被公认为是时尚标志的建筑相提并论。

　　博罗伯爵夫妻刚刚搬进采石场旁这座宅邸的时候，也同样大吃一惊。几乎没有人能想像得出会有这样的建筑物。

　　这座宅邸没有整齐的轮廓，也没有排成一排的窗户，甚至连同一楼层都有些高高低低，竟然不是排在一个平面上。

　　这座宅邸甚至没有前后左右之分。它东面高、西面低，样子就像是一座山脉。无论是"山脚"还是"山腰"，到处都是一

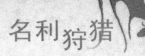

片片的花园。有些花园内种植着品种单一的花卉，有些则错落有致地种植着各种完全不同的植物。在背阳的山坡上，也都种满了绿色植物。

整座宅邸简直就是一座立体的植物园。不过和天然而成的植物园不同，这些花园到处都有人工雕琢的痕迹。

那些漂亮而娇嫩的花卉，被整个儿笼罩在巨大的玻璃罩之中。花园里摆放着精致的靠背椅和低矮的茶几。

宅邸里每一个房间都至少有两面墙开着窗户。这里只有高大的落地窗，因为房间的外面便是花园，透过落地窗，人们能将花园一览无遗。

房间里面则到处布满了弯曲成特殊花纹图案的金属管子。这些金属管子全都镀着金，显得气派非凡。

在被金属管围拢的墙壁中间的空处，描绘着精美的壁画。这里的壁画数量之多让人难以想象，可能只有京城那几座王室宫殿，才能与之媲美。

房间里面的家具和陈设同样令人津津乐道。很多达官显贵在这里做客之后，都对那些家具赞叹不已。因为这里的每一件家具都是用上好的木料制作而成的，而且雕花和装饰都美轮美奂。在这里，一张普普通通的椅子都像是一件工艺品。

这座宅邸中惟一美中不足的，便是地上铺着的地毯上没有花纹，都只是普普通通的货色。不过这小小的遗憾，并不能掩盖整座宅邸的金碧辉煌。

除了宅邸本身之外，这里的生活方式也令其他贵族羡慕不已。

塔特尼斯家族供养着几十位乐师，这些乐师惟一的工作便是，不停地为这座宅邸制造悦耳的音乐。

这里没有激昂的乐曲，也没有忧伤的旋律，只有那种令人感到宁静轻松的乐曲。

这里偶尔也会有演唱者为众人表演。这些演唱者显然没有经过专业的训练，歌唱的技巧显得很一般。她们没有宽广的音域，也不会演唱太复杂的歌曲，但是她们毫无例外是年轻貌美的姑娘，而且嗓音非常甜美。听她们唱歌，更多的是为了享受那种舒服和惬意的感觉。

除了这些以外，这座宅邸还有两个令人叫绝的地方。

其一便是宅邸中有一座特别的大厅。这个大厅和其他贵族宅邸的大厅那千篇一律的设计完全不同。这里原本是一个天井，因此被分成五层，每一层都可作为一个独立的大厅，但是又能互相结合在一起。

而另外一处地方，更加令人赞叹无比。

那座光秃秃的石山，在旁人看来，无论如何都是一件煞风景的事。绝对没有谁能想到，这位塔特尼斯伯爵竟然挖空了石山靠近豪宅的那一面，并且在石山一侧，开出了一层层台阶。这犹如弯月般的台阶，将石山上挖空而成的平台布置成了一座巨大的半圆形剧场。如此大规模的剧场，即便在京城，也是闻所未闻的一座宏伟建筑。

每一位参观过这座宅邸的贵族，都对此叹为观止。在那些贵族看来，能住在这样豪宅之中，无疑是极为奢华的享受。

他们纷纷猜测，创造出这一切的塔特尼斯伯爵，到底是何方神圣。

有人传言，这位伯爵大人的家族，在波尔玫拥有一座巨大的金矿。也有人传言，塔特尼斯家族是王室的一支远亲，因此他们一回到京城，便得到了王室的一大笔资助。

各种各样的谣言，围绕着这个来自外地的神秘家族展开。

塔特尼斯伯爵本人对这些谣言毫不在意。惟一令他感兴趣的是，随着他和他这座豪宅成为时尚的中心，越来越多的豪门世家子弟主动来和他接近。

然而，他仍并不急于请这些豪门子弟作为他的推荐人。

经历过以前的冷遇之后，塔特尼斯伯爵现在很清楚，求人帮忙并不是件容易的事情。他不但需要放弃尊严，更要看人眼色，而且还未必会得到对方的真正推荐。

在这个世界上，没有人会去做对自己没有利益的事情。

京城中的高官们，没有一个是傻瓜、白痴。这些人早已经精于此道，他们的承诺仅仅是表示他们能够利用你。想从他们那里捞到好处，是绝对不可能的。

因此塔特尼斯伯爵开始回过头来，转而寻找和自己利益相关的人物。

他首先想到的便是那位格琳丝侯爵夫人。也许现在，是时候让系密特去见见这位侯爵夫人了。

到了京城之后，塔特尼斯伯爵曾经数次去拜访过格琳丝侯爵夫人。但是这位侯爵夫人的府邸总是紧锁着，只有一个年迈的看门人守着这栋空房子。

从看门人的口中，塔特尼斯伯爵得知，格琳丝侯爵夫人住到她领地上的庄园中去了，不知道什么时候才会回来。

听到这个消息，塔特尼斯伯爵有些失望。但是，很快就有一件让他兴奋的事情，一扫他心中的失落和沮丧。

在众多到他府邸拜访的客人中，居然出现了一位地位崇高的大人物。

法恩纳利伯爵的到访，令塔特尼斯伯爵感到受宠若惊。

法恩纳利这个名字第一次为他所知，是在那场庆功典礼之上。这位伯爵大人所获得的功勋，仅次于统帅北方领地军队抵抗魔族入侵的总指挥官葛勒特将军。

这个意外的任命，令塔特尼斯伯爵那敏感的政治头脑立刻警觉起来，他清晰地察觉到国王陛下对于这位法恩纳利伯爵的宠幸。

毫无疑问，这位法恩纳利伯爵，将成为丹摩尔王朝新贵之中的领袖人物。

在京城的这两个多月，塔特尼斯伯爵四处打探，终于了解到了关于法恩纳利伯爵的一些事情。

这位年轻的伯爵大人，之所以能够获得国王陛下的信任，和他那位以美貌闻名于整个京城的姐姐有很大关系。

那位美丽的小姐是国王陛下公开的情妇，也是获得国王欢心时间最久的一位。

除了美貌之外，这位小姐还有聪明的头脑。她很清楚，单单用美貌是无法长久绑住国王陛下的欢心的。美貌必将随着时间的延续而渐渐逝去，总有一天她会人老珠黄。为此，她极力地想要让自己的弟弟成为丹摩尔王朝不可动摇的重臣。

而这位法恩纳利伯爵也相当争气。当国王陛下第一次赐予他官职的时候，他刚刚举行过成人仪式。

和他的姐姐一样，法恩纳利伯爵同样是一个极有头脑的人物。凭借着国王陛下的宠幸，和一股只属于年轻人的朝气，刚刚得到官职，他就颇做了几件令人刮目相看的事情。

这位伯爵另一个聪明的地方便是，他很清楚，他的姐姐作为国王的情妇，必将引起王后陛下的嫉妒。情妇的位置并不安稳，王后却永远都是王后，因此，他极力与王后拉近关系。

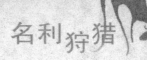

外面的传闻中甚至说，这位伯爵大人依靠他年轻英俊的容貌来诱惑孤独的王后陛下，以此来达到他的目的。

塔特尼斯伯爵虽然并不太相信这种说法，但是他也知道，法恩纳利伯爵和王后的关系相当密切，这是不争的事实。

拥有了姐姐和王后这两大强援，这位法恩纳利伯爵大人牢牢地掌握了国王陛下的欢心。

而这一次北方领地遭到魔族侵袭，在朝廷上下都纷纷建议从北方领地撤军，以保存实力来守卫那些更容易守卫的领土时，这位伯爵大人力排众议，以相对低微的身份，在朝廷上慷慨陈词，力主保住北方领地。为了这件事情，他甚至到每一个拥有重大发言权的贵族家中去晓以利害。

最终，国王陛下听取了他的意见，决定守住北方领地，并且派兵增援。

北方战役的胜利，无疑给这位伯爵大人增加了极为有利的政治筹码。

北方领土上将士们浴血奋战的场面，国王陛下并没有亲眼看到，但是法恩纳利伯爵在朝廷上慷慨陈词的景象，却在他脑子里留下了深刻影响。因此，国王将法恩纳利伯爵的功勋排在第二的位置。

如果不是因为朝廷上下的压力太大，国王陛下甚至打算将法恩纳利伯爵晋升为侯爵。虽然这一次国王的想法并未实现，但塔特尼斯伯爵很清楚，对于法恩纳利伯爵来说，侯爵的晋升是迟早的事情。

而那些阻挡和压制这位伯爵大人的人，无论现在地位多么崇高、名声多么显赫，到时候恐怕都不会有什么好下场。

对于塔特尼斯伯爵来说，法恩纳利伯爵无疑是自己最好的推荐者。只要攀住这棵大树，今后的飞黄腾达便指日可待。

2

令塔特尼斯伯爵感到高兴的是，法恩纳利伯爵显然很欣赏自己的才干，他甚至主动提出要向国王陛下推荐自己。

然而时间一天天过去，他却始终没有得到国王陛下的召见。这令塔特尼斯伯爵开始怀疑，法恩纳利伯爵的许诺，同样也只是一时的口快而已。

塔特尼斯伯爵很清楚，这种许诺是不能当真的。只要法恩纳利伯爵的心目中有自己的存在就可以了。

塔特尼斯伯爵也很清楚，自己现在所做的一切，就相当于农人在田野中辛勤耕种，真正的收获要等到时机成熟之后才有可能。

农人想要得到丰厚的收成，必须得看老天的脸色；自己想要飞黄腾达，同样需要幸运女神的眷顾。

塔特尼斯伯爵并不知道，他对于法恩纳利伯爵的猜疑并不确切。这位年轻的伯爵，确实在私底下不止一次向国王陛下推荐过塔特尼斯伯爵。

但是，除了第一次国王陛下表现出一点感兴趣的样子，之后的那几次，国王都不置可否。到了后来，国王陛下甚至有些厌烦了这个话题，法恩纳利伯爵自然不敢再提起这位北方伯爵的名字。

虽然，让自己多一个盟友对于巩固自己的地位相当有利，但是却绝对没有必要为此冒着让国王陛下反感的危险。

迎合国王的喜好，比其他任何事情都更加重要。

正因如此，法恩纳利伯爵始终小心翼翼地做着自己分内的事情，再也不敢提起塔特尼斯伯爵。

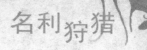

但是出乎他的预料，这一天，反倒是国王陛下主动谈起了塔特尼斯伯爵。

作为国王的宠臣，法恩纳利伯爵是少数几个享有与国王共进晚餐的权利的贵族之一。那些在宫廷中服务了大半辈子的侯爵夫人和公爵夫人还不一定能享受到这种特权，可以想像法恩纳利伯爵受到宠幸的程度。

詹姆斯七世虽然是一位众所公认的慷慨大方的国王，但是宫廷的生活却丝毫谈不上奢华。

晚餐的主菜只有两只烤鹅和一只炖得嫩嫩的珍珠鸡。每个人面前的餐盘中，除了一块牛排之外，也只有一盘干酪和一盆蔬菜沙拉。

这些经过宫廷厨师精心烹制的食物，确实颇为美味，却绝对谈不上丰盛。很多大臣家餐桌上的内容，都要比这些丰富许多。不过，法恩纳利伯爵早已经习惯了这一切，他埋着头用极为优雅的标准动作，享用着国王陛下的恩典。

"依维，你曾经提起过的那个塔特尼斯家族，最近在京城中可是相当出名啊。"国王陛下突然停下刀叉说道。

法恩纳利伯爵立刻一愣，他不知道国王陛下所说的"出名"是指什么。

"我最近忙于公务，很久没和塔特尼斯伯爵来往了。"以防万一，法恩纳利伯爵决定最好暂时和这个家族保持一定距离。

"我听说他们在原来的采石场那里建造了一座豪宅，这座豪宅轰动了整个京城。是不是这样？"国王陛下问道。

对于那座豪宅，法恩纳利伯爵印象极为深刻。事实上他也是诸多羡慕者中的一个。

在他看来，塔特尼斯伯爵无疑是一个颇懂享受的高明人士。

那座豪宅真是既新奇又古朴，同时兼有庸俗和高雅这两种截然不同的气质。

更令人惊叹的是，建造起这座豪宅仅仅用了半个月的时间，那几乎是一个奇迹。但是听塔特尼斯伯爵侃侃道来，好像那么顺理成章和轻而易举。

所有这些，更增强了法恩纳利伯爵要极力拉拢塔特尼斯伯爵的信念。不过现在国王陛下突然说起这件事情，他必须得小心谨慎地回答。

"陛下，那确实是一座奇特的建筑。我从没看见过，也从没听说过有第二座一模一样的。不过，这一点并不是最令我感兴趣的地方。"法恩纳利伯爵停顿了一下，寻思着应该怎样继续说下去。

"陛下，您应该知道，采石场原本是怎样一副模样。您能够想像有人能将那块乱七八糟的地方，修建成引起轰动的建筑物吗？而我更在意的是，如此浩大的工程，仅仅用了半个月的时间便全部完工了！如果这位塔特尼斯伯爵将这身本领用于建造城堡和防御工事，恐怕对于防御魔族入侵将很有帮助。"

法恩纳利伯爵权衡利弊，决定为塔特尼斯伯爵美言两句。

国王陛下听他这样一说，微微一愣。事实上他刚才提起塔特尼斯家族时，心中颇有些不满。

对于郊外那座豪宅和最近突然风行起来的时髦风尚，他刚刚才从和密探的闲谈之中了解到。

在当前这个非常时期，人们不一门心思致力于如何将魔族彻底消灭，而去追逐一种生活时尚，将钱财虚耗在这种毫无意义的事情上面，这确实令国王陛下颇为恼火。

在国王陛下看来，这个塔特尼斯伯爵，无疑是那些贪图奢

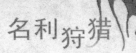

侈糜烂的享乐生活的年轻人的典范，是那些浪费光阴和金钱的浪荡公子的代表。

但是法恩纳利伯爵的一番话，却让他突然意识到，能够做到这些事情的家伙，必然有些特殊的本领。

从有关那座豪宅的传闻看来，这位塔特尼斯伯爵至少在工程建造方面是一个不可多得的人才。

国王陛下意识到，自己好像并不是很了解这个塔特尼斯家族。

虽然自己身边最亲信的宠臣曾多次向自己提到过塔特尼斯伯爵，但是由于这位伯爵在京城的浪荡公子中的名声，自己对此一直没放在心上，甚至从来没有看过一眼有关这个家族的简历。自己仅仅知道，这个家族是众多为了躲避魔族侵袭而迁徙到京城来的家族中的一个。

其实，这些家族全都令他极为反感。

抛下自己的领地不去守卫，而像一只雏鸡一样，到京城来寻求强大羽翼的保护，对这种胆小怯懦的家族，王家赏赐给他们土地和爵位，根本是毫无意义的一件事情。

如果有可能的话，国王陛下真想颁布法令，没收这些家族的领地，剥夺他们的爵位。

想到这里，国王陛下开口问道："塔特尼斯家族怎么会迁到京城来的？他们的领地原本在哪里？"

"陛下，您忘了？塔特尼斯家族的两位成员，刚刚获得过您的赏赐。塔特尼斯伯爵原本是蒙森特郡的守备，而他的弟弟，正是那两位受到奖赏的少年中的一位。

"塔特尼斯家族为什么要迁移到京城来，从席尔瓦多侯爵的报告中应该能看得出一些名堂。不过塔特尼斯伯爵并没有向我提起过这件事情，这仅仅只是我的猜测而已。"法恩纳利伯爵解释道。

席尔瓦多侯爵的那份打压军方势力的报告，法恩纳利伯爵原本看过。不过那个时候，他对于席尔瓦多侯爵所属的那一派势力颇为讨厌，因此，当国王陛下向自己询问看法的时候，他稍稍偏向于军方那一边。

没想到，不久之后国王陛下提议自己担任重要公职，阻止这项任命的压力居然正是来自于军方。这令法恩纳利伯爵颇为恼火。他打定主意，要不失时机地向国王陛下提些建议，以压制那些军人的狂傲气焰。

"陛下，有关塔特尼斯伯爵和北方领地的那些军人之间所发生的争端，您可以询问埃德罗伯爵。埃德罗伯爵肯定从他的父亲——尊敬的葛勒特侯爵那里，听说过这些事情。

"据我所知，葛勒特侯爵比较倾向于塔特尼斯伯爵，要不然他也不会让埃德罗伯爵为塔特尼斯家族在京城安排住处。那块采石场边上的土地，正是埃德罗伯爵代塔特尼斯伯爵购买的。"法恩纳利伯爵补充道。

国王陛下转过头去，看着站在一旁局促不安的埃德罗伯爵，问道："是这样吗？"

听到国王陛下的询问，埃德罗伯爵心中有些慌张。他并不是一个很擅言辞的人，也绝对没有他父亲的那份镇定自若。侍卫队长的地位，与其说是他实力的证明，还不如说是国王陛下的慷慨赏赐。

对于塔特尼斯家族，无论是他还是他的父亲，都有着一丝愧疚，因此在这里，他不好说对塔特尼斯家族不利的话。

但身为侍卫队长，他在宫廷中无疑属于军方一边，而且自

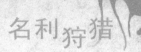

己的父亲毕竟是军人，无论基于哪方面的考虑，他都不可能站在塔特尼斯家族的立场之上。

塔特尼斯家族离开蒙森特郡，确实令父亲大大地松了一口气，加上有来自郡守和钦差大臣的压力，因此，当时父亲也并没有阻止那些军人对塔特尼斯家族的攻击。

父亲原本以为，这位塔特尼斯伯爵绝对不可能引起国王陛下的注意。一个外地家族想要在京城落脚生根，是一件极其困难的事情。而那些曾经对他做出许诺的家族，也全都是一些轻于言诺的虚伪家族，他们绝对不会真正向国王陛下推荐塔特尼斯伯爵担任公职。

但是没有想到，塔特尼斯伯爵到了京城，不但很快就攀上法恩纳利伯爵这个在国王跟前红得发紫的宠臣，而且还引领了一场时尚风潮。

现在，就连国王陛下本人都注意到了塔特尼斯家族。

对于国王陛下的提问，埃德罗伯爵感到左右为难，不知道该如何回答才好。毕竟他的家族是站在军方立场的，无论是他还是他的父亲，都不想尝试众叛亲离的感觉。但他又不能太偏向于军方，法恩纳利伯爵正在那里虎视眈眈地盯着自己。

法恩纳利伯爵为什么在国王陛下面前那样说，埃德罗伯爵当然很清楚他的用意，他很了解这位国王跟前的头号大宠臣和军人们之间所发生的那一连串摩擦。

更何况，国王陛下也不是一个傻瓜，对于很多事情，他心里一定极为清楚。

在这种时候，万一自己说错话，后果将是非常可怕的。

"陛下，对于塔特尼斯伯爵的事情，我所知甚少。父亲大人只是要我尽可能地照料塔特尼斯伯爵，给他们必要的帮助，并没有告诉我多少关于这个家族的事情。

"塔特尼斯家族和军队之中某些人之间发生的摩擦,父亲只是略微提到过一些。不过,其中真正的原因,好像是蒙森特郡行政官署之中的某些人在暗中煽动,他们显然对于塔特尼斯伯爵的迅速崛起颇为不满。

"不过,父亲大人对于塔特尼斯家族充满赞赏。那位伯爵大人在制造武器装备方面,绝对是不可多得的专家。正是因为他源源不断地制造出成批的武器运到前线,北方领地才得以幸存下来。

"而塔特尼斯家族的幼子更加了得,他不仅孤身一人翻越奇斯拉特山脉,到达蒙森特郡,还带来了有关魔族弱点的重要情报。正是因为有那个情报,父亲大人才接二连三地打了几个胜仗。

"而且,据我平日的接触看来,不仅仅塔特尼斯家族,和这个家族比较亲近的几个家族都相当厉害。他们是从奥尔麦森林之中,凭着自己的力量冲杀出来的一群人,绝对能够称得上是不可多得的勇士。"

埃德罗伯爵最终决定,将塔特尼斯家族极力称赞一番,以减轻国王陛下对于父亲有可能产生的不满情绪。

听到侍卫队长这样一说,国王陛下微微点了点头,他渐渐能够猜想到是怎么一回事了。

"塔特尼斯家族的幼子带来的是什么样的情报?"国王陛下再一次向侍卫队长问道。

"这个……陛下,我一无所知。父亲大人并没有告诉我,我也不敢随意询问,毕竟这是军事机密。"埃德罗伯爵小心翼翼地回答道。

"那么依维，你呢？你知不知道是什么样的情报？"国王陛下转过头来向法恩纳利伯爵问道。

"陛下，我同样一无所知。塔特尼斯家族守口如瓶。"法恩纳利伯爵连忙回答道。

"书记官，你知道这件事情吗？"国王陛下的语气凝重起来。

国王身后不远处，一位戴着红色扁帽的矮小老者立刻回答道："陛下，在下同样一无所知。关于那位塔特尼斯家族的幼子，葛勒特将军亲手书写的庆功文书上，确实提到过他的功绩甚高，需要特别嘉奖。

"而且庆功文书后面原本应该有附加的详细内容，因为葛勒特将军亲笔书写的那一段之中提到过这一点。但是，那段内容并没有附加在报告后面。

"我之所以会记起这件事情，是因为这样严重的失误，原本是要遭到严厉训斥的。但是因为这次胜利实在是太重大的喜讯，没有必要为了这个失误而扫大家的兴，因此谁都没有提起这件事情。不过，为臣已经详细记录在案，陛下如果还有疑问的话，您可以亲自过目。"

听到书记官的回答，国王陛下微微点了点头。对于书记官的记忆和责任心，他是绝对不会怀疑的。对于葛勒特侯爵的审慎和忠诚，他也绝对不会怀疑。缺少了一份附件，自然是有人从中动了手脚，不过，这种事情根本无从追查，而且也没有必要为此而大动干戈。

"让他们另外呈文，将塔特尼斯家族幼子的功绩和他的重要情报禀报上来。并且警告他们，这样重要的事情儿戏不得！"国王陛下的语气极为严厉。

"依维，我也开始有些兴趣，想要见识一下，在采石场原址上建造起来的豪宅到底是什么样子。"国王陛下转换了话题，接着说道。

"陛下，需不需要我准备一下？塔特尼斯伯爵的府邸现在鱼龙混杂。听说他一路上收留了许多难民，因此仆从甚众。而且他的府上还借住着很多人。塔特尼斯伯爵倒是一位慷慨大方的人物。"法恩纳利伯爵说道。

"收留难民？这我倒是没有听说过，你说来听听。"国王陛下立刻有了兴趣。

看到国王陛下精神振奋的样子，法恩纳利伯爵知道，现在无论说什么，都不会令国王陛下不高兴了。他自然加油添醋地将塔特尼斯伯爵曾经告诉他的那些事情说了一遍。

末了，他还扳着手指头，将那些受到过塔特尼斯伯爵的恩惠，从盗贼的赃物中寻回一部分财产的家族——列举了出来。

"有这样的事情？为什么没有人向我报告过？依维，除了你之外，没有第二个人在我面前提起过塔特尼斯家族，简直岂有此理！没想到人心竟然堕落到如此地步，可恶！"说完这些，国王陛下猛地拍了一下桌子。

这异常的举动不但令法恩纳利伯爵大吃一惊，连在一边坐着，始终不敢发出一点声响的王后陛下，和那位刚满十二岁王太子殿下，也吓了一跳。

那些伺候在一旁的贵妇人更是惊慌失措，因为法恩纳利伯爵刚才点名的那些家族，多少和她们有一些牵连。

法恩纳利伯爵绝对没想到国王陛下会如此愤怒，这可不是他要的效果。现在他还没有在宫廷中站稳脚跟，实在不宜得罪那些家族。

那些家族中，虽然有几个和自己是站在对立的立场上，报复一下他们也是理所当然。但是大多数是两派都不投靠的豪门世家，得罪他们既没有必要，也没有好处。

"陛下，依我看来，这些家族倒未必真的忘恩负义。现在京城中早就没有什么空余的职位了，陛下即便想对塔特尼斯伯爵施以特殊的恩典，恐怕也会面临各方面的压力。想必那些家族希望通过其他途径来帮助塔特尼斯伯爵。"

听到自己最亲信大臣的辩解，国王陛下摇了摇头。他当然很清楚法恩纳利心中真正担心的是什么。

"依维，我只是担心，长此以往，朝廷的官职都会让那些目光短浅、只在意自己地位和利益的家伙占据，丹摩尔终将彻底腐化堕落。

"我早就有心彻底清理那些担任着重要官职，但是却不能尽到责任的官员。我准备提拔一批年轻有朝气的新人，让朝廷上下充满新鲜血液。

"唉，你告诉我这些有关塔特尼斯家族的事情，更增加了我的忧虑。如你所说，塔特尼斯家族的那两位成员，应该都是极有才干的人物，但是他们却处处受到排挤，不得不将聪明才智浪费在毫无意义的奢侈享受之上。这股风气是极为可怕的，会影响更多的年轻人追求享乐。"

说到最后，国王陛下重重长叹了一声。

"依维，你去给我准备马车。这件事情不解决，我晚上就睡不着觉。"

这位至尊的国王陛下站起身来向书房走去。显然，这件事情除了让他不能安睡之外，也严重影响他安心享用自己的晚餐了。

看着国王陛下的背影，无论是法恩纳利伯爵还是埃德罗伯爵，包括王后和王太子都面面相觑。

2

在沉重的夜幕笼罩之下，四辆马车缓缓驶出了城门。

第一辆马车中乘坐的是忧心忡忡的詹姆斯七世。埃德罗伯爵亲自为国王陛下驾驶着马车。

第二辆马车上，坐着穿戴整齐的王太子殿下。因为塔特尼斯家族有一位幼子，让王太子和塔特尼斯家族的幼子建立起一种亲密的关系，这对于控制塔特尼斯家族是相当有用的。

法恩纳利伯爵和五位学者，则拥挤着坐在随后的那辆马车里面。那些学者都是某一方面的专家。国王陛下并不打算轻信任何人的介绍，只有亲自掌握了最可靠的情况，才能真正决定是否对塔特尼斯家族成员予以重用。

最后一辆马车中乘坐着的，正是那两位圣堂武士大师，他们是国王陛下的贴身护卫。

离采石场还有一段距离的时候，马车便缓缓地停了下来。

国王陛下从车厢中走了出来，望着远处那座灯火辉煌、造型奇特的建筑，皱着眉头问道："这座建筑物为什么样子如此怪异？难道就是为了引人注目吗？"

"陛下，我曾经观察过这座宅邸，我猜想那位建筑师一定是个极为高明的人物。这座宅邸建造得异常精巧，它根本就不是用砖头或者石块堆砌而成的！我怀疑建造这座宅邸的时候，甚至没有打过地基，因为底下是一整块平台。

"就像是堆积木一样，他们把巨大的岩石交错叠在一起，构成了形状奇特的房间，楼梯和走廊全都是后来开凿出来的。因此，这座宅邸看起来如此奇特。

"这种建筑方法并不罕见。很多粗糙的防御工事，都是用这

种方法建造起来的。这也正是为什么如此庞大的一座豪宅，仅仅花费了半个月时间便建造起来的原因。

"不过不得不承认，那位建筑师的确是一位非常高明的人物。他用无数空中花园来掩盖这座建筑粗糙杂乱的结构，这样反而给这座宅邸增添了一种奇特而自然的韵味。看得出来，旁边那座半圆形剧场也出于同样的构思。"

学者中的一位站出来说说细细地解释道。他显然不是第一次到这里来。作为一个建筑专家，对于京城附近突然出现的这座奇特的宅邸，他自然要早早亲眼考察一番。

对于这位建筑专家的讲解，无论是国王陛下还是法恩纳利伯爵都颇为满意。专家毕竟是专家，一眼便看出了其中的奥妙。

法恩纳利伯爵看到国王陛下脸上露出了笑容，立刻殷勤地在前面引路。

越靠近宅邸，喧闹声就越强烈，到处都是人头攒动。

法恩纳利伯爵很清楚，塔特尼斯家族府邸，每天晚上都热闹得犹如旅店和酒吧一样。

这是国王陛下最不愿意看到的一件事情。

果然，他偷眼望去，国王陛下的脸色渐渐阴沉下来。

塔特尼斯家族的那座奇特的宅邸并没有正门，甚至可以说，这座宅邸根本就没有所谓的门存在。无数面落地大窗直接通向宅邸里面。小偷和强盗对于这种布置肯定相当高兴。

虽然没有正门，但是宅邸四周却站立着许多衣着光鲜的侍从，随时侍候着来这里的每一位贵族。

法恩纳利伯爵刚刚靠近宅邸，便有两位侍从迎了上来。

"法恩纳利伯爵，您好久没来了。伯爵大人肯定非常高兴能再次见到您。"一位年长的侍从必恭必敬地说道。

说完这些，两位侍从恭恭敬敬地将国王一行迎入了宅邸。

宅邸中确实热闹。那与众不同的大厅之中聚集着许多人。但是国王陛下一走进大厅，喧闹声就立即消失了。

看到国王陛下突然到访，人们都有些措手不及。他们惊慌失措地行过礼之后，便安静地等待着这位至尊的陛下作进一步的训示。

"各位，时间不早了，想必你们也已经累了，各自散去吧。"国王陛下冷冷地说道。他最看不惯这些只懂得消磨时光、虚度光阴的闲散家伙。

国王陛下的旨意谁敢违背！一会儿的功夫，大厅中就变得空空荡荡。

塔特尼斯伯爵也已经得到消息，他急匆匆地跑下楼来。

尽管他无时无刻不在期盼着受到国王陛下的召见，但是国王陛下这一次突然到访，却令他感到忐忑不安。看到法恩纳利伯爵脸上露出的那一丝微笑，他的心才稍稍安定了下来。

塔特尼斯伯爵装做一副诚惶诚恐的模样，站在一边什么话都不说。他很清楚，许多真正的大人物最喜欢看到别人这一副模样。

怯懦有的时候是一种极好的保护色。就像昆虫遇到危险时，用装死来保护自己一样。

虽然已经看到法恩纳利伯爵的暗示，但是对于国王陛下的突然到访，他还是采取小心谨慎的态度为妙。

塔特尼斯伯爵的这番盘算并不是徒劳。

看到他诚惶诚恐的样子，国王陛下心中原有的那一丝恼怒，稍稍地平息了下来。他平静地说道："塔特尼斯先生，最近你的这座宅邸成为了时尚潮流的指标，我很感兴趣，所以特地来参

名利狩猎

观一下。"

塔特尼斯伯爵偷眼看去，只见法恩纳利伯爵目光游移不定，没有一丝笑容。联想到刚才，国王陛下一进大厅，便将所有的客人驱赶得干干净净……显然，国王陛下这番话绝对没有丝毫赞赏的意思。

"尊敬的陛下，在下对于陛下的来访真的是诚惶诚恐。在下这座宅邸仅仅是自己粗制滥造、不堪入目的临时居所。只不过受到众人的错爱，一时间成为了大家聚集的地方而已。"塔特尼斯伯爵小心翼翼地说道。

"粗制滥造？不不不，如果这座宅邸都算是粗制滥造的话，这世上恐怕没什么房屋是精美的了。能够告诉我，建造这座宅邸，你到底花费了多少金钱吗？"国王陛下问道。

虽然不知道国王陛下询问宅邸建造的开销是为了什么，但是看到国王陛下并没有发火，塔特尼斯伯爵的心情稍稍安定了一些。

"陛下，这座宅邸并没有花费我多少金钱。在下刚刚在京城定居下来，今后的花销可能还很大，因此不敢过于铺张。

"这座宅邸的建筑材料大多数是取自于旁边的采石场。建造方法也是我在蒙森特修建简易防御工事时，已经熟悉了的。

"至于房子里的这些家具，全都是在家具工场订做的白坯。上漆和装饰这些工作，我的仆人们就可以完成。而且，他们做起来有效率得多。

"陛下您所看到的所有装饰，除了壁画和地毯以外，都是我那些仆人的手艺——吊灯、门窗，以及所有的栏杆都是。

"为了尽可能节约，所有的金属饰品全都是用铁打造的，而且全部铸成空心的样子，外面镀着的只是锌、锡和铜的合金。

那些壁画则是请一些没有名气的三流画家绘制的。大多数都只是临摹附近的风景，再加上一点点的创作。和名家比起来，他们的收费要便宜很多。

"这座宅邸所有的一切加在一起，花费了我大约三十万金币。陛下，这仅仅相当于在欢乐广场，或者费尔南多斯大街旁边一座五层楼公寓的售价。"塔特尼斯小心翼翼地为国王陛下介绍着建筑花费。

"是不是这样？"国王陛下转过身来问道。他询问的对象，显然是他带来的那几位专家。

对于国王陛下的提问，专家们自然不敢敷衍了事。他们四处察探着，摸摸这里，敲敲那边，还交头接耳讨论了好一会儿。

最后，其中一位年纪最长的专家，走到国王身边回报道："陛下，除了这些壁画实在无法估价以外，其他都和塔特尼斯伯爵所说的差不多。这里所有的金属饰品都是用铁打造的，仅仅计算材料，不算人工的话，确实用不着花费太多金钱。"

"嗯哼，塔特尼斯先生，你的仆人中倒是能人众多啊。"国王陛下的脸上稍稍露出一丝微笑。

塔特尼斯伯爵心中得意极了，脸上却丝毫不敢流露出兴奋的神色。

既然有这样好的机会，塔特尼斯伯爵自然要趁热打铁。这一路上他名利双收，现在就差让国王陛下知道他圣贤的名声了。

"陛下，我的仆人大多数是半路上收留下来的流浪者。他们中很多人原本是技艺高超的工匠，只是由于魔族的入侵，他们才成为一无所有的平民。

"我自己离开蒙森特的时候，并没有多少仆人跟随。来京城的一路上仍有魔族出没，我原来的那些仆人，没有谁打算用生

命来跟我冒险。

"因此，我收留了这些流浪者，给了他们一个安宁稳定的生活环境，让他们用不着每天为了生存和食物而忧愁。他们则精心地服侍我和我的家人。"塔特尼斯伯爵必恭必敬地说道。

国王陛下转过头看了看四周站着的那些仆人。虽然他们衣着光鲜、精神饱满，但是形容神情之中，仍然显得有些憔悴，从他们脸上还是能够看出贫困生活所留下的痕迹。

"我听法恩纳利伯爵说起过你的善行。看来善行终将获得善报。你现在的情况就是最好的证明。"国王陛下的笑意更浓了。

突然间，他的神情转而严肃起来："但是，你为什么要在拜尔克兴起这样一股奢侈享乐的风气？你来自蒙森特郡，应该很清楚前线有多么吃紧！魔族大军仍然盘踞在奥尔麦的森林之中，随时有可能再次发起进攻。

"一路上你也应该看到，流离失所的平民百姓仍然生活在水深火热之中！你以为你收留了这些仆人，便解决了一切吗？还有千千万万的平民需要解救，你能将他们全部收留下来吗？

"以你的才能，如果不是把精力全放在这些装饰、布置、奢华、享乐之上，依我看，有很多地方能够让你大展身手。"

听到国王陛下的这番严厉叱责，塔特尼斯伯爵表面装出惶恐不安的样子，实际上他内心深处正心花怒放。

这正是他期盼已久的叱责！这样美妙的叱责，他真的很愿意每天都承受！

"当然，我也知道你的苦衷。无论在蒙森特郡，还是在这里，都有些容不得人的家伙盘踞高位。不仅你一个人，连法恩纳利伯爵也受到过他们的排挤。但是我始终不希望你将才华浪费在这些地方。

"当然，这座宅邸既然已经建造起来了，我也不想过多追究，也算是你为拜尔克增添了一道亮丽的风景。能够将一座废弃的采石场变成现在这副模样，你确实很有才能。"说着，国王陛下慢慢地欣赏着四周的景色，向大厅中央走去。

发泄一通之后，他的心情舒畅多了。静下心来仔细地看看这座宅邸，确实别有一番韵味。

对于那廉价的地毯和没有意境的壁画，看惯了真正的艺术品的他，根本就不屑一顾。但是，整座宅邸这奇特而开阔的布局，以及这似开似闭的感觉，确实让他大开眼界。

现在他总算知道，为什么那些无聊的浪荡公子都喜欢聚拢在这里了。

因为这里拥有一种与众不同的气质。喧闹和宁静、庸俗和高雅几种截然不同的感觉在这里交汇融合。在这个地方，每个人都能找到适合自己的角落。

国王陛下微微点了点头。

"既然今天到了这里，塔特尼斯先生，你是这里的主人，带我们四处参观一番吧。"国王陛下微笑着说道。

"对了，你还有一个弟弟是吧？他那传奇般的经历，我已经听法恩纳利伯爵说过了。能不能将他带过来？我想他能成为约瑟的好伙伴。他们的年龄相差不多，想必比较容易沟通。"

听到国王陛下的建议，塔特尼斯伯爵高兴得差一点跳起来。他连忙吩咐总管霍博尔将系密特叫到大厅之中，而他本人，则已经开始带领着这些尊贵的宾客，参观起他这座与众不同的宅邸了。

从刚才国王陛下的那番话中，塔特尼斯伯爵已经大致揣摩出了这位至尊陛下的性情和喜好。

虽然这位国王陛下以慷慨大方而闻名天下，不过显然他相当痛恨浪费。对于这样的人，大量精确的数字，无疑是最能取悦他的东西。

再看看他带来的这些专家，显然，国王陛下很喜欢有一技之长的人。

猜测到了这一些，塔特尼斯伯爵便投其所好，滔滔不绝地讲解起在宅邸建造过程中遇到的一切问题，以及他和工匠们商量解决这些问题的经过。他还有意无意地将手下那些拥有特殊本领的仆人，一一向国王陛下做了介绍。

如果是对其他人，塔特尼斯伯爵也许会担心，这样做可能会令对方感到不太恭敬。毕竟，和至高无上的一国之君比起来，这些仆人的身份实在太过低微。

但是，对一个出门要带着五位专家的人来说，他绝对不会将拥有一技之长的人当做普通的奴仆来看待。

因此，自己抬高那些奴仆的地位，不但不会令至尊的国王陛下感到不悦，甚至会令他认为自己知人善任。

看得出来，国王陛下对京城中到处盘踞着没有本领、却又阻碍真正有本领的人物升迁的官员早就心怀不满。在这个时候，知人善任绝对是最为可贵的美德。

塔特尼斯伯爵心里的算盘，一点都没有打错。

国王陛下一边看着那些奇特有趣的布置和装饰，一边听着塔特尼斯伯爵说的那一连串精确的数据，他心中已经颇为肯定，塔特尼斯伯爵确实是一个不可多得的人才。

塔特尼斯家族的仆人中那些拥有高超本领的工匠，也令这位国王陛下印象颇深。他甚至怀疑，在他的宫廷之中，是否有这么多高素质的工匠存在。

除了建筑本身和那些高素质的仆人之外，国王陛下还对一样东西很有兴趣，那便是用来维持室内温度的金属管道。

当他得知，这些金属管道早在几个世纪以前，就已经被塔特尼斯家族的祖先用来维持花棚的温度时，这位至尊的国王陛下已经认定，杰出而精致的头脑，是这个家族的固有特征，是这个家族子弟世代相传的一项可贵品质。

9 攀龙附凤

国王陛下亲自探访塔特尼斯家族的消息，很快便在京城传扬开来。

最初仅仅只是在上流社会的交际圈中流传，而且很多人根本就不相信这件事情。

但是，在京城中影响最大的两份报纸同时刊登了这则消息之后，再也没有人怀疑这件事情的真实性了。

《拜尔克日报》的主编当时就在塔特尼斯伯爵府邸，他一看到国王陛下的到来，便立刻认定这是一则重大新闻。

所以，这位主编先生当时并没有离开塔特尼斯伯爵府邸。他偷偷躲进了一个小房间里面，亲眼目睹了当天发生的一切，然后将这一切全都写进了报道当中，因此《拜尔克日报》的报道极为详尽。

《新闻时报》则拥有官方背景，他们甚至能从宫廷之中拿到第一手资料，因此他们的报道显得更加权威。

不过，无论是哪篇报道，都毫无疑问地显示出，塔特尼斯伯爵将继法恩纳利伯爵之后，成为京城又一位炙手可热的新贵。

而且，同法恩纳利伯爵比较起来，这位塔特尼斯伯爵的飞黄腾达似乎更能令人认可。

毕竟他只用了半个月的时间，便建造起一座与众不同的豪华宅邸，这样大的手笔，可不是法恩纳利伯爵能够做到的。

在其他人看来，这位塔特尼斯伯爵初来乍到，而且又没有漂亮的姐姐做国王陛下的情妇，他的崛起肯定完全是凭借自己的杰出才能。

除此之外，塔特尼斯家族在此之前的慷慨行为，也让那些尝到过他甜头的狐朋狗友，在一旁为他推波助澜壮大声势。

至于塔特尼斯家族，自从国王陛下来访之后，便一改原来的样子，再也不像以前那样慷慨地邀请那些浪荡公子了。关于这件事情，人们也从《拜尔克日报》的那篇报道中找到了解释。

毕竟这是国王陛下的意思，塔特尼斯伯爵再多么慷慨大方，也不敢违背国王陛下的旨意。那些浪荡公子完全能够体谅塔特尼斯伯爵的苦衷。

再说，这位伯爵大人是即将崛起的新贵，也许将来能够提携他们，对这样的伯爵大人，可要多多理解，多多体谅才对。因此，对于塔特尼斯伯爵突然的冷漠，没有哪个浪荡公子表示不满。

别说这些浪荡公子，即便是京城中那些原本对塔特尼斯伯爵不屑一顾的豪门世家，现在也纷纷登门拜访。那些心中有愧的贵族更是如此。无论是席尔瓦多侯爵，还是长老院那几位食言而肥的议员，都纷纷向塔特尼斯伯爵暗中示好。原本早已承诺的推荐，这时候像雪片一般地飘落到国王的书桌上面。

但是，现在的塔特尼斯伯爵对此已经不屑一顾了。不过，

名利狩猎

　　为了培养人脉，他还是满脸堆笑地到每一个推荐过自己的豪门世家去道谢一番。当然，这仅仅是表面文章而已。

　　在这炎炎的夏日，塔特尼斯家族迎来了新的辉煌。不过，在这一片辉煌之中，也夹杂着一丝不和谐的阴影。

　　受人宠爱的系密特被送到了英芙瑞——一个宁静优雅的小镇，那是格琳丝侯爵夫人的领地。

　　为了这件事情，沙拉小姐和自己的丈夫之间发生了一场激烈的争吵。玲娣姑姑也因此事愤而搬出了塔特尼斯伯爵的宅邸，回到了阔别已久的红鹳旅店。

　　惟有系密特的母亲好像是看透了一切。她精心地为心爱的幼子准备着行李，并且把系密特带到教堂，让主教亲自为他祝福。

　　离别的那天，这位母亲大人是惟一一个没有到场送行的人。因为她的祝福，将一路伴随着自己的爱子。

　　京城到英芙瑞并不遥远，只有一天的路程。快马加鞭的话，也许大半天就能到达。

　　和京城的恢弘和繁华比起来，英芙瑞显得宁静而优雅。

　　如果将京城比喻成一位气宇轩昂的英雄豪杰，那么英芙瑞便宛如一位温柔恬静的窈窕淑女。

　　事实上，用"小镇"来形容英芙瑞并不十分贴切。英芙瑞的面积，并不比系密特的故乡勃尔日城小多少。

　　不过，这里既没有繁华的商业街，也没有宏伟的大教堂和中心广场，这里只有一栋栋公寓，一幢幢别墅。

　　没有精美的雕塑，也没有巨大的石柱，普普通通的砖块和瓦片堆垒出了漂亮而雅致的房屋。弯成各种花样的金属栏杆和一座座小花园，组成了一幅恬淡安详的景色。

除了声声蝉鸣，这里的一切好像都是静止的。

拥有这块领地的格琳丝侯爵夫人的宅邸，则更显示出这种恬淡宁静的风格。

当马车在一片空旷的草坪前停下来的时候，系密特好像一下子回到了奥尔麦的别墅中一样。只不过奥尔麦的那些别墅是用木头搭建而成的，而这里所使用的材料是砖块和瓦片。

一座三层楼的别墅建造在草坪中央，四周有一道用石头砌成的矮墙。这道矮墙与其说是围墙，还不如说是篱笆更加合适。

别墅的后面显然是一座花园。很多乡间别墅的后面都有一座用不着主人太过操心的半天然的花圃。

更远处是一片小树林。就像是系密特在王家猎场看到的那样，树木整整齐齐地隔开一定的距离，种植在一片平整光滑的草坪之上。

显然是看到了马车，别墅里面的人迎了出来。

为首的是一位身材高挑、神情宁静端庄的贵妇人。系密特猜测，她便是那位格琳丝侯爵夫人。

在这位夫人面前，系密特颇为尴尬，他不知道应该以什么身份面对。

"塔特尼斯伯爵，再次见到你，实在是太高兴了！昨天刚刚接到你的来信。时间仓促，都来不及做进一步的布置。"那位夫人微笑着说道。

系密特偷偷地瞄了一眼。

在他看来，这位夫人的微笑颇为亲切，就像是玲娣姑姑和沙拉小姐对自己的微笑一样。那宁静安详的眼神，又有点像

自己的母亲。只是母亲的目光过于淡然，好像已经看透了一切。

"这就是系密特吧，很欢迎你的到来。"那位夫人低下头来对系密特说道。

虽然有些尴尬，不过系密特还是按照通常的礼仪，向这位夫人彬彬有礼地问候了一番。

系密特的拘束和尴尬，显然令跟在夫人身后的那些人感到极为有趣。

虽然他们对格琳丝侯爵夫人的想法颇不以为然，但是系密特并不让他们讨厌。

"格琳丝小姐，我的弟弟就麻烦您照料了。我现在公务繁忙，明天国王陛下要召开一个重要会议，我得连夜赶回去。很遗憾不能在您高雅的府邸做客！"塔特尼斯伯爵说道。听得出来，他的这些话倒不是敷衍之辞。

"伯爵大人是个大忙人，这我们全都清楚。《拜尔克日报》上面报道得极为详尽。我只是感到遗憾，没有到阁下新建的宅邸拜访过。我很想参观一下阁下那声名远播的豪宅！"站在格琳丝侯爵夫人身后的一位中年绅士插嘴说道。

"罗莱尔先生，我那座简陋的宅邸，怎么能入阁下的法眼呢？当着您的面，我可不敢说假话，我那座宅邸连地基都没打，只是简单地用石块堆垒成的。您应该很清楚，那是用来干什么的。"塔特尼斯伯爵故作豪爽地笑着说道。

"不，话不能这样说。一块普普通通的岩石在艺术家的手中，也有可能成为传世佳作。材料和手法并不是关键，内涵和意境才是真正令人赞赏的地方。有机会我一定要到拜尔克您的宅邸去一次！不过，最近我真是越来越懒了。上了年纪，人就废掉了。"那个中年绅士自嘲道。

"罗莱尔，我看你不是因为上了年纪，而是害怕在京城遇见那些债主吧。"旁边一个年轻人笑着说道。

"好了，我不能再和各位这样攀谈下去了，否则，我就无法在天亮以前赶回拜尔克。我热忱地欢迎各位到京城我的府邸来做客！我告辞了。"说完，塔特尼斯伯爵转身登上了马车。

众人挥手致意，马车渐渐远去了。看着那远去的马车，系密特的心中涌起了一股说不出的滋味。

这是他平生第二次，孤身一人面对一个完全陌生的环境。

第一次是在那充满危机的奇斯拉特山脉之中。不过，那一次有一股难以抑制的精神冲动在激励着自己。

而现在他的情绪中，除了彷徨之外，还有一丝尴尬。系密特不知道应该如何面对格琳丝侯爵夫人。

其实在上流社会的交际圈里面，这样的事情多得很。但别人是怎样面对这种情况的，系密特并不知道。

用来对付母亲大人、沙拉小姐和玲娣姑姑的那些手段，对于这位格琳丝侯爵夫人未必适用，系密特感到有些不知所措。

"哎哟，好重啊！这是什么东西？"一声惊呼打断了系密特那纷乱的思绪。

他循着声音转过头一看，一个身强力壮的仆人正努力想要搬起一个狭长的盒子。

那个盒子里放着的，正是自己那一对"双月刃"。

这个仆人显然是这里最身强力壮的一个，但是，这对为力武士打造的兵器，对他来说，显然过于沉重了一点。

只见他费劲地将那个盒子提了起来，掂了掂分量。

名利狩猎

"这里面到底装着什么？一盒子铁条吗？"仆人嘟囔着。

"你放下好了，我自己来拿。"系密特不以为然地说道。

他的回答，让众人大吃一惊。那个仆人也不以为然地将盒子重重地放在地上，他倒是很想看看这位小少爷，怎么搬起如此沉重的盒子。

当人们看到系密特轻而易举地将盒子夹在身侧的时候，他们都转过头来看着那个仆人。这些人已经认定，是那个仆人的身体出了问题。

那个仆人同样疑惑不解。为了证明自己并没有失去力量，他将地上放着的其他行李，一古脑儿地全背在身上。

这下子，人们疑惑的目光再一次回到了系密特身上。不过，门口毕竟不是适合谈话的地方，他们也就什么都没说。

格琳丝侯爵夫人将手搭在系密特的肩头，亲切地将他引进别墅。

和大多数乡间别墅一样，这里只有一个不大的客厅。隆重的宴会永远都是在宽敞的草坪或者后花园里举行的，屋内的客厅只是用来聊天和会客的地方。

客厅中的布置，无不显露出一种宁静安详的气氛。

墙壁和天花板被刷成乳白色，虽然在边沿和角落中点缀着一点金漆花边，但那仅仅只是几笔勾勒，点到为止而已。和其他贵族家中那大片的装饰比起来，这里完全是一种不同的意境。

家具和装饰布置同样极为简单。墙壁上挂着几幅素雅的风景画，房屋中央有一排藤椅围拢在一起，显然这里经常有大量的客人拜访。

靠近北面的墙壁处安放着一排柜子。柜子上陈列着一些新奇的东西，至于底下的抽屉里面，放着的应该是餐具和烛台之类的用具。

这里没有落地窗。走出门便可以拥抱自然，落地窗显得毫无存在的必要。

一道同样漆成乳白色的楼梯通向二楼，楼梯上铺着红色的地毯。

"小系密特，能把你手中的那个盒子让我们参观一下吗？我感到极为好奇，想必其他人也一样。"刚才那个中年绅士一走进客厅便开口问道。

听到这位先生如此一说，那个身强力壮的仆人马上停住了脚步。在这里，大概没有人比他更好奇的了。

"汤姆，将系密特的行李搬到他的卧室去。"格琳丝侯爵夫人吩咐道。

那个仆人显然非常失望，他讪讪地登上了楼梯。

格琳丝侯爵夫人微笑地看着系密特，她的目光好像在询问系密特，是不是愿意透露一下他的秘密。

系密特感到既尴尬又无奈。他并不想隐瞒什么，但是他也不知道应该如何向这些人解释自己的身份，他更不希望因为这个身份而限制自己的自由。

"哦，没什么，只是一对兵器。我觉得它的样子相当奇特，便收藏了下来。"说着，系密特将盒子托在手中，打了开来。

包括格琳丝侯爵夫人在内，所有人都伸直了脖子仔细观瞧。

他们之中，确实没有一个人见过系密特手中的那一对形状奇特的兵器。

"这是什么？"那个年轻人一边问着一边伸过手来，想要将其中的一把拿在手中。不过这把兵器的重量，立刻让他大

吃一惊。

"我的天!"那个年轻人惊讶地看着系密特,嚷嚷道,"你的力气真大!这件武器至少有二十公斤重,一对加起来就是四十公斤!"

听到年轻人所说的话,另外一些人也纷纷伸过手来,格琳丝侯爵夫人也伸手碰了碰那亮铮铮的刀面。

"我现在总算相信关于你的传闻了!你确实有本事翻越奇斯拉特山脉,至少你成功的机会比我们这些人大得多。"那个中年绅士显然很擅长自嘲。

"我可以将这件东西放到我的卧室里去了吗?"系密特转过头来向格琳丝侯爵夫人问道。

"贝蒂,你带系密特少爷到他的房间去。"格琳丝侯爵夫人对身后的侍女吩咐道。

跟在那个侍女身后,系密特走上二楼。二楼正中有一条走廊,两边全都是房间,走廊的尽头通向三楼的楼梯。

"这里是管家和佣人们住的地方。如果您有什么需要的话,只要喊一声,马上会有人答应的。"那个侍女恭恭敬敬地说道。

侍女带着系密特向三楼走去。

三楼的装潢布置,要比二楼华贵得多。

楼梯口摆放着一张藤椅,旁边是一张书桌,窗户正对着书桌。显然这里是一个阅读的好地方。

三楼的地板上全都铺着地毯。地毯是素色的,上面也没有任何图案和花纹。

这里最大的一个房间,大概占据着三楼的一半,看样子应该就是格琳丝侯爵夫人的卧室。

除此之外,三楼还有五个比较小的房间。

其中两间房间的门沿镶嵌着镀金的铜边，想必这里不是书房就是休息室。另外三间，可能是侯爵夫人的贴身侍女住的地方。其中一间的房门打开着，系密特看到仆人们正忙碌地将行李往里搬，显然这里暂时是属于他的。

夹着盒子，系密特走进自己的卧室。

卧室收拾得相当干净。地毯和床是新的，其他家具都是原来就有的，上面有使用过的痕迹。

"系密特少爷，您还需要些什么吗？女主人为您订购了一张书桌，不过还没运到。您要再添几把椅子吗？"那个侍女小心翼翼地问道。

对于这位小少爷，这里的佣人们都知道他到底是什么身份。女主人并没有对他们隐瞒这件事情。对于这位将来有可能成为"老爷"的少年，佣人们当然不敢有丝毫的大意。

"不，用不着了。"系密特一边说着，一边将盒子放在床头。

看着这个陌生的房间，看着这个他以后将生活的地方，系密特的心中有一种说不出的滋味，可能有一些期待，有一些好奇，还有些寂寞，有些孤独。

在英芙瑞的生活是恬静而舒适的。和奥尔麦的的人们一样，聚集在这里的人都有着相同的喜好，那便是对宁静、安逸生活的向往。

这里的人很少过问外面的事情，当然这并不代表他们与世隔绝。每天早晨，邮政马车都会带着隔天的《拜尔克日报》到这里来，这是小镇上人们的主要消息来源。而那些偶尔到京城去的人带回来的消息，则是另一条让这里的居民了解外面情况的途径。

系密特很快便认识了这里大多数人。

居住在这里的人，互相之间几乎都认识，而格琳丝侯爵夫人更是无人不知，因此在这里，认识一个人，很快就能通过他结识周围其他的人。这样如同滚雪球一般，系密特很快便认识了一大群人。

住在英芙瑞的居民，多少都有些产业。不过，除了格琳丝侯爵夫人以外，这里并没有其他贵族。

这是个充满了学者和艺术家的小镇。当然也有不少商人，不过他们住在这只是想沾染上一丝高雅的气息。他们的产业并不在这里，因此他们往往得在京城和英芙瑞之间来回奔波。

小镇上另一个有趣的地方便是，这里没有一家旅店。英芙瑞并不是个好客的小镇，她不希望陌生人来打搅她的宁静和安详。

和大多数城市不同的还有，在这里的街道上看不见什么行人。别墅那些相连的后院就形成了另外一条狭窄但是温馨的"街道"。那里充满了互相问候的人们。

到了英芙瑞没有多久，系密特便习惯了这些繁华但是没有名字的"街道"。他也渐渐习惯了在后院，而不是在客厅和大家见面。

也许是因为住在这里的都是一些普通平民，后院的社交并不令人感到拘束。

站着，坐着，甚至躺在草地上都不算是无理的举动。不过系密特一直没有尝试过和别人躺在草地上交谈，毕竟他从小所受的教育始终在约束着他。

当然，在英芙瑞的每一天，对于系密特来说，并不意味着只有玩乐。不知为了什么原因，格琳丝侯爵夫人为他安排了大量的课程。

2　　每天早晨，格琳丝侯爵夫人都会亲自给他上社交课程。课程的内容除了包括上流社会的宫廷礼仪、适合不同场合的谈吐举止，和如何跳舞之外，甚至还包括对于贵族纹章的识别、绘画和音乐鉴赏，以及餐桌上的饮食文化。

　　格琳丝侯爵夫人所教的这一切，和英芙瑞特有的世外桃源般的气质好像格格不入，这曾经令系密特感到疑惑不解。和格琳丝侯爵夫人待在一起的时候，是愉快但又是枯燥的。

　　那些学者教的东西，对于系密特来说，则相当有趣。

　　在英芙瑞居住着众多学者，有几个甚至是他们各自的领域里至高无上的权威。这些学者全都是格琳丝侯爵夫人的仰慕者，对于侯爵夫人的托付自然是尽心尽力。

　　那个叫罗莱尔的中年绅士教系密特算术。他原本是一位知名的建筑师，京城中有好几座大型建筑物是他设计的。

　　那个年轻人叫米开罗，他是个画家。虽然系密特并不喜欢绘画，但是，对于格琳丝侯爵夫人的意愿，他并不想违背。

　　不过，当米开罗见识了系密特的"绘画天赋"之后，也就不再强迫他跟着自己苦学了。因此系密特跟在米开罗身边的大多数时间，都是在野外写生。

　　当然，系密特自己只是胡乱涂鸦而已，他主要是站在旁边看米开罗作画，同时听他讲解应该如何取景，如何注意光影，如何赋予绘画生命的气息。

　　除了这两个在刚来的那一天就已认识的人以外，系密特还有另外三位老师。

　　他最喜欢的是那位叫斯巴恩的中年音乐家。无论是高雅深沉的宫廷音乐，还是吟游诗人们吟唱的民间音乐，他都有所涉猎。不过他说自己并不能称得上是一位真正的音乐家，因为他研究的是如何发明新的乐器以演奏更加美妙的音乐。

除了斯巴恩之外，另一个经常和系密特谈论音乐的老师是威尼尔。他是个诗人，不过是个不得志的诗人。除了他的朋友之外，没有人欣赏他的诗篇。

所有的老师之中，最令系密特感到高深莫测的便是理士顿，其他人也都认为他是一个怪人。

理士顿学识广博，但他并不是任何方面的专家，他研究的东西稀奇古怪，好像是有关货物为什么有价值，货币的价值是怎么和实物联系在一起的这些让人匪夷所思的问题。

系密特有时候猜想，一旦理士顿先生的研究有所突破，他便可以凭借着他的研究，摆脱目前这种贫困的生活。

不过，令系密特感到庆幸的是，格琳丝侯爵夫人要他向理士顿先生学习的东西，并不是那些他正在研究的高深学问。

理士顿先生精通历史和地理，同时还会说多种语言，因此，他教的课程最多，天文地理几乎无所不包。系密特倒是挺喜欢听理士顿先生讲课的。

上课占据了系密特白天大部分的时间，余下来的时间，大多数是在和他们交谈中度过的。

格琳丝侯爵夫人很鼓励大家交谈和聊天，她甚至将客厅贡献出来，作为众人交流的场所。

大多数时候，她也会在一边旁听。不过格琳丝侯爵夫人从来不发表自己的意见，好像旁听大家的交谈便是她的乐趣一般。

系密特很快便喜欢上了这种交谈的方式。不过和格琳丝侯爵夫人不同，有的时候，他也会阐述一下自己的看法。

一开始的时候，他的见解并不受其他人重视。不过，人们渐渐发现系密特看问题的方法有时候极为深邃，深邃到完全不是他这种年纪的小孩子所能达到的程度。

没有人知道，这些见解其实完全来自于系密特的记忆。他的记忆绝对称得上是一个大宝库，在这个宝库之中，封藏着历代圣堂武士的智慧。

随着倾听和参与的交谈和辩论越来越多，系密特学会了很多新的知识和看问题的方法。

这一天，和往常一样，在晚餐还没有端上来以前，管家拿着一份报纸，挑选其中比较重要的新闻，念给大家听。

这是这个家庭的老习惯了。好像从侯爵大人在世的时候，便是如此了。

正是侯爵大人订下了这个奇特的规矩。他平时公务繁忙，根本就没有看报的时间，但是他又很想知道外面的消息，因此他让仆人在晚餐的时候，将报纸上的重要新闻念给他听。

侯爵大人去世之后，格琳丝侯爵夫人保留了这个习惯。

那位老管家已经念了半辈子的报纸，自然知道哪些消息比较重要。

"国王陛下新任命了一名特别检察官。出任这个职位的是法恩纳利伯爵。法恩纳利伯爵上任之后，立刻封锁了国库，大规模的国库账目清查即将开始。

"国王陛下命令减少长老院日常经费开支。节约下来的资金将用于战争准备，以防御魔族的进攻。长老院紧急表决，欲否决国王陛下这一命令。

"南部沿海各省紧急增加一成关税，用于战争准备。除了北方领地和周边几个郡，其他各郡省增收战争紧急税。不过财政官署仍未制订出具体征税的方法。"

老管家将报纸翻了翻，又找到几篇不是最重要，但是也许有用的新闻标题念了一下之后，问道："各位先生，不知道你们对于哪一条新闻感兴趣，需要我念一遍全文？"

"不，用不着了。接下来的恐怕都是些官样文章。"威尼尔摇了摇头说道。

"我倒是很想听听有关法恩纳利伯爵的那条新闻。看来国王陛下已经等不及，要让自己的亲信宠臣登上一个众人瞩目的位置了。"罗莱尔先生说道。

听到有人感兴趣，老管家站在一旁念了起来："今晨十时，在内阁会议上，国王陛下宣布增加一位临时特别检察官，该职位由年轻有为的法恩纳利伯爵担任。

"鉴于帝国财政官署总官长亨利侯爵年事已高，身体状况欠佳，常年卧病在床，财政官署不可避免会有疏漏发生，法恩纳利伯爵上任初始，便命令封闭国库，停兑停收。国库专门拨出一百万金币，作为临时兑收的资金。国库彻查将在即日起进行，可能需要一个星期时间完成。这次国库彻查，是近三十年来第一次大规模进行的国库核查。"

念到这里，老管家停住了。接下去报纸上登载的都是编者的评论。这些评论对于餐桌上的先生们来说，是绝对不会有参考价值的，而且他们也不会愿意听。

"嗯哼，动作好快啊。"罗莱尔先生嘴角挂着一丝冷笑说道。

"罗莱尔先生，您为什么不发表一下意见？"米开罗说道。

"国王总算是将心肝宝贝的弟弟捧上了一个重要位置。但愿这位法恩纳利伯爵不要过于心急。他的脚跟还没有站稳，要对付财政署的那些老油条，现在恐怕时机还不成熟。"罗莱尔先生说道。

"不不不，这只是你的看法。依我看，现在国王正以增加军费开支的名义，来打压长老院的那帮人。

"当初压制法恩纳利伯爵的，正是长老院中那些资深议员。国王想要振奋精神，另立新人，就得将那些老家伙赶下台。但是老家伙们牢牢地盘踞在位置上面，就是不肯下来，因此国王打算抓这些老家伙的把柄。

"大家都很清楚，国库的账目根本就清理不干净。那里面到底有多少成年淤泥，谁都说不清楚。但是可以肯定，长老院绝对是一个有进无出的大漏洞。"威尼尔说出了自己的见解。显然这位诗人看问题，要比建筑专家深刻多了。

"对付长老院肯定是早晚的事情。国王和这些人斗了一辈子了。现在这些议员们，年纪大的已经快走不动了，年纪轻的也至少和国王差不多大。但是长老院里面却没有像法恩纳利伯爵这样的新锐人物，他们都只是顾着维持自己的位置，都没空想想将来该怎么办。

"不过，依我看，这时候彻查国库，除了为法恩纳利伯爵扫清障碍之外，恐怕也因为国王陛下心目中已经有了更合适的财务总长人选。

"很明显，这次彻查，也是为了将亨利侯爵这块盘踞了几十年的顽石端掉。老亨利这几十年来，没有做过什么大错事，但是也没有让国库更加充裕。"米开罗接着说道。

听到米开罗这样说，餐桌上大多数人都思索了一下，然后点了点头。格琳丝侯爵夫人则微微瞟了一眼坐在身边的系密特，看他有什么反应。

系密特实际上已经听出来，米开罗口中所谓的财务总长候选人，无疑便是他的哥哥——塔特尼斯伯爵。

用三十万金币和半个月时间打造的宅邸，无疑让国王陛下印象深刻。如果国王陛下想要任命一位新的财务大臣，自己的哥哥绝对是不二人选。

"那些老家伙肯定不会坐以待毙的。大家猜猜，他们会怎样对抗法恩纳利伯爵的彻查？"

刚才的话题是米开罗结束的，新的话题也是他展开的。

"当然是不合作啦。"罗莱尔先生淡淡说道。

"这恐怕没用。法恩纳利伯爵绝对不可能仓促之间决定彻查国库，恐怕他在事前早已做好了充分的准备。"威尼尔说道。

"我想长老院也不敢公然出面反对。现在愿意并且能够阻止彻查国库的只有军方，军方肯定有不少烂账在里面。"米开罗提出了自己的见解。

"对付长老院，是军方最愿意看到的事情。他们难道会帮助宿敌？"罗莱尔先生疑惑不解地问道。

"正因为有这个宿敌，军方才得以保持如此强大的势力。一旦长老院倒台，国王陛下必定会对几方势力重新进行平衡，那时候，军队便成了必须被削弱的一方。"米开罗开口解释道。

"这不大可能。如果没有魔族侵袭的威胁，国王也许会这样做，但是现在，国王陛下不得不倚重这些军人。虽然说到消灭魔族，他们可能并不是主力，但是要防御魔族的进攻、坚守城池却都离不开他们。"理士顿先生摇了摇头说道。

"军人们也许不是这样认为的呢？"米开罗辩解道。

"你以为所谓的宿仇是这样容易和解的吗？长老院和军方互相攻击了几十年，他们之间的利益冲突，不是你想像的那样简单。

"长老院的那些人全都极为富有，而军人们相对而言都比较贫穷，这种贫富差距由来已久，由此带来的他们之间的怨恨也由来已久。

"更何况这一次作战的对象是魔族。魔族并没有什么财产，因此军人们也不可能俘获到任何战利品。他们要想得到什么，只能寄希望于国王陛下的赏赐。而我们的国王陛下那慷慨大方的名声由来已久，这次也没有亏待他们。让军人们痛恨的，恐怕是那些克扣并且分薄了他们功劳的长老院和内阁的官员们。"理士顿先生侃侃而谈。

"照你这样说，长老院的议员们岂非束手无策了？"威尼尔问道。

"办法当然是有的。议员们也许想不到，但是亨利侯爵这位老财务肯定能想到。他只要召集人马四处煽动，造成挤兑的风潮，那么法恩纳利伯爵便顾不上彻查国库，他得想办法应付恐慌的人们，以及他们手中拿着的债券。

"打仗是很花钱的事情，我相信国库之中，应该没有足够的金币来偿还所有的债券。"理士顿先生用手指叩了叩桌面说道。他的语气极为坚决。

"哇，这招厉害！那有没有破招呢？"威尼尔好奇地问道。

"破招？"理士顿先生犹豫了一下，然后仰脸朝天思索了一会儿，接着说道，"有倒是有，不过方法有些无赖而已。其实挤兑是因为人们的恐慌，那同样可以利用人们的恐慌和人性的贪婪来对付挤兑。造成挤兑，需要有人煽动；应付挤兑，同样也不能用光明正大的手法。

"如果是我，我就会派遣一群人，用比较低的价格兑换这些国家债券。因为恐慌，很多人会愿意抛售债券，换取现金。这样我尽可能地造成了一种假象：那些煽动人们挤兑的人，和这

些低价收取债券的人是一伙的，他们这样做正是为了牟取暴利。这样一来，挤兑的风潮自然就会渐渐散去。"

"理士顿先生，我真是佩服你，这种办法你都想得出来！我真是很奇怪，你为什么发不了财？按照这个方法，你完全可以在这件事情上大大地赚上一笔！"米开罗惊叹道。

"呵呵，我不过是纸上谈兵而已，真做起来，绝对没有这样简单。如果你真想要发财的话，还不如趁现在去订购金票。

"你们该知道，那些金铺和首饰行进行大批量黄金交易的时候，并不是用现货实物的交易办法，因为没有谁会储备很大数量的黄金。在黄金交易中，买家可以支付十分之一的订金订购大批黄金。

"一旦发生挤兑风潮，黄金的价格必然飙升，肯定很多人都想收购黄金。但是黄金买卖这个行当，奉行的是先到先得，金票没有全部兑换之前，是不会另外发行金票的。那时候，手中掌握着金票和拿着真正的黄金并没有什么两样。要的人越多，黄金的价格当然飙升得越快，金票当然也就越值钱，但是金票都掌握在我手里……那时候，哪怕价钱是平时的五六倍，也肯定有人买。"理士顿先生笑着说道。

"不可能！五六倍！黄金价格不可能涨到如此之高。"威尼尔连连摇头说道。

"我算给你听。我手中掌握着的金票只是黄金价格的十分之一，我用五倍的价格把这里金票卖出去，黄金本身的价格只是涨了百分之五十，这个涨幅并不大。而看到黄金越来越值钱，愿意购买的人肯定不少。"理士顿先生得意洋洋地说道。

"高，绝对高！我现在是心痒难熬了。侯爵夫人，您有没有兴趣，让您的财富增加五倍？"米开罗立刻怂恿道。

"啊，别胡闹。我刚才只是说说而已。这种投资风险极大，简直是在赌博。而且，想要将京城各大金铺的金票全都收购下来，那得需要一大笔资金。夫人虽然富有，但想必还没有那样的实力。

"更何况，做这件事情会结下很多仇人。因为，风波过后金价肯定会平易，而且因为黄金正往京城调集，黄金的价格必定会直线下落，收购了金票的人将会遭受双重损失。

"这种事情只要一查便水落石出。因为金铺对于买家的信誉极为关注，大量的金票是绝对不会开给匿名买家的。"理士顿先生连忙阻止道。

听到有这样大的危害，原本兴致勃勃的一群人，就如同被当头泼下了一盆冷水一般。

晚餐在一片沉闷的气氛中结束了。刚才每一个人都兴奋过头了，现在失望接踵而来，他们一时之间有些难以承受。

系密特同样难以平静。

刚才那番议论对于那些学者来说，确实起不到什么实际作用，仅仅是茶余饭后的消遣而已。但是对于他来说，事情就完全不同了。

如果事情真如他们预料的那样，在迅速崛起的法恩纳利伯爵背后，肯定还会有哥哥的身影。现在该应该如何去做，问题就摆在他的眼前。

他们说到的，无疑是一条可以迅速聚敛财富的大道。虽然事情还没有发展到理士顿先生所描述的那种地步，但是系密特绝对相信，像理士顿先生说的那样去做，必定能够取得成功。

但是，如果将这一切告诉给哥哥知道，便无异于出卖了这里所有的人。系密特可不会认为，在事后给这几位先生一些好

处，他们便会眉开眼笑。

虽然没有在英芙瑞住多久，但系密特却已经发现，住在这里的学者，大多数更欣赏这里宁静安详的气氛，以及那人与人之间平等和谐的感觉。格琳丝侯爵夫人在餐桌上极力营造的，也正是这种感觉。

系密特内心深处确实不想出卖这些人，不想让这宁静安祥化为泡影，不想在自己与他们之间树立起一道围墙。但是，这毕竟是条发财的捷径，如果不告诉哥哥，又似乎意味着出卖了自己的家族，这同样也是他难以容忍的一件事情。

系密特感到左右为难。

晚餐过后，系密特无精打采地回到了自己的房间。

推开房门，系密特看着窗外。远处星光灿烂的夜空底下，便是那繁华喧闹的拜尔克——丹摩尔的首都。

那里住着自己的家人，自己最关心的人，同时也是最关心自己的人。

从英芙端赶到拜尔克，对系密特来说并不困难。如果他现在就跳出窗外向那里进发，在太阳升起之前，他肯定能够回到自己家中，见到自己的亲人。

但是，系密特却连个脚趾指头都动不了，一条无形的绳索将他紧紧地束缚住了。

一阵敲门声，将系密特从忧愁中解救了出来。

"我能进来吗？"门外传来侯爵夫人的声音。

系密特连忙打开房门。

格琳丝侯爵夫人站在门口。她的脸上始终带着那种奇特的微笑，这种微笑好像总能令人平静安详。

"我知道你可能会极为烦恼，你愿不愿意和我交谈一会儿？虽然我没有那几位先生一般的学识，但是说不定也能对你有所帮助。"格琳丝侯爵夫人轻声说道。

系密特尴尬地朝四周看了看。他的房间里空荡荡的，连个坐的地方都没有。除了床以外的那些家具，他都叫人搬出去了。所有的行李也都被紧紧地塞进了床头柜里。

这样布置，系密特只是为了方便自己练武。

"真是奇怪的布置！小系密特，有的时候，你确实令人感到不可思议。"侯爵夫人巡视了一下四周，接着说道，"看来你这里并不适合交谈，到我房间去好吗？"

系密特跟在格琳丝侯爵夫人的身后来到她的卧室，这是他第一次进入侯爵夫人的房间。

格琳丝侯爵夫人的房间和英芙瑞其他地方截然不同，这里完全就像是那些真正的贵妇人的房间一般。

她的卧室布置得金碧辉煌。北面墙上镶嵌着一块很大的镜子，天花板上绘着天使张望人间的壁画。

那张大床真的是精雕细镂。就连从小生活在贵族家庭的系密特也从未看见过这样漂亮的家具。

床边的梳妆台更是典雅华贵，那上面的雕像甚至比有些建筑物前的雕像还多。

"感到很惊讶吧？这里和外面完全不同。"

格琳丝侯爵夫人显然看破了系密特的心思。她在梳妆台前面的椅子上坐了下来，然后用手拍了拍梳妆台，示意系密特坐在上面。

系密特犹豫了一会儿，还是顺从地遵照她的意思做了。

"真漂亮！这些家具是您一直使用的吗？"系密特不知道怎

样开口，便把话题放在那两件家具上。

"是的，我一直很喜欢它们。因此搬到这里来的时候，便将它们也带来了。想必你很惊讶，猜不透我为什么住在这种风格的房间里。"格琳丝侯爵夫人一边说着，一边点起了梳妆台右侧的一座小熏笼。

一阵浓郁的香味扑鼻而来。系密特听说过这种极品香料，在他的印象里，这种香料和高档、奢侈、昂贵这些词紧紧联系在一起。

"在你看来，我是怎样一个人？"格琳丝侯爵夫人问道。

"美丽、端庄、典雅、高贵、恬静、贤淑……我不知道应该如何来形容您，在我看来您是完美的化身。"系密特赞叹道。这完全是他的心里话。

格琳丝侯爵夫人盯着他的眼睛看了很久。从系密特的眼里，她能找到的只有真诚。

"如果我告诉你，我原本只是个识不了几个字的村妇，你相信吗？"格琳丝侯爵夫人微笑着问道。这一次她的笑容与往常有些不同。

"不，这不可能！"系密特连连摇着头。他确实认为侯爵夫人在开玩笑。

"这是我不为人知的秘密。我的父亲既不是伯爵、侯爵，也不是达官显贵，他只是一个在小镇上批发葡萄酒的商人。

"当时的我，除了年轻和美貌之外一无所有，但是侯爵爱上了我，为了能与我结合，他让我去做一位年老贵族的养女。那是一场太阳底下的交易：我获得了能够和他结婚的身份，侯爵拥有了我，我的养父则得到了一块领地。

"成为侯爵夫人之后，我极力地想要掩饰自己的身份，我不

停地学习，向每一个人学习。但是因为害怕暴露身份，我从来
不发表意见，甚至很少说话。几十年下来，就养成了刚才你说
的那些美德。

"侯爵去世之后，我很害怕会失去侯爵夫人的身份，从十六
岁开始，我生活的惟一目的便是不让人拆穿这个身份。

"'侯爵夫人'的称号已经成为了我的一切，我付出任何代
价也要保护这个称号。幸好有侯爵生前建立起来的人脉，加上
国王陛下的慷慨，我获得了'宫廷侯爵夫人'这个名号。

"我可以说是如愿以偿。但当我想要在这个属于我的世界之
中安度余生的时候，却突然间发现，我不属于任何一方。多年
的侯爵夫人生活，并没有将我变成一个贵族，因为我直觉中将
他们划为可能发现我身份的人，并不想与他们多接触；但是我
同样也不是贫民，'侯爵夫人'的称号，已经让我再也不可能变
回到那个酒商的女儿。

"系密特，你知道我为什么告诉你这些吗?"格琳丝侯爵夫
人问道。

"不，我不明白。"系密特愣愣地回答道。

"因为我很孤独。这个秘密压抑在我心头太久了，我一直希
望能够找一个可以倾诉的人。你在房间里犹豫不决，我看出来
了，我大致能猜测得出你心里的想法。你很纯洁，还没有被很
多东西玷污。

"而且，你和我一样，虽然有着贵族的身份和地位，但却拥
有着太多与上流社会格格不入的思想。我听说过你的父亲，显
然你和他是同样的人。

"我也知道，你又绝对不可能和理士顿先生他们融为一体，
你不是他们中的一员。"格琳丝侯爵夫人说道。

"那么，夫人，如果您是我，遇到目前这种情况，您会怎么做？"系密特问道。

"我会将理士顿先生推荐给你的哥哥。这无论是对于理士顿先生，还是对于你的哥哥，都是极好 的机会。理士顿先生是一个有才能的人，而你哥 哥显然是个很懂得利用别人才能的人。

"对于你，这同样也是最好的选择，你用不着再为此事而忧虑。"说着，格琳丝侯爵夫人轻轻拍了拍系密特的手背。

看到格琳丝侯爵夫人替自己解开了一直压抑着的心结，再加上听她说出了她一直不为人知的秘密，系密特既感动又感激。一股亲密和温馨的感觉，霎时间涌上了他的心头。

面对这样一位美丽动人的夫人，系密特感到，如果不和她一起分享所有秘密的话，那绝对是对她的背叛。

有了这样的认知，系密特亲密地凑到格琳丝侯爵夫人跟前。

"夫人，我也有一个秘密要告诉你。"系密特抛却了烦恼，脸上露出了灿烂的笑容。

"说来听听。"格琳丝侯爵夫人将身体靠在椅背上，惬意地说道。

"这个秘密是关于我如何翻越奇斯拉特山脉，到达蒙森特郡的。"系密特微笑着说道。

"你总不会想要告诉我那个不为人知的军事机密吧？我在王后陛下的来信之中，听她提到过这件事情。对于军事机密，我可没多少兴趣。"格琳丝侯爵夫人回答道。

"不，不仅仅是这样。我之所以能够翻越奇斯拉特山脉，是因为我在这次旅途之中，接受了圣堂武士的传承，成为了一个力武士。"系密特压低了声音说道。

格琳丝侯爵夫人确实吃了一惊。

一开始她还以为系密特在开玩笑，但她突然想到了那个沉重的盒子，以及盒子里面那一对形状奇特的兵器。

那对兵器是如此沉重，那个最强壮的仆人想要搬动都极为吃力，而系密特却能将它们轻而易举地拿在手中。这超群的力量，确实不是普通人所能拥有的。

"可是你的身材和其他的圣堂武士，相差太大了啊。"格琳丝侯爵夫人疑惑地问道。

"身体的演变过程中出了一些状况。毕竟我不是在圣堂的培养室完成演变的，因此发生了一些变异。"说着，系密特将力量贯注于手臂。

他手臂上的肌肉立刻纷纷隆起。一眼看去便能感觉到，这些肌肉中蕴藏着可怕的力量。

如果说格琳丝侯爵夫人刚才还有一丝疑惑的话，那么现在她已经完完全全地相信，眼前这位少年，确实是力量远远超越常人的圣堂武士。

"你为什么隐瞒这个身份？"格琳丝侯爵夫人问道。

"具有超常力量的圣堂武士为了避免引起世人的猜疑，都选择了一种与世隔绝、自我封闭的生活方式。但是我的本性崇尚自由，因此我只能做一个不为人知的圣堂武士。"系密特解释道。

"那么，你为什么要告诉我这个秘密？"格琳丝侯爵夫人问道。不过看她那充满笑意的眼神，显然她并不是真的很关心这个问题的答案。

虽然知道格琳丝侯爵夫人明知故问，但是系密特仍然希望这位美丽的夫人能够因为他的回答而感到快乐。

　　"我只是想和您一起分享我的秘密，就像您慷慨地将您的秘密告诉我一样。"系密特微笑着说道。

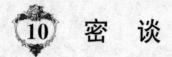

10 密 谈

　　英芙瑞的生活是极为宁静而优雅的，人们仍然维持着一贯的那种和谐安定的生活。对于格琳丝侯爵夫人的别墅来说，与从前惟一的区别就是，餐桌上少了那位理士顿先生。

　　不过这位先生平日里也总是沉默寡言，只有在晚餐的时候偶尔会发表一些言论，因此，他的离去，并没有让人们感到生活中有多么大的变化。

　　对于系密特来说，在英芙瑞的生活变得更加温馨了。自从他和侯爵夫人分享了他们各自的秘密之后，系密特再也不感到寂寞和孤独了。

　　当然，静下心来之后，系密特也曾经想过，当初格琳丝侯爵夫人之所以选择自己当她的丈夫，也许正是因为她内心的孤独和寂寞。

　　这位夫人既不想让外人知道她掩饰已久的真实身份，又希望能够找到一个倾诉的对象，一个排遣忧愁的伴侣。

　　确实没有比选择这样一个和自己年龄相差很多的少年做丈夫，更加合适的了。

　　格琳丝侯爵夫人绝对不会去寻找那种充满浪漫激情的爱情

和婚姻，因为她实在是太在意"侯爵夫人"的身份了。

浪漫而充满激情的情人，可能会泄漏她的秘密。激情总是短暂的，当一切都过去之后，对方也许并不会为她保守秘密。

因此，找一个可以完全控制住的小丈夫，才是惟一正确的选择。

不过，系密特并不想用这样的眼光来看待格琳丝侯爵夫人。在他看来，这个世界上没有任何女人能比格琳丝侯爵夫人更完美了。

不管是天性如此还是由于后天的培养，格琳丝侯爵夫人在扮演"侯爵夫人"这个角色的同时，的确已经将自己塑造成了一位不折不扣的侯爵夫人。无论是气质上，还是才华上，她都是侯爵夫人之中的佼佼者。

系密特同样也很清楚，自从格琳丝侯爵夫人与自己分享了彼此的秘密之后，他们的关系已经基本确立下来了。

格琳丝侯爵夫人想必是经过深思熟虑之后，才做出这个决定的。但是系密特却还没有准备好，要将自己的生活永远捆绑在宁静安详的英芙瑞。

对于他来说，这里无疑是暂时休息最好的地方，但是，他的生命进程还远没有步入寻求宁静生活的阶段，他不可能在英芙瑞永远停留下来。他同样无法想像，格琳丝侯爵夫人可能会放弃这里的宁静，跟随他四处闯荡。

系密特感到很困惑。在这宁静的小镇之中，他可能是惟一一个心中充满困惑和彷徨的人吧。

英芙瑞是如此的宁静，好像和外面的世界完全隔绝开了一样。甚至连奥尔麦那座莽莽森林中的小城市，都没有它这种世外桃源般的感觉。

京城里发生的激烈动荡，在这里只是餐桌上闲谈的话题。外面世界所发生的一切，对于英芙瑞的人来说，仅仅是早晨邮政马车带来的隔天的《拜尔克日报》里面的几行文字。

如果说在英芙瑞有什么令人振奋的事情的话，那便是理士顿先生在他离开两个星期之后，风光无限地回到了英芙瑞。不过，只是回来拿他的行李和书籍的。

在京城，法恩纳利伯爵为他在最繁华的菲尔梅斯大街上买下了一幢豪华公寓。

理士顿先生离开这里到京城去的时候，他搭乘的是傍晚时分路过英芙瑞的邮政马车；当他回来的时候，却已经拥有了自己的豪华马车。

虽然理士顿先生对每一个人都像以前那样客气，但是系密特却清楚地感觉到，他和别人之间好像有了一道隔阂。

在餐桌上，他也变得健谈多了，但是对于政局的评论，却不像以前那样锋芒毕露，而显得小心翼翼。谈到国王的时候，他也总是用"尊贵的陛下""至尊的君王"这一类的字眼来形容。

除此之外，他还到处宣扬：国王陛下即将授予他爵士勋位。

用威尼尔的一句话来说，理士顿先生终于找到了学识和金钱之间的等价换算公式。

理士顿先生在英芙瑞住了三天后，便乘坐着他那辆豪华马车再一次离开这里，到京城去了。

系密特猜测，这恐怕是理士顿先生最后一次住在英芙瑞。

他已经不属于这个宁静安详的地方了。即便他今后再到这里来，也只可能是来拜访格琳丝侯爵夫人而已。对于他来说，这里的其他人，再也不是同一个餐桌上吃饭谈天的伙伴了。

名利狩猎

自从理士顿先生走了以后，英芙瑞重新恢复了往日的宁静。惟一不同的是，格琳丝侯爵夫人吩咐仆人们，为她和系密特收拾行装。

天气一天比一天炎热起来，隆重而热闹的夏日祭，很快就要来到了。每年这个时候，格琳丝侯爵夫人都会离开这个宁静的小镇，到喧闹的京城去。

系密特仍要上格琳丝侯爵夫人为他安排的课程。不过，理士顿先生走了以后，他的课程一下子减少了很多，因此他有了更多的空闲时间。

因为夏日祭的到来，大道上渐渐热闹起来。很多马车从英芙瑞旁边经过，有的时候，他们也会在英芙瑞附近的空地上过夜。

这些马车大多数是从各地赶去京城的巡回剧团和马戏团。为期一周的夏日祭，对于他们来说，无疑是一年之中收获最丰盛的时间。有时候，在一个夏日祭中赚到的金钱，相当于他们一个季度的收入总和。

因此，艺人们绝对不愿意放弃这一年一度的盛大典礼。他们的旅程安排，往往在一年前就已经标定要在这个时候赶去拜尔克。

这些巡回剧团和马戏团就像是准时的候鸟，每年这个时候便从四面八方聚拢过来。

除了格琳丝侯爵夫人之外，还有一些人准备离开小镇到京城去。

斯巴恩便是其中的一个。不过对于他来说，京城的繁华算不得什么，那些从全国各地聚拢到那里的歌唱家和吟游诗人，才是夏日祭真正吸引他的。

魔武士

2

几天前，斯巴恩便带着他这一年来制作成功的几件乐器，跟着一个他很熟悉的剧团到京城去了。

除了斯巴恩之外，威尼尔同样也在收拾行李。作为诗人，他要寻找创作的激情和灵感，狂欢热闹的夏日祭能够赋予他所需要的东西。

至于罗莱尔先生，京城中有债主等着他，而格琳丝侯爵夫人的领地是他惟一能够寻求保护的避风港，因此他是绝对不会离开这里到其他地方去的。

还有米开罗，虽然他是个画家，不过他属于田园风景画派，夏日祭那热闹的场面，他根本不屑一顾，因此他也绝对不会离开英芙瑞到京城去。

斯巴恩的离开，让系密特觉得少了一个能够谈天的伙伴。

在英芙瑞，他和斯巴恩最谈得来，其次便是威尼尔。但是最近这段时间，威尼尔有些心不在焉，显然他正在为即将到来的夏日祭准备新的诗篇。

格琳丝侯爵夫人则只是喜欢听别人谈话，她很少发表意见。那次他们互相吐露秘密的长谈，对于她来说，已经极为难得了。

剩下来的两个人中，系密特是绝对不会去主动招惹米开罗的。米开罗的言辞极为犀利，他的冷嘲热讽总让系密特感到很不好受。而他也是所有人中和系密特最保持距离的一个。

因此，现在系密特惟一能够交谈的对象，便是罗莱尔先生。

和往常一样，午餐过后，系密特便四处找寻罗莱尔先生。终于在别墅后面的花园之中，他找到了躺在花丛间的草坪上面的罗莱尔先生。

"嗨！您好像很悠闲的样子。"系密特站在罗莱尔先生旁边，低着头说道。

　　虽然在英芙瑞住了不短的时间，系密特却仍然无法适应躺在地上和人交谈的方式。至少他自己从来没有尝试过。

　　"人老了，一到夏天就不想动了。"罗莱尔先生淡淡地说道。

　　"大家都要到拜尔克去了，你为什么不和我们一起走？"系密特问道。

　　"你不是明知故问吗？在京城中我有很多债主。"罗莱尔先生枕着自己的胳膊说道。

　　"如果真是这样的话，你应该躲得更远一些才是。英芙瑞离京城这么近，那些债主说来就来了。我看你根本就不怕他们吧。"系密特笑着说道。

　　"有侯爵夫人庇护着，我的那些债主不敢把我怎么样。但是到了外面可就难说了。"罗莱尔先生长叹了一口气。

　　"你怎么会欠别人钱的？"系密特一直对这个问题很感兴趣。

　　罗莱尔先生看了看系密特，无精打采地说道："那时候，我实在太年轻，而且因为很早便功成名就，满脑子都是飞黄腾达的念头。那时候的我，就和现在的理士顿先生差不多，只可惜我没有他那样的运气。

　　"曾经有一度，我极力想要挤进你们那个不属于我的世界，可大多数人都看不起我。那时候，对于任何愿意跟我接近的人，我的心中都充满了感激。

　　"为了能跻身于高贵阶层，我花费了我所有的积蓄，让那些人帮我上下打点。到了后来，我的钱都花光了，还欠了他们一屁股债，最终换来的，却只是几句空口承诺。

　　"我能够居住在英芙瑞，还多亏了米开罗，是他把我介绍给了格琳丝侯爵夫人。那时候，我正陷于重重的官司之中，侯爵夫人替我到法政官署说了几句话，又跟长老院和几位议员打了招呼，那些讨债的状子，才被法院以无效借贷为由给驳回了。但是，那些债主还是三天两头找我的麻烦，我只能躲到英芙瑞来。"

"你欠了多少钱?"系密特问道。

"忘了。年轻时过于冲动，很多事情都没有经验。我以为他们没有替我办成事情，就不会逼我给钱，因此毫不犹豫便在借条上签了字……总数大概有五十万金币吧，也许更多。"罗莱尔先生语气低沉地说道。

"你和我的哥哥好像早就认识?"看到罗莱尔先生神情沮丧，系密特连忙转了一个话题。

"是的，他和我一样，当时也是四处钻营。不过他比我可聪明得多，很早便发现那些接近我们的人来意不善，早早地就抽身而退了。"罗莱尔先生淡淡地说道。

"我哥哥当时提醒你一下就好了。"系密特惭愧地说道。

"没有用的。那时候的我，已经被热情冲昏了头脑，别人的劝告我根本就听不进去，米开罗当时曾经劝过我。但是我差点和他绝交。"罗莱尔先生的语调有些哀伤。

"也许，你现在到京城去，已经不会有事了。你还可以像理士顿先生那样，在京城找到一个能够施展你才华的职位。"系密特笑着说道。

"我已经老了，没有以前那份雄心壮志了。当年的经历也让我看透了那个世界，那里并不欢迎陌生人。不属于那里的人，无论花费多大的力气，都无法在那里扎下根基。

"我是如此，理士顿先生也是如此。他早晚会发现这一点的。而你的哥哥同样如此，因为他并不属于京城，他是一个外来人。这就是他跟别人的区别。"

"即便是那位法恩纳利伯爵也差不多。你看现在，即使他受到国王陛下的恩宠，却仍然遭到排挤。如果他是那个世界的人的话，那个世界早已经接纳他了。"罗莱尔先生说道。

听到这一番话，系密特默默地点了点头。

罗莱尔先生并不是一个眼光独到、感觉灵敏的人物，这可以从晚餐时众人的交谈之中看出来。但是在这件事情上，确实没有什么人，比亲身经历过这一切的他看得更加深邃的了。

"也许你说的对，不过，每一个人的情况都是不同的。法恩纳利伯爵是怎样一个人，我不敢胡说，但是我很清楚我的哥哥。如果那个世界完全拒绝他的进入的话，他会将自己和那个世界打个稀烂，再搅拌在一起。"

说完这一切，系密特转身离开了花园。他要找一个安静的地方，独自一人好好待着。

有的时候，宁静确实有它的好处。而在英芙瑞，能让他感到宁静的地方有很多。

那次的交谈之后，有好几天的时间，别墅都笼罩在一种沉闷的气氛当中。幸好当系密特和格琳丝侯爵夫人动身离开的时候，罗莱尔先生已经渐渐从消沉中恢复了过来。

系密特一直在为回到京城之后，是住在格琳丝侯爵夫人的宅邸，还是回到自己家而犯愁。终于，格琳丝侯爵夫人有一天告诉他，在夏日祭庆典到来之前，他们将住在京城远郊的王家避暑庄园之中。

京城有头有脸的贵妇人们，全都会在夏日祭庆典前的一个星期内集中在那里。那是一个时间很长、规模庞大的上流社交聚会。这个时候，这些贵妇人的丈夫们，往往是在忙碌地进行夏日祭庆典的准备工作。

那可能是在一年之中，仅有的几个能让那些清闲到无聊的官员们忙碌起来的机会。

因此，在王室避暑庄园中举行的这个聚会，成为了贵妇人们互相结识和增进联系的盛会，同时也是将她们的子女介绍进入她们那个世界的大好时机。

对于格琳丝侯爵夫人来说，这同样也是让所有人尽快接受系密特的最佳机会。

因为在这个聚会中，至高无上的统治者并不是那位国王陛下，王后才是一切的主宰。而王后陛下，正是她的密友。

当然，要让别人接受，除了王后陛下的鼎力相助之外，系密特本身的素质也是相当重要的。

格琳丝侯爵夫人对此倒不担心。系密特有着历代圣堂武士的记忆，而那些圣堂武士，无一不是智慧高超的人物。拥有这些记忆的系密特，远比同年龄的少年要成熟得多。再加上此前系密特在英芙瑞学的那些东西，无论在礼仪举止，还是在学识见闻上，现在的系密特，绝对不是普通人能够比得上的。

除此之外，平日晚餐时的交谈，也大大地扩展了他的见识，让他看待问题更加深刻准确。

凭着这一切，想要让系密特崭露头角并不困难。

格琳丝侯爵夫人惟一担心的是，塔特尼斯伯爵在这一次的挤兑风波中得罪了太多人，他们的夫人可能会刻意排挤系密特。

没有人比格琳丝侯爵夫人更加清楚，夫人们要暗中进行争斗会有多么可怕，她们可是什么手段都能施展出来。造谣、诽谤、恶意的煽动，这些男士们可能有所顾忌的手段，她们都可以毫不在意地拿来使用。

　　因此，让系密特识别那些可能对他存有恶意的贵妇人，成了格琳丝侯爵夫人一路上的主要工作。

　　从英芙瑞到王室避暑庄园，只用了大半天的时间。到了那里的时候，正好是黄昏时分，天气已经没有正午时那样炎热了，时而还刮过一阵凉风。

　　贵妇人们聚集在这里，守卫自然相当严密，庄园四周不时地有一队队骑兵巡逻通过。通往庄园的道路，也已经有王家骑士严密把守。系密特亲眼看到，很多马车被这些王家骑士驱赶了回去。

　　不过，格琳丝侯爵夫人的马车，对于这些王家骑士来说，显然已经相当熟悉了。每一次他们还没有到达之前，王家骑士就已经列队迎接了。

　　虽然迎接仪式极为隆重，但盘查同样森严。除了系密特和格琳丝侯爵夫人以外，其他仆人全被带到旁边的小房子里仔细搜身。行李物品同样也被彻底仔细地检查了一遍，甚至连格琳丝侯爵夫人存放衣物的那几个箱子都没有放过。

　　不过骑士们最在意的，是能够藏在身上的武器。

　　系密特的那两把巨大而沉重的弯刀，反倒没有被他当做是凶器来看待。在他们看来，用这样笨重的武器行刺国王和王后，根本就是不可能的事情。

　　只有一位骑士队长向格琳丝侯爵夫人询问过，这件武器是派什么用场的。侯爵夫人淡然地告诉他，这个东西只是带来给国王陛下欣赏欣赏。

　　那个骑士队长，立刻便相信了侯爵夫人的话。

　　国王陛下对于武器的喜爱，正如他的慷慨大方一样闻名天下。更何况，这一对巨大而沉重的武器，怎么看都只能用来欣

魔
武
士
②

赏欣赏。在这位骑士队长看来，没有人会拿着这样的武器冲锋陷阵或者去行刺国王。

经过了多道哨卡之后，系密特和格琳丝侯爵夫人总算进入了庄园。

刚刚进入庄园，映入眼帘的便是一个巨大的湖泊。湖岸上种植着一排垂柳，靠近岸边的湖面上，漂着些浮萍和水草。

进入庄园之后，系密特和格琳丝侯爵夫人便从马车上下来了，他们的行李自然会有侍从搬到房间去。

庄园之中备有专用的敞篷马车。金色的栏杆配上黑色的车厢，外表虽然千篇一律，但是颇能彰显出王室的气派和尊严。

驾驶马车的全都是相貌英俊的青年男子。他们身上穿着白色的制服，肩膀上佩戴着勋徽。不过那只是为了美观，并不代表他们是军人。

站在这些马车前面的，是一位仪表肃然的白发老者。不过看起来他保养得相当好，脸上的皱纹并不明显。

"格琳丝侯爵夫人，很高兴再一次见到您！王后陛下很想念您，正盼着您的到来呢。"那位白发老者微笑着说道。

"侯爵大人，您最近身体可好？"格琳丝侯爵夫人客气地问候道。

"年纪大了，还能怎么样呢？倒是您，显得越来越年轻了，是不是因为有了您身边这位先生的缘故？"

白发老者一眼便看出了系密特的身份，这种事情在他们这个圈子里面并不稀奇。

更何况，以格琳丝侯爵夫人的精明，所有人都相信，这位侯爵夫人会做出这样的选择。

"阿贝侯爵，我为您介绍一下，这位是系密特·塔特尼斯先

230

生，塔特尼斯家族的幼子。他这一次作为我的同伴，和我一起参加王后陛下召开的盛会。"格琳丝侯爵夫人扶着系密特的肩膀，将他推到了前面。

"塔特尼斯家族？哦，那是最近京城之中，声名最著的名门望族。"白发老者显然有些惊讶，他上上下下地打量着系密特。

作为宫廷总管，他多少听说过一些有关这位少年的事情。

翻越不可逾越的奇斯拉特山脉，并且带来了使战争发生转机的军事机密；在请功的呈文之中，却被人将功勋记录抽掉……所有这一切，都让这个少年成为了一个令人印象深刻的人物。

更何况，为了请功呈文的事情，国王陛下大发雷霆，为此而裁撤掉的官员不下二十人。虽然那都是些无关大局的小人物，但是这件事情，在宫廷中引起了极大的轰动。

这位宫廷总管怎么都无法将眼前的系密特，和那个最近把整个京城搅闹得天翻地覆的塔特尼斯家族联系在一起。

"很荣幸和您见面，塔特尼斯先生。"宫廷总管惊讶过后，立刻恢复了原来彬彬有礼的样子说道。

"对了，格琳丝侯爵夫人，还有塔特尼斯先生，你们选择好你们所佩勋带的颜色了吗？"

宫廷总管挥了挥手，身后立刻走过来一位手拿托盘的年轻侍从。托盘上整整齐齐地叠放着五颜六色的勋带。

"我还是和往年一样，选择淡紫色的好了。"格琳丝侯爵夫人回答道。

系密特则挑选了一条红色勋带，因为这种颜色让他想到了力武士的记忆核晶。

将勋带佩戴好之后，系密特跟在格琳丝侯爵夫人身后登上了马车。马车缓缓驶动起来。

2

马车绕过大湖，转过一片树林之后，在一片极为宽阔的草坪前停了下来。草坪正中央有一座宫殿。

那座宫殿，如同一头正要展翅翱翔的雄鹰。弯曲围拢过来的两条长廊是雄鹰的双翼，正中央那座高耸的巨大尖顶，便如同雄鹰的身体。

在来的路上，系密特已经听格琳丝侯爵夫人说起过这座宫殿的名称。正如这座宫殿外表所展现的一样，它的名字是："奥墨海"宫。

"奥墨海"是一种擅长在空中长时间翱翔的鹞鹰的学名。七世时代的宫廷贵族们，曾经风行饲养这种鹞鹰用来捕猎。

马车缓缓停在靠近奥墨海宫的湖岸边上。这里整整齐齐排列着长长一串马车，显然是为了让贵族们随意使用而安排的。

现在是黄昏时刻，很多人在草坪上散步。在这个季节，黄昏是惟一适合散步的时间。

中午的太阳和晚上渐渐增多的昆虫，使得人们在那些时候更愿意待在屋子里；清晨，对于贵族们来说，则是睡眠的最好时间，在清晨散步，是他们完全不会考虑到的事情。

格琳丝侯爵夫人显然并不打算先和那些在草坪上散步的贵妇人打招呼，她领着系密特径直向宫殿走去。

凭着从罗莱尔先生那里学到的知识，系密特一眼便看出，这座宫殿是七世时代某位大师的杰作。

因为这里所有的梁柱都经过巧妙的设计，紧密地锁在一起。七世之后，建筑师们更喜欢用侧梁加横梁这种比较简单的建筑形式，交叉互锁的结构已经荡然无存。

作为王室建筑，这座宫殿自然装饰得金碧辉煌。无论是自家的宅邸，还是格琳丝侯爵夫人的卧室，都不能和这里相提并论。

整座宫殿简直就是黄金和大理石的完美组合。珍贵的艺术品和精致的工艺品，也点缀得到处都是。

不过，这里的家具倒没有可圈可点之处。这些家具的风格品味绝对比不上格琳丝侯爵夫人卧室中的那张大床和梳妆台，甚至也比不上系密特家的那些时尚家具。

这座宫殿之中，最能够显示出王室气派的，既不是宫殿本身，也不是那些珍贵的艺术品，而是四周站立或走动着的侍从们。

这些侍从大多出身于贵族世家。很多人的身份和系密特差不多，他们或是家中的次子，或者是家族的旁支。

在宫廷中服侍国王陛下，是迅速进入仕途的捷径。即便今后不打算担任公职，在国王陛下身边，得到爵位晋升的机会也远比在其他地方多得多。慷慨的国王陛下，对于宫廷爵位从不吝啬。

这些爵位除了不能够世袭，也没有领地之外，名义上和正式的爵位没有什么两样。这些人退休之后，长老院也会给他们一个子爵的爵位。

担任政府公职的那些人，辛辛苦苦干上几十年，运气好的到了退休的时候，也只是能得到一个子爵的称号。因此，很多人钻营着想要为宫廷服役。

不过，能够为宫廷所认可的，只有那些相貌堂堂、仪表端庄的贵族子弟。因为是在王室成员的眼皮子底下，没有人敢在挑选宫廷侍卫这件事情上动手脚，所以，在这里绝对找不到相貌稍微差一点的人物。

看着这些身着华丽的宫廷礼服走来走去的侍者，系密特很庆幸，自己没有成为他们中的一员。

在奥尔麦的森林中的日子，以及其后在前往蒙森特旅途之中的经历，让系密特再也无法忍受拘谨的生活，他宁愿选择贫困但是自由的生活。

系密特正在胡思乱想，突然他感到格琳丝侯爵夫人在他的背心上轻轻地拍了一下，系密特一下子清醒过来。只见王后和几位贵妇人正慢慢向这里走来。在王后的身边，还跟着那位曾经见过一面的王太子。

系密特之前从来没有见过王后陛下。王后看上去比格琳丝侯爵夫人大几岁，微微有些发福。不过她也有一双很漂亮的眼睛。她的头上戴着轻便的王冠，脸上露出欣喜的笑容。

那位王太子殿下，则被打扮得像一个洋娃娃。

他被金色的丝绸紧紧地包裹起来，腰上围着一条很宽的腰带，身上斜披着一条金色和红色交织在一起的勋带，头上顶着一个酒杯大小的王冠。

和自己当初的遭遇比起来，这位王太子殿下显然更加可怜。他的眉毛显然是后来画上去的，不知道原来的眉毛是被剃掉了呢，还是就像女人们一样，用镊子拔干净的。

格琳丝侯爵夫人和系密特必恭必敬地向王后陛下行了个礼。

"密琪，你总算来了，我已经打算派专人去接你了呢。"王后笑盈盈地将格琳丝侯爵夫人的手拉起来说道。

随后，她的脸一转，看着系密特说道："密琪，这位就是你在信里提到过的，塔特尼斯家族的幼子吧？"

"母后，我可以和系密特一起玩吗？"王太子殿下说道。

到塔特尼斯家族拜访的那一次，系密特让他印象深刻。

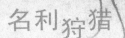

当然那个到处是花园的奇怪房子，同样让他记忆犹新。只可惜后来父王再也没有带他去过那里。

对于这位十二岁的小王子来说，塔特尼斯家族的那座豪宅，无疑是个最有趣的游乐园了。

"这样也好。密琪，我正想和你好好聊聊。塔特尼斯先生可以和王太子待在一起，我想他们肯定会成为好朋友的。"王后陛下点了点头说道。

看到母后答应，那位小王子立刻走过来，一把拉住系密特将他带走了。旁边几位侍卫立刻跟了上去。

虽然系密特只是一个少年，好像不构成什么危险，但是王太子殿下是绝对不能单独和陌生人待在一起的。无论什么情况下，那些侍卫必须跟在身边。

看到系密特走远，王后陛下将格琳丝侯爵夫人带到了旁边的小客厅之中。宫廷侍女和侍从们，被屏退在小客厅外面。

"密琪，你让我感到为难。塔特尼斯家族的人，在这里恐怕不会受到欢迎。"王后直截了当地说道。

"王后陛下，您和国王陛下恐怕并不想看到，长老院和内阁大臣组成的联盟，与法恩纳利伯爵和塔特尼斯伯爵组成的联盟发生冲突吧？我也一样。我和长老院的关系相当密切，我也不想看着那些老朋友陷入灭顶之灾。

"王后陛下，您应该看得十分清楚，国王陛下这一次是认真的。他现在手中拥有法恩纳利伯爵和塔特尼斯伯爵这两个厉害人物，而长老院里面的那些人，无论从能力上还是精力上，都比不上他们俩。

"国王陛下要的，无非是让这两位伯爵进入长老院和内阁，那里的位子有的是，哪在乎这两个？长老院和内阁又何必要闹到现在这步田地？

"长老院和内阁固执己见，极力想要排斥这两位国王陛下看重的伯爵大人，弄得国王陛下恼羞成怒，要将整个长老院和内阁都打碎，然后重新任意塑造，这值得吗？

"按照我前夫侯爵大人的话来说，这不是政治，而是意气之争！现在国王陛下和长老院、内阁的先生们，恐怕都有些意气用事了吧！

"这样下去，事情恐怕只会越弄越糟！现在我们这些女人应该做的，只有让双方的关系尽可能转缓，而不是加剧互相之间的摩擦。"

格琳丝侯爵夫人将她早已想好的一套说辞讲了出来，王后陛下显然已经被这高深莫测的一番话说服了。

和格琳丝侯爵夫人这番条理清晰、论据充分的话比起来，其他那些贵妇人的抱怨根本就苍白无力。

王后陛下原本就对那些怨言颇为头痛。作为国王的妻子，她绝对不可能违背国王陛下的意愿。但是她的家族却是长老院的中坚分子。国王和长老院之间的纷争，对于她来说，便是丈夫和父亲、哥哥之间的摩擦。身处这两者之间，王后陛下的日子也颇为难过。

她惟一的办法便是置身事外。但是别人偏偏不让她得到安宁……

现在，格琳丝侯爵夫人倒是给她指了一条明路：与其任由他们两方面拼得你死我活，还不如想办法逼迫他们互相妥协。

让长老院和内阁承认法恩纳利伯爵和塔特尼斯伯爵，让那两位伯爵答应，绝对不排挤原来的长老院成员，这种确保两方面利益和地位的方法，也许才是真正合适的做法。

"密琪，对于政治，我几乎是一窍不通。你是我们之中最精明强干的一个，这件事就拜托你了，我会给你必要的支持和协助。"王后说道。

"王后陛下，您能不能将伊诺侯爵夫人先请到这里来？您知道，伊诺侯爵夫人一向小心谨慎，她应该比较容易接受我的意见。而尊敬的议长先生，对他的妻子是言听计从，这是众所周知的事情。"格琳丝侯爵夫人笑着说道。

"只要我们突破了伊诺侯爵夫人这一关，事情就迎刃而解了。另外，就是要将埃莲争取过来。

"她是您的弟媳，而且和你我的关系一直相当密切，想要说服她恐怕不难。有了她和我们站在同一阵线，长老院和内阁的那些重臣，便不可能联合成为一个坚强的整体，他们必然会向国王陛下和您妥协的。"格琳丝侯爵夫人进一步解释道。

王后陛下点了点头，她站起身来向门口走去。

在宫殿之中，系密特被那位小王子拉着四处乱转。

"这是我的游戏室。不过我更喜欢你的那个游戏室。"小王子推开一扇装饰得极为精美漂亮的门。

那里简直就是一个玩具店，到处都放着制作精美的玩具。其中最显眼的，是一匹精雕细刻的木马。

"这是我的骑士和将军，我的无敌军团！"小王子指着旁边一个玻璃柜子里整齐排列着锡铸的士兵模型说道。

"不过，它们不会动，不像你拥有的那些活动木人。"小王子摇着头叹息道。

他所说的那些活动木人，实际上是系密特为了演练招式而制作的一些关节能够活动的假人。

小王子看见那些假人就颇为欣喜，要不是因为当着父王的面他不敢放肆，他早就想办法，叫人将那些木人搬回来了。

"哦，我正在制作更精致的木头士兵，它们不但手臂能活动，甚至还有会活动的手指、嘴巴和眼睛。"系密特笑着说道。当然这一切他都是在信口开河。在奥尔麦森林与小墨菲待在一起的那段日子，使他早已精通了怎样逗弄小孩，怎样让这些小孩将自己当做心目中的大人物。

果然，听到这话，小王子眼睛瞪得溜圆，兴奋得跳起来。

"你制作成功以后，一定不要忘记带来让我看看。"小王子用既像命令又像恳求的口吻说道。

还没等系密特答话，小王子突然想起了什么，兴奋地说道："对了，你当我的贴身侍卫官好了，这样你就可以天天在我身边啦！"

"不，不，不。我喜欢四处旅行，宫廷里面的天地太狭小了。"系密特连忙推辞道。他可不愿意像那些侍卫一样被宫廷牢牢束缚住。

"四处旅行？旅行有什么意思？整天坐在马车里面，而且还没有玩具，不能随意走动……"小王子嘟囔道。

"女孩子最喜欢的洋娃娃，你感兴趣吗？"系密特问道。

"谁会喜欢那个！"小王子嚷嚷道。

"但是女孩子喜欢。你喜欢的这些士兵，大概没有哪个女孩子愿意和你一起玩吧！所以，我为什么会喜欢旅行，也是没办法能和你说得清楚的。"

"你要是肯当我的贴身侍卫官，将来我就让你做帝国元帅，这总可以吧！"小王子还是不想放弃。

"我不想做你的贴身侍卫官，不过你一旦有了危险，我一定

会来保护你；我也不想做帝国元帅，但是我会尽我的力量，守护这个国家的平安。"系密特郑重其事地说道。

"说话算话！如果我有了危险，你一定要保护我！"小王子仰着头说道。

"我发誓。"系密特将右手放在胸前说道。

"你是我最好的朋友！来，我带你参观我的收藏，它们是我的宝贝。"小王子高兴地拉着系密特往外面走去。

在小客厅里面，王后陛下和格琳丝侯爵夫人的面前，端端正正地坐着一位雍容华贵、紧皱着眉头的老妇人。

"伊诺夫人，你应该很清楚，格琳丝夫人刚才所说的一切并非危言耸听。请你静下心来想一想，如果长老院一定要排挤法恩纳利伯爵和塔特尼斯伯爵，那么国王陛下会如何对待长老院的各位？

"如果真到了针锋相对的时刻，虽然我的家族在长老院占据重要席位，但我仍不能站在他们那一边啊！我毕竟是这个国家的王后，我的孩子是未来的国王。"王后语气凝重地说道。

"是啊，伊诺夫人，让长老院接受两位伯爵大人难道就这样困难吗？这并不是生存和死亡的抉择，为什么大家都一定要弄到不可收拾的地步？

"再这样闹下去，恐怕双方不得不用生死之战来决定一切了，但是，军方会听谁的命令，是长老院还是国王陛下？

"更何况，这一次挤兑的风潮，绝对是有人蓄意煽动起来的。但是塔特尼斯伯爵棋高一着，他利用这次挤兑，反制了煽动起挤兑风潮的人。

"为了一己之私利，造成挤兑国库债券这样后果严重的事，一旦被查出来，那可是重大罪名！国王陛下完全可以命令解散内阁，清洗长老院！这已经是在玩火了。

"塔特尼斯伯爵对这一切了然于胸，他甚至事先将京城的金票全都订购一空，用这种方法为国库增添了可观的收入。对于煽动起这场挤兑的人，难道他还会一无所知？议长大人为了一个将脖子自动伸进绞索中的人物，而和国王陛下撕破脸面，值得吗？

"我想，有王后陛下在一旁周旋，也许大家都应该乘机收手。亨利侯爵一生为国操劳，国王和王后陛下体念他多年辛劳，可以不再追究这次的事情。长老院也该退一步，这样双方都能够相安无事。"格琳丝侯爵夫人滔滔不绝地说道。虽然她平时寡言少语，不过，时常旁听学者们的谈论，她多少也学到了一些辩论之道。

看到这位议长夫人的神情中，渐渐显露出一丝追悔莫及的神色，格琳丝侯爵夫人向王后陛下暗中使了一个眼色，现在，应该是王后陛下亲自施压的时候了。

对格琳丝侯爵夫人发出的信息，王后陛下自然心领神会。

"伊诺夫人，请你将这一番话带回去转告议长大人。我想明天早晨，你应该会给我一个答复。马车我已经吩咐侍卫们为你准备好了。"王后陛下平静地说道。

议长夫人唯唯诺诺，从小客厅退了出去。另外一位夫人在侍卫的陪同下走了进来。她一看到格琳丝侯爵夫人，立刻就微笑着靠了过去。

"王后陛下，您召见我有什么事情吗？没想到密琪已经到了这里，我还在到处找她呢！"那位夫人说道。

"埃莲，我和密琪有事情和你商量。你先坐下。"王后神情

严肃地说道。

　　那位夫人显然也发现气氛有些不对，她慢慢地坐到旁边的沙发上。

　　"埃莲，我曾经告诉过你，我为自己找了一位小丈夫。"格琳丝侯爵夫人说道。

　　那位夫人微微翘起嘴唇，如果不是因为此刻小客厅里的气氛过于严肃，她肯定会戏弄好姐妹两句。

　　但是格琳丝侯爵夫人接下来说的那句话，差一点让这位夫人跳起来。

　　"他是塔特尼斯家族的幼子——系密特·塔特尼斯。"格琳丝侯爵夫人双眼紧盯着自己的好朋友，她想看看埃莲到底会有什么反应。

　　"你这样说的意思，是不是你我之间的交情就此结束了?"埃莲板着面孔说道。

　　"埃莲，我不得不说，你的丈夫——故里埃斯先生是个傻瓜! 照理说他在长老院待的日子也不短了，但是我敢说他根本就不懂政治!

　　"我记得我的前任丈夫在世的时候曾经说过: 政治是交易，同样也是赌局。政治的原则就是和强者一起玩，而不是和强者作对家。我相信，你的丈夫当年同样听说过这句话。如果他不是傻瓜他就应该知道，亨利侯爵和法恩纳利伯爵之中，谁才是真正的强者。

　　"我记得我的前夫还说过一句话: 政治中没有永远的盟友，也没有终生的仇敌。既然在第一回合之中，亨利侯爵已经惨遭失败，他还让很多盟友遭受了惨重损失，为什么还要捧住他不放呢?

"更何况，故里埃斯先生到底想要怎么样？要为了亨利侯爵，与国王陛下针锋相对吗？亨利侯爵和他是什么关系，而国王陛下和他又是什么关系，他难道连这个都没有考虑清楚吗？

"只要王后陛下的地位不动摇，故里埃斯家族的地位也绝对不会动摇，这样浅显的道理，他堂堂长老院主事大人，怎么总搞不清楚！

"把长老院中最无能、最软弱的家伙中随便哪个挤下去，换上一个国王陛下宠幸的大臣；将惨遭失败的财务总长踢开，换上一个更懂得经营的人物，这样既能保证自己的利益不受损害，又不会破坏和国王陛下之间的关系，这是不是一种更好的政治？

"埃莲，你别忘了，如果长老院在争端中得胜，国王陛下的威严受损，王后陛下的威严同样也会跟着受损。而故里埃斯家族在长老院之中，并不是惟一能够发号施令的家族，你们和其他人分享那一点点胜利成果，划算吗？

"更何况，如果长老院中再有人损害故里埃斯家族的利益，国王陛下和王后陛下还能为你们撑腰吗？

"埃莲，我实在是弄不懂，故里埃斯侯爵为什么要帮助外人，来对付自己的亲姐姐？"

格琳丝侯爵夫人对于好朋友，采取的是动之以情的方针。

这一番话，直说得埃莲和王后陛下眼圈红红的，鼻翼翕动，一副忧愁哀伤的模样。

"埃莲，如果你还将我当朋友，故里埃斯侯爵还将王后陛下当姐姐的话，你今天晚上就尽快赶回京城，将这番话告诉侯爵大人，对他说明其中的利害关系。并且告诉他，国王陛下绝对不会放过亨利侯爵，让他尽快斩断和亨利侯爵之间的一切联系。

"同时，国王陛下绝对会重用法恩纳利伯爵和塔特尼斯伯爵，如果故里埃斯侯爵打算获得更多利益的话，他就应该尽早地与这两位伯爵大人接触。

"我想，国王陛下和两位伯爵是绝对有办法，让最早与他们合作的先生们得到最大好处的。别忘了，塔特尼斯伯爵手中还握着大量的国库债券呢，他同样有办法使那些贬值的金票重又变得值钱起来。"

格琳丝侯爵夫人施展起利诱的手段。

埃莲看着自己的好友，破涕为笑："密琪，我现在发现你实在是太精明了！只可惜你不是一个男人，要不然，你绝对不会比那个塔特尼斯伯爵逊色多少。让你来做长老院主事，倒是相当合适。"

"我哪里精明啊？只不过是以前在侯爵身边，听得多了，也看得多了，多少也受了一点影响。

"至于那位塔特尼斯伯爵，他的资历尚浅，还需要磨炼一番呢！他的行事风格有太多锋芒。"格琳丝侯爵夫人故作高深地说道。

不过这番做作确实有了作用，埃莲连连点头。

将故里埃斯夫人打发出去之后，无论是格琳丝侯爵夫人还是王后陛下，都松了口气。

"密琪，埃莲说的一点没错，你不是男人真是太可惜了。"王后笑着说道。

"当男人有什么好？整天忙着勾心斗角。我们女人的乐趣，他们享受得了吗？"格琳丝侯爵夫人同样回以甜蜜的微笑。

"对了，你怎么会挑选塔特尼斯家族的幼子来做你的小丈夫？这件事情，我早就听你提起过，那时候，塔特尼斯伯爵还没有到达京城呢，他不至于如此深谋远虑，那么早就为自己在

2

京城的发展铺路吧?" 王后陛下问道。

"系密特和他的哥哥完全不同,他很像他传闻中的父亲。你应该听说过,有一个人放着贵族不做,而和平民混在一起,化身为吟游诗人四处旅行,那就是老塔特尼斯伯爵。

"而且那个时候,塔特尼斯伯爵也没有现在这样功利。他和我谈起这件事情的时候,七成是为了他自己,不过另外三成,倒确实是为了他的弟弟考虑。

"反正我正想寻找一个合适的小丈夫,自然就答应下来了。"格琳丝侯爵夫人笑了笑说道。

"只可惜等到他长大了,你也已经老了,可能已经对女人能够享受到的那种生活乐趣失去了兴趣。"王后陛下抿着嘴含蓄地说道。

听到这句话,格琳丝侯爵夫人心头一动。

"王后陛下,如果方便的话,能不能为我准备一个'包厢'?"格琳丝侯爵夫人说道。她的脸泛起了阵阵红潮。

王后显然极为讶异。她压低了声音,凑到格琳丝侯爵夫人的耳边问道:"密琪,难道你想要摧残幼苗?太心急了吧。"

"也许受到摧残的,可能是我自己也说不定。"格琳丝侯爵夫人的目光闪烁不定,眼神之中露出一丝诡异的笑意。

看着格琳丝侯爵夫人的表情,王后陛下好像知道了什么似的,她点了点头说道:"密琪,其实我早就为你们准备好了'包厢',但并不是因为现在这个原因。我考虑,在长老院和两位伯爵的矛盾没有解决之前,你们最好还是住得离其他人远一些比较合适,不过这样正好方便你们单独相处。"

格琳丝侯爵夫人体谅地点了点头。

就在她们俩抛开了各自的身份,像两个久别重逢的好姐妹

名利狩猎

一样在小客厅之中窃窃私语的时候，门外一阵骚动。

王后陛下打开门，向门口站立着的侍女询问发生了什么事。

"王后陛下，王太子殿下正在小教堂为小塔特尼斯先生进行替身骑士的授予。"那位侍女连忙回答道。

"小孩子的把戏。"王后笑着说道，"王太子殿下和小塔特尼斯先生玩游戏，为什么有那么多人去凑热闹？"

"王后陛下，为王太子殿下主持仪式的是教宗陛下。虽然这只是一场游戏，但是有教宗陛下参加的游戏可不常见。"那个侍女连忙解释道。

"教宗陛下？他也来丹摩尔了？"跟在王后身边的格琳丝侯爵夫人疑惑地问道。

"为了魔族入侵的事情，两个月以前教宗陛下便离开教廷到达了丹摩尔。不过，这件事情作为最高机密，一直被严格封锁。此外，不但教宗陛下，圣廷的大长老陛下也已经到达了京城。"王后解释道。

突然之间她笑了起来："看样子塔特尼斯家族崛起的势头是不可阻挡的了。当今国王陛下如此宠幸大塔特尼斯，而王储则将小塔特尼斯当做最可以信赖的朋友，那些看到如此场面的人，不知道心中还会有什么样的想法？再加上教宗大人的名望……虽然这仅仅是一场游戏，不过恐怕明天报纸的头版，全都要给这个消息占据了。这场游戏的影响可太大了。"

"王后陛下，那么我们是不是也去凑个热闹？能够参与这样一场盛况空前的游戏，想必不是经常能有的机会吧。"格琳丝侯爵夫人微笑着怂恿道。

王后陛下自然明白自己好友心中的想法。趁此机会让系密特拥有一种潜在的地位，对于他日后在宫廷之中站稳脚跟，确实相当有利。

自己的好友为她的小丈夫考虑得相当周到。

不过，王后陛下也确实极力想拉拢塔特尼斯家族。毕竟从自己的丈夫——国王陛下的态度看来，让塔特尼斯伯爵入阁，已经成为了一个不可动摇的想法。

原本因为自己的家族属于长老院的体系，王后陛下并没有十分接近塔特尼斯家族，但现在有必要改善与塔特尼斯家族的关系了。这不仅仅是为了自己的家族，更是为了自己的孩子。

自己的孩子将是未来的国王，如果在他手中有两位本领高超又忠心耿耿的大臣，他这个国王当起来肯定要轻松和舒服许多。至少他用不着像自己的丈夫那样，整天为了各种政务，为了调和各方面的利益冲突而愁眉不展。

想到这里，王后陛下朝身边站着的好友微微点了点头，带着众多的侍从，浩浩荡荡地向小礼堂走去。

《魔武士》未完待续……

网 友 酷 评

　　此书巧妙地借鉴了大家多接触过的暴雪精品游戏"星际争霸"里的种族设定，但是又避免了盲目的抄袭，而是运用巧妙的构思重新塑造了人类和神族结合而成的新的圣堂武士，虫族兵种原始的构架也进行了全新的定义。在此向蓝晶表示谢意，又为我们送来一本值得好好欣赏的佳作！

——无泪可流

　　大大你好厉害哦！一部玄幻小说中，能写出《哈利波特》的魔法、写出《指环王》的场景，还能写出东方的武侠精神。这些已经足够吸引眼球啦，你还能将宫廷争斗写得如此深刻细致，让我不得不由衷地佩服你啊。

——tianshang531

　　蓝大大的书的确把人物刻画得很深刻！不过总觉得主人公的生活充满了无奈和身不由己……可能是作者对生活的看法吧。不过，写小说嘛，以后写阳光一点好啦。

——baomanj

　　这书刚看的时候确实对语音极不习惯，不过现在实在是已经入迷了，不看都割舍不下。无论是《魔法学徒》还是《魔武士》，作者对贵族的描写真是入木三分，简直是绝了！

——dayika

　　我认为作者的写作手法越来越细致入微了。给我的感觉他是想把这部大作写得更大器一些，就像是田中的《亚尔斯兰战记》。

——再现耀阳

无敌好书！玄幻我只看蓝晶的。魔徒、魔盗、魔武，我都爱！

——tigerfive

在每天都轰轰烈烈演义着魔神传奇的玄幻世界里，蓝晶始终跻身于姣姣者之列，《魔法学徒》自 2003 年以来长期保持在幻剑、龙空等著名书站点击榜前列就有力地证明了这一点。蓝晶的魅力首先在于文采的轻俊飘逸，诙谐也是蓝晶作品的一大特点。而在人物心理描写上的入木三分更可以看出，蓝晶无疑是灵魂之神莫斯特卡所弥雷斯的忠实信徒。

——simoncat

很不错的小说！语言细腻，细节也刻画得不错。特别是对欧洲贵族及宫廷生活描写得满到位的！希望快快更新！

——lyylyy

有自己风格的作者，有自己特色的小说！就是等待更新的过程太痛苦了！不过话说回来，这么精彩的书，等待也是一种享受啊！！

——chenhaomiao

蓝晶的作品就是有韵味，有看头。总是不经意间透出淡淡的幽默和欢快。

——godfinger

《魔武士》的特色之一是对西方国别及西方中世纪时期各种人文因素的代入。同样是冷兵器时代，《魔武士》引入了灿烂的魔法世界，而蓝晶大大更将异形生物——魔族设定为人类的主要敌人。《魔武士》的发展前景很大，因为作者可以凭借他不俗的想像力尽情地驰骋。真的是一部前景空前的玄幻小说！！

——席梦思

有奖征集玄幻系列书评

　　几千万网迷喜爱推崇，翘首以待的原创玄幻系列由英特颂倾情打造，现已新鲜上市！！
　　非常感谢您的关注！

　　您可以把您对本系列书的任何精彩评论和宝贵意见以信件或 E-mail 的形式发给我们，长短不限，形式不拘。

　　如果您的评论足够精彩，我们将收录到系列书末。届时，我们还会把印有您精彩评论的英特颂玄幻系列丛书送到您的手上，作为奖励。

感谢您支持英特颂玄幻系列！
期待您的继续关注！

我们的地址：上海市局门路 427 号 B 座 5 楼
　　　　　　英特颂玄幻俱乐部
邮政编码：200023
我们的 E-mail：tianmaxingkong2005@citiz. net

英特颂玄幻俱乐部会员调查表

个人资料：

　　姓名：＿＿＿＿＿＿　　性别：□男　□女

　　出生日期：＿＿＿＿年　＿＿＿＿月　＿＿＿＿日

　　身份证号码：＿＿＿＿＿＿＿＿＿＿＿＿＿

　　职业：□学生　□办公室白领　□自由职业者　□其他＿＿＿＿＿

调查问卷：

你购买的书名：《魔武士②名利狩猎》

1. 你从什么渠道得知英特颂玄幻系列丛书？

　　□网络　□书店广告　□广播　□电视　□报刊　□亲友推荐

　　□其他＿＿＿＿＿

2. 你最喜欢玄幻文学的什么特点？

　　□超时空想像力　□时尚流行风格　□主人公个性魅力

　　□惊险刺激情节　□最新兵器装备　□其他＿＿＿＿＿

3. 你觉得与科幻玄异文学相比，玄幻文学的亮点在哪里？

　　□想像力更丰富　□科幻色彩更逼真　□人物个性更鲜活可爱

　　□主角更加平民化　□更多游戏开发空间　□其他＿＿＿＿＿

4. 你选择阅读某本玄幻小说的依据是：

　　□网站点击率排行　□网站或论坛推荐　□媒体介绍　□亲友推荐

　　□作者　□情节　□人物　□文笔　□兵种或武器　□随意浏览

　　□其他＿＿＿＿＿

5. 玄幻小说主人公留给你的最深印象是：

　　□传奇经历　□幽默语言　□过人才干　□鲜明个性　□超好运气

　　□其他＿＿＿＿＿

6. 如果《魔武士》被开发成游戏产品，你希望是什么种类：

　　□手机游戏　□家用游戏（PS/Gameboy/Mbox）　□电脑联机游戏

　　□电脑单机游戏　□电脑网络游戏　□其他＿＿＿＿＿

7. 如果《魔武士》开发成玩偶产品，你最希望得到的是：

　　□系密特　□塔特尼斯伯爵　□圣堂武士　□魔族士兵

　　□格琳丝侯爵夫人　□其他＿＿＿＿＿

8. 你希望以什么方式参加英特颂玄幻俱乐部的互动？
   □同人志大赛　□Cosplay 大赛　□书评征集大赛　□其他＿＿＿＿

9. 你对本书以下方面满意度（满分 5 分）：
   □故事情节＿＿＿＿　　□人物个性＿＿＿＿　　□作者文笔＿＿＿＿
   □封面设计＿＿＿＿　　□内文版式＿＿＿＿

10. 你经常的购书方式有：
    □书店　□网络邮购　□书市　□出版社邮购　□其他＿＿＿＿＿＿

11. 除玄幻小说以外，你平时喜欢阅读的书籍种类还有：
    □文学　□动漫　□军事　□历史　□旅游　□艺术　□科学
    □传记　□生活　□励志　□教育　□心理　□其他＿＿＿＿

联系方式：

电话：（办公）＿＿＿＿（宅）＿＿＿＿　手机：＿＿＿＿＿＿＿

学校或家庭地址：＿＿＿＿＿＿＿＿＿　邮编：＿＿＿＿＿＿＿

E-mail：＿＿＿＿＿＿＿＿＿　QQ/MSN：＿＿＿＿＿＿＿

个人档案：

最常去的玄幻网站：＿＿＿＿＿＿＿＿＿

最喜欢的玄幻小说：＿＿＿＿＿＿＿＿＿

最喜欢的玄幻作家：＿＿＿＿＿＿＿＿＿

给我们的建议：＿＿＿＿＿＿＿＿＿＿＿＿＿＿＿

＿＿＿＿＿＿＿＿＿＿＿＿＿＿＿＿＿＿＿＿＿＿＿＿＿＿＿

＿＿＿＿＿＿＿＿＿＿＿＿＿＿＿＿＿＿＿＿＿＿＿＿＿＿＿

　　恭喜你！只要完整填写以上调查表并寄回上海英特颂图书有限公司，即可加入英特颂玄幻俱乐部！你可以 15 元／本的优惠价邮购《魔武士》及其他英特颂玄幻系列丛书，更可优先获得赠品和参加俱乐部会员活动！

邮购地址：上海市局门路 427 号 B 座 5 楼

　　　　　英特颂玄幻俱乐部

邮政编码：200023

E-mail：tianmaxingkong2005@citiz. net

　　注：请在汇款单附言栏内写明你要购买的书名、册号和册数，并按 15 元×册数的数目汇款。平邮免邮费，挂号每本另加挂号费 3 元。5 册以上免收邮挂费。款到 10 个工作日内发书。